王朝物語における居住空間

Living Space in Ocho monogatari : Characters and their homes

物語の登場人物と住まい

天野ひろみ
Amano Hiromi

文学通信

王朝物語における居住空間
——物語の登場人物と住まい——

目次

第二部　男君たちの居住空間

第三部　女房たちの居住空間

第四部　子どもたちの居住空間

凡例

一、本書では特に断りのない限り、古典作品の引用には新編日本古典文学全集（小学館）を使用した。
ただし、『うつほ物語』『落窪物語』の引用に関しては以下に示す本文を用いた。
・『うつほ物語』…室城秀之氏校注『うつほ物語　全』（おうふう）
・『落窪物語』…稲賀敬二氏校注『新潮日本古典集成』（新潮社）
なお、本文引用には私に傍線・記号を付した箇所がある。また、引用末尾には巻数と頁数を記した。

一、古記録・歴史書等の引用は特に断りのない限り、以下の通りとした。
・『九暦』『御堂関白記』『小右記』『中右記』『為房卿記』『猪熊関白記』『後愚昧記』…大日本古記録（岩波書店）
・『権記』『左経記』『春記』『兵範記』『水左記』…増補史料大成（臨川書店）
・『文徳天皇実録』『日本後紀』『百錬抄』『吾妻鏡』…新訂増補国史大系（吉川弘文館）
ただし、旧字や異体字を私に改めた箇所がある。

一、引用文の括弧内には、必要に応じて、校注者によって本文に付された注もしくは著者が私に付した注を挿入した。

序章　王朝物語の居住空間

一、王朝物語における貴族の邸宅の様相

平安時代に成立した『源氏物語』の女主人公ともいうべき女性紫の上は、光源氏の二条院に引き取られた頃、その邸宅の中の「西の対」と呼ばれる殿舎に居住していた。その時の経緯を語る若紫巻には、

二条院は近ければ、まだ明うもならぬほどにおはして、西の対に御車寄せて下りたまふ。

（若紫①二五五頁）

とある。これ以降、光源氏がこの姫君の居所に行くことを「西の対に渡る」と表現していることから、光源氏の居所は西の対以外の殿舎であったことが窺える（後の記述で東の対であったことが判明する）。

この「西の対」という言葉が物語史上、最初に見られるのは『伊勢物語』である。『伊勢物語』四段の「むかし、

東の五条に、大后の宮おはしましける西の対に、すむ人ありけり」（一一五頁）という冒頭の一文によって、この話の成立時期から「西の対」という殿舎が存在したことが判明する。五条宮は史実では藤原順子の住まいとなっている。藤原順子は藤原冬嗣の娘で仁明天皇の后であった。そして、順子との関係が深い人物ということで、この西の対の女は、後に清和天皇の后となる藤原長良娘高子だと古くより解釈されてきた。

さて、この四段では、在原業平と思しき昔男が五条宮の西の対に住む女に通っていたことが語られる。この内容から、西の対は仮住まいをする高子専用の殿舎であったと考えられる。そして、この殿舎の東隣、つまりこの宮の敷地の中心部分には、正殿となる殿舎が存在したはずである。その殿舎が主人順子の住まいであったと想定されるが、『伊勢物語』において、西の対以外の殿舎名を確認することはできない。この時期の邸宅内に存在する殿舎のうち、その存在が確認できる殿舎は、この西の対に絞られることになる。

当時の貴族邸宅の詳細は平安時代中期の作品で具体的に描かれることになる。円融天皇の時代に成立したと言われる『うつほ物語』の記述からは貴族邸宅の全体像を把握することができる。以下、確認できる邸宅の説明部分を引用する。

なお、この物語では、本文の他に「絵指示」や「絵解」（テキストによって表記の仕方は異なる）と呼ばれる文章が残されている。この「絵指示」（「絵解」）の部分はこの物語に付随した絵の説明文であったと考えられている。今回引用に使用したテキストの『うつほ物語　全』では「絵指示」の部分が［　］で示されているので、本書の引用でも同様に表記する。

藤原兼雅三条殿

［この殿は、檜皮のおとど五つ、廊・渡殿、さるべきあてあての板屋どもなど、あるべき限りにて、蔵町に御蔵いと多かり。］（俊蔭五三頁）

源正頼三条殿全体

母后の宮、三条大宮のほどに、四町にて厳めしき宮あり。朝廷、修理職に仰せ給ひて、左大弁を督して、四町の所を四つに分かちて、町一つに、檜皮のおとど・廊・渡殿・蔵・板屋など、いと多く建てたる、四つが中にあたり面白き、本家の御料に造らせ給ふ。それは、おとど町なれば、板屋なく、ある限り檜皮なり。（藤原の君六八頁）

源正頼三条殿の主人の町

［ここは、大将殿の宮住み給ふおとど町。池広く、前栽・植木面白く、おとどども・廊ども多かり。曹司町・下屋ども、皆檜皮なり。（後略）］（藤原の君七八頁。他にも「寝殿」「西のおとど」「東の対」「北のおとど」などの建物が存在する）

源正頼の妻大宮腹の娘たちの町

［（前略）これは、御子どもの住み給ふ町。おとど六つ。板屋十まりに、蔵どもあり。（中略）池広し。植木あり。反橋・釣殿あり。（後略）］（藤原の君七九頁。他にも「寝殿」「西のおとど」「南のおとど」「東のおとど」「北の対」などの建物が存在する）

源正頼の妻大殿の君の町

［（前略）これは、大殿の君住み給ふおとど町。屋ども、同じ数なり。（後略）］（藤原の君七九頁。別箇所で「寝殿」「東のおとど」「南のおとど」の建物名が見られる）

上野の宮の屋敷

［（前略）ここは、上野（かんづけ）の宮。おとど四つ、板屋十、蔵あり。池広し、山高し。これ寝殿。宮おはし、男ども十人ばかり。松原・植木・前栽あり。（後略）］

（藤原の君八二頁）

三春高基の屋敷

住み給ふ所は、七条の大路のほどに、二町の所、四面に、蔵建て並べたり。住み給ふ屋は、三間の茅屋、片しはつれ、編み垂れ蔀（しとみ）。巡りは檜垣。長屋一つ・侍・小舎人（ことねり）所・てう店・酒殿。

（藤原の君八七頁）

三春高基（致仕の大臣）があて宮のために購入した屋敷

［ここは、致仕（ちじ）の大臣殿の四条殿。寝殿、対四つ、渡殿あり。（後略）］

（藤原の君九〇頁）

太宰前帥殿（滋野真菅（しげののますげ））の屋敷

ここは、帥（そつ）殿。檜皮屋・御蔵どもあり。（後略）］

（藤原の君九六頁）

藤原兼雅一条殿

一条殿は、二町なり。門は二つ立てり。おとど宮、それに従ひて、西、東の対、渡殿、皆あり。

（蔵開中五六二～五六三頁）

藤原仲忠が想定する京極殿（旧俊陰邸）

北の対、西、東の対、いと麗しくよかりけり。四面に垣巡り、白き壁塗らすべかんめり。この西の対の南の端に、未申の方かけて、昔墓ありける跡のままに、念誦堂建てたり。南の山の花の木どもの中に、二つの楼、丈よきほどに、こちたからぬほどに、たちまちに造るべし。西、東に並べて、楼の二つが中に、いと高き反橋をして、北、南には格子構くべし。それに、われは居たまはむとす。（中略）東の対の南の端には、広き池流れ入りたり。その上に、釣殿建てられたり。その水の様、州浜のやうにて、御前の南には中島あり。それに、楼は建つべきなり。（楼の上・上八五四頁）

以上に引用した記事を参考にすると、当時の貴族邸宅には「おとど」と呼ばれる建物、板屋の建物、蔵などがあり、庭には広い池が、そして植木や前栽なども整えられていたことがわかる。「おとど」は主人、または主人に準ずる家族の住まう殿舎を指すと思われる。三春高基（致仕大臣）の四条殿に関する記述では、「寝殿」「対」と呼ばれている。この言葉は源正頼の邸宅に関する記述にも登場しているが、それらが「おとど」と呼ばれる時は、それらの建物はすべて同等の家族の住まいとして存在しており、「寝殿」「対」という呼称になると、両者間には格差が生じる。

「寝殿」の由来については池浩三氏の著書『源氏物語――その住まいの世界――』[*1]に詳しく説明されている。以下、池氏の説を参考に「寝殿」の由来を確認してみたい。「寝殿」は古くは『続日本紀』天平二十年（七四八）四月庚申条に「太上天皇崩於寝殿」とあり、奈良時代には天皇の宮殿の呼称として使われていたという。また鎌倉末期成立の『拾芥抄』には平安京内裏にある仁寿殿について「南殿北九間四面（本名寝殿）」と記載されている。仁寿殿は嵯峨天皇の頃まで使用されていた。次の仁明天皇が新たに清涼殿と呼ばれる建物を居所としたことは、『文徳天皇実録』巻三・仁壽元年二月二十三日条に「移清涼殿。為嘉祥寺堂。此殿者　先皇之讌寝也」とあることから判断できる。「先皇」とは仁明天皇のことを指す。『拾芥抄』が説明するように、「寝殿」とは元は天皇の居所を指す言葉であった。『日本後紀』巻二十六逸文弘仁九年（八一八）四月二十七日条に、「是日。有制、改殿閣及諸門之号。皆題額之」とあることから、この頃に「寝殿」と呼ばれていたものが「仁寿殿」という呼称に改められたのであろう。これ以降、内裏から寝殿の呼称は消滅したが、内裏にある仁寿殿の建築様式を模倣した貴族の私邸の正殿にはこの呼称が残され、それが継続して使われたと想定される。「寝」には奥まった部屋・本式の座敷の意味もある。清涼殿ができる以前は仁寿殿が天皇の寝食の場としての機能と客間としての機能を担っていた。貴族の私邸に造営された寝殿も同様の機能を持つと考えられる。寝殿は主人の居所・客間を含む空間であった。

それに対して、「対」は正殿を囲む空間として造られた。『文徳天皇実録』では前に引用したように、清涼殿を仁明天皇の「讌寝（えんしん）」であったと記す。「讌」の字は「燕」と同義である。池浩三氏は先に挙げた著書で「燕寝とは天子の正寝すなわち明堂に対する小寝（天子の休息のための御殿）のこと」と説明している。『文徳天皇実録』の記事からは、「清涼殿＝燕寝＝天皇の居住空間」という事実が判明するのである。そして、池氏は貴族の私邸の対が清涼殿を範として成立したものであるという説を前述の著書において主張している。

さて、以上の建物が当時の貴族邸宅に存在した主な建物であるが、その他に存在が判明する建物と言えば、「板屋」と「廊」「渡殿」である。「板屋」は従者の住まいとなっている。「渡殿」はそれぞれの「おとど」をつなぐ建物で、「廊」は「おとど」に付属する建物である。また、「反橋」や「釣殿」の存在も確認できる。これらの記述から、当時の貴族邸宅とは、中心に正殿となる寝殿を配し、その東西北に寝殿よりも少し規模の小さい対を置き、門の近くに侍所を設置、南には池や小高い山を作り、殿舎の近くには観賞用の植木や花を植える、そのようなものであったと想定することができる。物語の記述ゆえ、虚構のある可能性もある。また、すべての邸宅が以上に挙げたすべての要素を取り入れていたとは断定できない。しかし、物語を読む上では、以上に説明したイメージを持っていれば充分と言えるのではないだろうか。近世期には、王朝貴族邸宅に存在する建築物を説明した『家屋雑考』という書物が作られた。この著書の中で、著者澤田名垂は「寝殿造」という項目を立て、貴族邸宅の建築様式を説明している。以降、その言葉が平安時代の貴族邸宅の様式を説明する言葉として広く使われることになった。

二、登場人物たちの居住空間

ところで、この広大な邸宅を当時の貴族たちはどのように使用していたのか。前に挙げた『うつほ物語』の藤原兼雅一条殿は、兼雅の妻妾たちの住まいとなっていた。

寝殿は、東の対かけて、宮住み給ふ。異対どもに、すこしはひとつはらう、召人めきたりし人、対一つを二人にて住む。池面白く、木立ち興あり。やうやう毀れもてゆく。これを、梨壺の君に、父おとどの奉り給ひけるなれば、宮ぞぬしにて住み給ふ。（蔵開中五六三頁）

元々、一条殿は兼雅が妻である嵯峨院皇女の女三の宮との間に儲けた娘のために用意した邸宅であった。この娘はこの時、春宮に入内し、梨壺と呼ばれていた。彼女のためは別に三条殿が用意されていたが、この邸宅に俊蔭娘と俊蔭娘との間の子である仲忠を引き取ったため、一条殿が娘に与えられることになっていた。その縁で、母親の女三の宮が主人となって住んだというのである。その宮は寝殿から東の対にかけて住んだと説明される。主人格の人間が寝殿を居所とすることが通常の居住方法であったことが窺える。そして、それ以外の妻妾・召人たちは他の対に住んだという。しかも、一つに対に二人ずつ住んでいるところもあったとある。

このように、身分・立場によって、住まう殿舎・居住方法は変化していたようである。そしてそのことが、『うつほ物語』の後に成立した『源氏物語』ではさらに具体的に描き出されているように見受けられる。そこで、『源氏物語』の用例を参考に、もう少し検証してみたい。

各殿舎の居住状況を知るために、試みに『うつほ物語』でも使用されていた「住む」という言葉に注目して物語内を調べると、『源氏物語』では次のような用例が得られた。

Aなにがしの院における番人の居所

別納の方にぞ曹司などして人（管理人）住むべかめれど、　（夕顔①一六一頁）

B二条院における紫の上の居所

こなた（西の対）は（光源氏ガ）住みたまはぬ対なれば、御帳などもなかりけり。　（若紫①二五六頁）

C二条東の院における女人たちと光源氏の居所

北の対はことに広く造らせたまひて、かりにてもあはれと思して、行く末かけて契り頼めたまひし人々集ひ住むべきさまに、隔て隔てしつらはせたまへるしも、なつかしう見どころありてこまかなり。寝殿は塞げたまはず、時々渡りたまふ御住み所にして、さる方なる御しつらひどもしおかせたまへり。（松風②三九七頁）

D桃園の宮における女五の宮（桐壺帝の妹）と朝顔の姫君の居所

同じ寝殿の西東にぞ住みたまひける。　（朝顔②四六九頁）

E二条東の院における空蝉の居所

空蝉の尼衣にもさしのぞきたまへり。うけばりたるさまにはあらず、かごやかに局住みにしなして、仏ばかりに所得させたてまつりて、行ひ勤めけるさまあはれに見えて、経、仏飾り、はかなくしたる閼伽の具などもをかしげになまめかしく、なほ心ばせありと見ゆる人のけはひなり。

（初音③一五六頁）

F父邸における柏木の居所

督の君は、なほ大殿の東の対に、独り住みにてぞものしたまひける。

（若菜上④一四七頁）

G紅梅大納言邸における娘たちの居所

七間の寝殿広くおほきに造りて、南面に、大納言殿、大君、西に中の君、東に宮の御方と住ませたてまつりたまへり。

（紅梅⑤四〇頁）

H常陸介の娘たちの居所と浮舟の居所

家は広けれど、源少納言、東の対には住む、男子などの多かるに、所もなし、この御方（西の対）に客人住みつきぬれば、（浮舟ヲ）廊などほとりばみたらむに住ませたてまつらむも飽かずいとほしくおぼえて、とかく思ひめぐらすほど、宮にとは思ふなりけり。

（東屋⑥四一頁）

I今上帝女一の宮の女房の居所

北面に住みける下臈女房の、この障子は、とみのことにて、開けながら下りにけるを思ひ出でて、人もこそ見つけて騒がるれと思ひければ、まどひ入る。

（蜻蛉⑥二五〇頁）

J明石中宮付きの女房たちの居所

（明石中宮ハ）この院におはしますをば、内裏よりも広くおもしろく住みよきものにして、常にしもさぶらはぬ人どもも、みなうちとけ住みつつ、はるばると多かる対ども、廊、渡殿に満ちたり。

（蜻蛉⑥二六四頁）

まず、邸宅の中心に位置する寝殿。この殿舎が登場するのは、C・D・Gである。Cは二条東の院での光源氏の居所を説明しているが、この邸宅は光源氏の常住の屋敷ではないため、普段は空けられているという。注目すべきはD・Gの用例である。寝殿の内部は二人で住む場合、東西に二分され、三人で住む場合は東西南と三分割されたようである。Dの桃園の宮では東に女五の宮、西に朝顔の姫君が住んだ。Gの例の紅梅大納言家では、南に主人大納言と長女（「大納言の」とする本もあり、その場合は長女のみ）、西に次女、東に継子である宮の御方の部屋を配している。当時の邸宅では、例えば若紫巻の北山の僧都が光源氏を迎える場面において、「南面いときよげにしつらひたまへり」（①二一一頁）という表現があるように、客を迎える方角は大抵南側とされていた。紅梅大納言家の居住方法からは年齢や身分の格差が方角によって窺える。それに関連して、Iの用例は六条院南の町の西の対の「北面」のことと想定されるが、この場所に主人格の人間が居住する例は『源氏物語』では見られない。ここに「下臈女房」とあるように、北面は女房たちの空間であったようだ。平安末期になると、『類聚雑要抄』の掲載の藤原忠実東三条殿移徙の際の指図の北面に主人に準ずる人物の部屋が用意され【図版参照】、『殿暦』にそこが忠実の娘の寝所となったと記されるように、家族の場として使用される用例もみられるようになるが、『源氏物語』の時代にはまだその例は確認できない。

次に寝殿の東西または北に配される対について確認すると、そこは『うつほ物語』の用例では妻妾たちの場とされていたが、Bの用例からは光源氏も対を居所としていた可能性が見えてくる。Fでは、頭中将の息子柏木が結婚適齢期に達しても、依然として父邸の東の対に住んでいたことが語られる。対は主人格の男性の居所となることもあった。そして、Hの用例からは、東西の対が娘婿の住まいであったことがわかる。対は娘夫婦の結婚生活の場として提供された。なお、この使用方法は、『落窪物語』にも見られる（本文には「大君、中の君には婿取りして、

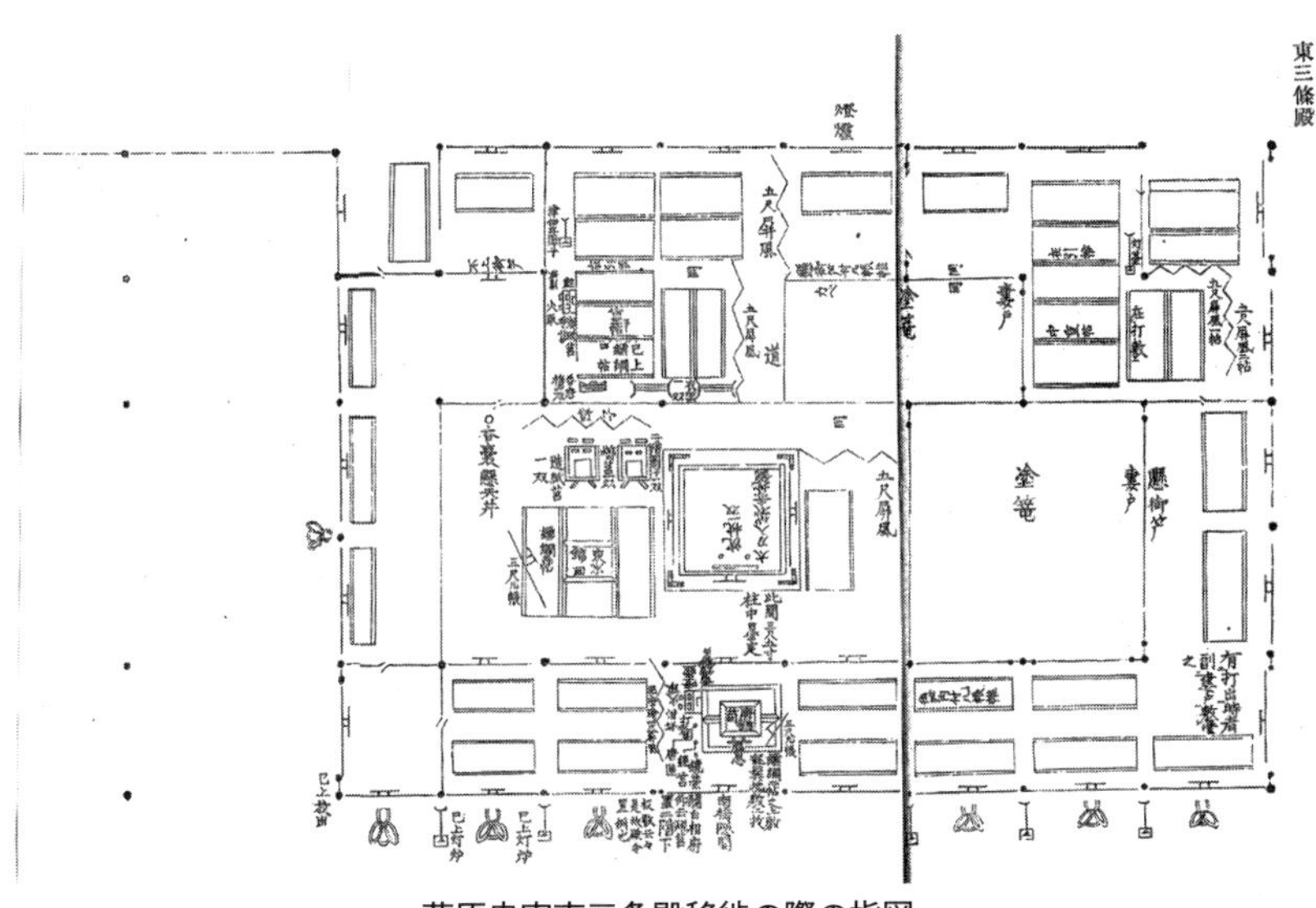

藤原忠実東三条殿移徙の際の指図
（『類従雑要抄』巻二〈『群書類従』第二十六輯所収〉）

西の対、東の対にはなばなとして住ませたてまつりたまふ」〈九頁〉とある）対に娘夫婦を住まわせるという現象は例えば藤原実資が娘の千古とその婿を小野宮邸の東の対に住まわせており、当時の実際の社会でもその例を確認することができる。

さらに、J の例をみると、対・渡殿・廊が明石中宮付きの女房たちの空間であったことが記されている。H の例では、浮舟の居た西の対が浮舟の母中将の君と常陸介との間に生まれた娘の結婚の場となったため（常陸介が望んだため）浮舟は西の対を追い出されることになってしまい、彼女は行き場を失う。母中将の君は浮舟の住まいを思案しているが、その際に、廊ではあまりにかわいそうだと嘆いていることから、廊という空間が主人の娘の居所としては不適当であったことがわかる。

最後に、A・E の例に注目すると、まず、「なにがしの院」の管理人が「別納」と呼ばれる空間に「曹司」を設けて住んでいることが記される。「別納」とは物を収納するために、家族の居住区からは少し離れた所に建てられた建物であった。そこは従者の空間であり、「曹司」とは小さな一部屋を表す。女房の個室を意味する「局」と同義である。[A]の文章からは従者の居所が「曹司」と呼ばれる空間であったことが窺える。「曹司」という言葉は二条東の院の夕霧の勉強部屋や冷泉院にしつらわれた薫の部屋に対しても使われている。また、女房の個室は「局」と表現されることが多いが、[E]の例では、出家した空蝉にも使われる。彼女は二条東の院北の対に住んでいるが、彼女の居住の仕方が「局住み」と表現されている。出家した今、空蝉は光源氏から保護を受けるのみの関係となっている。同様の場で生活しながらも、形式的には光源氏の妻妾の一人となっている末摘花の居所に対しては「御方」という言葉が使われており、尼となった空蝉の立場を酌み取ることができる。

以上、『源氏物語』の文章から、当時の貴族邸宅の内部にある建物を抽出し、検証してきた。寝殿の住人は主人や主人の家族に限定される。紅梅大納言邸の例でいうと、寝殿に住むと明記される家族は娘たちのみである。妻の居所は明らかにされないが、夫と不離の関係であったと考えると、主人の居所と同じ場所にあったと見なすことができる。従って、妻の居所は寝殿にあったのだろう。しかし、息子たちが寝殿に住む例は見受けられない。寝殿は主人以外の男性の居住を禁じる場として存在していた。一方、対は息子・妻妾・娘夫婦・女房といった多彩な立場の人物が居住していた。そして寝殿とは一線を画する空間となっていた。寝殿居住と対居住者との間には身分や立場の壁があった。また、特別な場合として、寝殿が天皇の妻となった娘の里下がりの場となることがある。

秋ごろ、二条院にまかでたまへり。寝殿の御しつらひいと輝くばかりしたまひて、今は、むげの親ざまにもてなして扱ひきこえたまふ。（薄雲②四五八頁）

引用の文は光源氏の二条院に光源氏の養女となった斎宮女御（六条御息所の娘）が里下がりする場面である。この時、光源氏の居所は主人にも関わらず寝殿ではなく対にあった。このように、対は娘を入内させるような特別の身分にある貴族邸宅では、主人の居所として使われることもあった。

このように、物語の文章からは、貴族邸宅に存在する殿舎の個別の特徴を窺うことができる。そして、それを説明する文章は、登場人物の性質や物語展開と密接に関わってくるものであると想定される。それは、物語作者から読者へ向けられた物語読解のためのヒントなのである。そこで、本書では、貴族邸宅に存在する殿舎の特徴や役割について詳細に考察していきたいと思う。

王朝物語における建築や居住空間に関しては、国文学の分野の中でも先行研究がいくつか存在する。本書を成すにあたり、先行研究の中で著者が特に影響を受けた研究を以下に挙げる。

・増田繁夫氏「生活と風俗　住居」（『國文学　解釈と教材の研究』學燈社・二十八号・一九八三年十一月）
・木村佳織氏「紫上の妻としての地位――呼称と寝殿居住をめぐって――」（『中古文学』五十二号・一九九三年十一月）
・胡潔氏「紫の上の呼称に関する研究／寝殿について」（『平安貴族の婚姻習慣と源氏物語』風間書房・二〇〇〇年）

増田氏の論考は『源氏物語』の居住方法を中心に論じたものであり、木村氏・胡潔氏の論考は紫の上の人物造型を居住方法や呼称の面から論じたものである。本書では以上の先行研究を踏まえ、居住の描写を基に紫の上以外の登場人物にも焦点を当てて論じる。

また、本書では建築史学面での平安時代の建築に関する研究にも触れていく。建築史学の分野では、近年、王朝物語の記述が参考にされることが増えている。物語は虚構であり、歴史的には史料の価値はないと見なされていた。ところが、例えば二〇一九年に出版された赤澤真理氏の『御簾の下からこぼれ出る装束　王朝物語絵と女性の空間』（平凡社）の中では、物語絵の分析の際に王朝物語の記述が引用されるなど、物語絵の理解のために王朝物語の記述が使用されている。このように、近年は建築史学・歴史学の史料の扱い方にも変化が見られる。著者は虚構の王朝物語の用例のみならず、王朝期に記された古記録や歴史書に記された用例をも検討することにより、王朝物語をより詳しく読解することが可能となるのではないかと考える。

建築史学方面の研究書としては主に以下の著書が挙げられる。

・太田静六氏『寝殿造の研究』（吉川弘文館・一九八七年）
・池浩三氏『源氏物語――その住まいの世界――』（中央公論美術出版・一九八九年）
・飯淵康一氏『平安時代貴族住宅の研究』（中央公論美術出版・二〇〇四年）
・倉田実氏編『平安文学と隣接諸学1　王朝文学と建築・庭園』（竹林舎・二〇〇七年）
・川本重雄氏『寝殿造の空間と儀式』（中央公論美術出版・二〇一二年）

以上の著書は主に建物内部の構造や空間秩序の詳細を分析したものである。物語は虚構に作られたものであるが、史上の建築や空間秩序は物語を生み出す地盤となるものである。史上の事例のすべてを物語の事例に重ねることはできないが、本書では、史上の事例も物語読解の参考になるものとして捉え、王朝物語の居住空間の研究に取り入れていくことにする。

三、本書の構成

先程見たように、居住空間となる殿舎は身分・性別・立場などによって相違していた。物語で頻度の高い居住空間は、やはり主人公となる女性の住まいである。**第一部　女君たちの居住空間**では物語の女主人公の住まいについて考察する。第一章では王朝物語の居住空間における空間秩序の問題を考える。第二章では脇殿である「対」を取り上げる。**第二部　男君たちの居住空間**では、あまり注目されることのない男性の住まいについて考える。第一章では『源氏物語』の主人公光源氏の居所の変遷について、同じく二条院の主となった匂宮と比較しながら検証する。第二章では、物語から窺える一般男性の居住空間について考察する。**第三部　女房たちの居住空間**では、物語を陰で支える女房たちの住まいについて考える。第一章では「渡殿」の性格と機能について触れる。また、第二章では、女房の住む対のうち北の対について主に考察する。第三章では、舞台を貴族邸宅から後宮に移して、後宮の女房の局を有する空間であった「細殿」について言及する。そして、第四章では従来の研究において女房の控え室として認識されている「台盤所」について、王朝期の文学作品の用例を分析し、その機能を検証する。最後の**第四部　子どもたちの居住空間**は子どもたちの居住空間について考える。第一章では「寝殿」とその家の子女たちとの関わりを考察する。第二章では皇子女たちがどこで生活したかについて『源氏物語』の用例を中心に確認していくことにする。

注

1　池浩三氏『源氏物語——その住まいの世界——』（中央公論美術出版・一九八九年）。

第一部　女君たちの居住空間

第一章　『源氏物語』を中心とした王朝物語における西の空間

はじめに

『源氏物語』を読んでいくうちに、身分や立場によって住む場所がある程度決定されていることに気付く。屋敷のうちで、寝殿は主人とその家族の住む場所、寝殿の東西や北に位置する対は、正妻以外の妻たち、親類・縁者そして女房たちなどが生活する場所という認識があった。また、寝殿の内部においても、同じように一定の秩序に基づいて住む位置が決まっているようであった。例えば、紅梅巻に、

七間の寝殿広くおほきに造りて、南面に、大納言殿、大君、西に中の君、東に宮の御方と住ませたてまつりたまへり。（紅梅⑤四〇頁）

という一文がある。紅梅大納言は前の北の方が亡くなった後、髭黒の娘真木柱と再婚して、一男を儲けていた。

この場面はその紅梅大納言の屋敷の様子を語っている。寝殿は普通正面五間、側面四間が標準的規模であるが、この屋敷では母屋を東西に一間ずつ広げた造りになっている。物語の記述からは、母屋・廂を含めて、東・西・南と区切って住んでいたことが読み取れる。まず南面についてであるが、本文に異同があり、「大納言殿の大君」とする本もある。[*1] 父と成人した娘が同室というのは考えにくいので、ここは大君一人のことを指したと理解したい。[*2] 大君は入内予定であったので、格の高い南を用いることができたと思われる。そして東は宮の御方。この人物は真木柱と光源氏の弟である蛍兵部卿宮の娘であるので、その身分を憚ってこの面に住まわされたようである。[*3] 古注釈の『岷江入楚』はこの部分に「寝殿四方の内、東は外様にて晴のかた也。又賞翫の心もあるべし」という注を付している。また西には中の君が住む。紅梅巻の大君入内後の記事に、「殿は、つれづれなる心地して、西の御方は、ひとつにならひたまひて、いとさうざうしくながめたまふ」（⑤四三頁）とあり、中の君が「西の御方」と呼ばれていることからもその事実が窺える。北に関する記述はないが、北面は女房の詰め所である事例が多いので、この屋敷も同様であったと考えられる。[*4]

しかし、紅梅大納言の屋敷のように寝殿を三つに分けて使用している例は『源氏物語』に登場する屋敷の中では特殊と言える。他の屋敷では、そのほとんどが寝殿を東西に分けて使っている。『源氏物語』における寝殿の使用方法について、増田繁夫氏は「生活と風俗　住居」[*5] の中で次のように説明する。

> 五間の寝殿であると、母屋は中央の階の一間（馬道）をはさんで東西に二分され、東の母屋（東面）西の母屋と二つの居住空間をもっていた。源氏物語ではこの寝殿に二人の人物が住んでいる例が多いが、その場合には東の母屋に目上の人が住む。（中略）紫式部日記の土御門殿では、中宮は東の母屋にいて、東の対で修

法や饗応が行われていることからも判るように、当時の貴族住宅では東を用いることが多かったので、それを反映してこの物語でも東が晴に設定されているのであろう。（九一頁）

増田氏はこの東西の空間を晴の場と褻の場で分けて認識されている。晴と褻に関しては、川本重雄氏の「寝殿造の典型像とその成立をめぐって」に説明がある。*[6] 川本氏によると、十一世紀前半の貴族の邸宅の中に、儀式の場と私生活の場が住宅の東西に明確に分化していた例がいくつもあるという。また、晴向きの決定の要因については飯淵康一氏の考察がある。*[7] 飯淵氏によると、上流貴族邸の礼向きの原則は大路に面する側であるが、必ずしもそれにとらわれるわけではなく、内裏の秩序に倣う（寝殿が南殿代となる場合は東礼、清涼殿代となる場合は西礼）理念的選択、建物の配置方式や他の住宅との位置関係で決定される合理的選択を認めることができるという。『源氏物語』の場合は、『岷江入楚』の注や増田氏の指摘にあるように、東を晴向きと捉えているらしい。『源氏物語』ではその多くがプライベートな出来事を語るため、物語は「西」の空間において進行し、発展していく傾向にある。『源氏物語』においては、その人の身分と生活空間が密接に関わりあっており、読者は登場人物の立場を住む場所によって判断することができる。同時に、住む場所・方角がその人物のイメージを形成するようにも思われる。そこに作者の意図をも読み取ることができる。そこで本章では、『源氏物語』内での用例が最も多い西側の空間に着目し、その特徴について、東側とも比較しつつ考察を進めてみたいと思う。

一、寝殿の西面について

寝殿の東を晴の場とする場合、西側が家族の日常生活の場となった。逆に考えれば、そこに住む者は家族として認められたことになる。『落窪物語』に次のような用例がある。

御車寄せたれば、口には宮、中の君、後には嫁の君とわれと乗りたまふ。次々に皆乗りたまひて、中将殿、皆乗りて、引き続きて大将殿におはしぬ。寝殿の西の方を、にはかにしつらひて、おろしたてまつりたまひつ。御達の居所には、中将の住みたまひし西の対のつまをしたり。（巻二・一六八頁）

右の引用部分は、物語の主人公である女君が夫の道頼中将に伴われ、夫の両親の住む屋敷に滞在する場面である。女君の滞在場所は寝殿の西面とされる。この文章は女君が客分としてではなく、身内の者として扱われていることを示すものとされている。*8

また、『源氏物語』では、東を晴（＝儀式）の空間として空けておくという例はほとんど見られず、東面も個人の部屋として使用されている例が多い。前に引用した論文で増田氏は、寝殿に二人の人物が住む場合、東面に目上の人が住むと考える。その説に従うと、西面は東面に住む人物よりも目下の人が住むということになる。年若い女性が住む可能性も大きくなるだろう。そのことを確認するために実際に用例を挙げてみていきたい。

まず、花散里巻に「西面には、わざとなく忍びやかにうちふるまひたまひてのぞきたまへるも、めづらしきに添へて、世に目馴れぬ御さまなれば、つらさも忘れぬべし」（②一五七頁）とあり、その記述から、邸の西側に光源氏の通う姫君が住んでいたことが読み取れる。姉の麗景殿女御の居所については触れられていないが、寝殿を二分しているとすれば、姉の住まいは東面にあったということになる。[*9] 朝顔巻では叔母の女五の宮と桃園の宮に住む朝顔の姫君の居所について「同じ寝殿の西東にぞ住みたまひける」（②四六九頁）とあり、「西面には御格子まゐりたれど、厭ひきこえ顔ならむもいかがとて、一間二間はおろさず」（②四八五頁）と記述される。この記述から、朝顔の姫君は寝殿の西面に住んでいたことがわかる。また夕霧巻には「寝殿とおぼしき東の放出に修法の壇塗りて、（御息所ハ）北の廂におはすれば、西面に宮はおはします」（④三九八頁）とあり、夕霧巻の中心人物である落葉の宮も西面に住んでいる。花散里・朝顔の姫君・落葉の宮の三者は、それぞれ光源氏や夕霧の恋の相手となっている。

「西面」との関連で、姫君の部屋に接する「西の妻戸」があるが、この「西の妻戸」も男性が女性のもとを訪れる際の出入り口として物語の中に登場している。妻戸とは寝殿の四隅に設けられた両開きの板の扉である。玉鬘巻に、

> 渡りたまふ方の戸を、右近かい放てば、（光源氏）「この戸口に入るべき人は、心ことにこそ」と笑ひたまひて、廂なる御座についゐたまひて、（光源氏）「灯こそいと懸想びたる心地すれ。親の顔はゆかしきものとこそ聞け、さも思さぬか」とて、几帳すこし押しやりたまふ。（玉鬘③一二九頁）

という記述がある。「渡りたまふ方の戸」とは妻戸のことである。『湖月抄』には「此戸口は、けさう人などの入りぬべきかた也との心也」と書かれている。『源氏物語』の「西の妻戸」の用例は五例あるが、そのうち三例が、

懸想人の通る戸口としての役割を果たしている。

・女御の君に御物語聞こえたまひて、西の妻戸には夜更かして立ち寄りたまへり。（澪標②二九七頁）

・月入り方になりて、西の妻戸の開きたるより、さはるべき渡殿だつ屋もなく、軒のつまも残りなければ、いとはなやかにさし入りたれば、あたりあたり見ゆるに、昔に変わらぬ御しつらひのさまなど、忍ぶ草にやつれたる上の見るめよりはみやびやかに見ゆるを、昔物語に、たふこぼちたる人もありけるを思しあはするに、同じさまにて年ふりにけるもあはれなり。（蓬生②三五二頁）

・（律師）「いで、あはかたは。なにがしに隠れさるべきにもあらず。今朝、後夜に参上りつるに、かの西の妻戸より、いとうるはしき男の出でたまへるを、霧深くて、なにがしはえ見分いたてまつらざりつるを（後略）」（夕霧④四一六〜四一七頁）

澪標巻は光源氏が花散里のもとへ通う場面、蓬生巻は光源氏が末摘花のもとに通う場面である。夕霧巻では夕霧が西面に住む落葉の宮のもとで一夜を過ごし、夜がまだ明けきらないうちに西の妻戸より出て帰途に就く。引用部分は落葉の宮の母一条御息所の病の祈祷を行っていた律師が夕霧の帰る姿を目撃し、一条御息所に話す場面である。末摘花の場合、末摘花巻では「東の妻戸おし開けたれば、むかひたる廊の上もなくあばれたれば、日の脚ほどなくさし入りて、雪すこし降りたる光に、いとけざやかに見入れらる」（①三〇三頁）と「東の妻戸」が登場している。しかし、蓬生巻の引用箇所で登場するのは「西の妻戸」なのである。末摘花巻の場面では、東の妻戸が開け放され、朝日のもとで光源氏が末摘花の顔をはっきりと見たことが語られ、光源氏の恋の失敗談として紹介される。そこでは、彼女は色恋とは無縁の存在（笑われるべき人物）として描かれている。一方、蓬生巻では場面は夜であり、末摘花も恋の物語に登場するような姫君のように語られている。末摘花巻と蓬生巻はどちらも同じ姫君が主人公となる巻であるが、その語り口は全く異なっている。[*10] 西側の空間が登場した時点で、その巻は男女の恋愛譚を主軸に語る物語として位置づけられることになる。

西面の用例をさらに拾っていくと、后がねの姫君の養育の場としても使用されていることがわかる。薄雲巻の「西面をことにしつらはせたまひて、小さき御調度どもうつくしげにととのへさせたまへり、乳母の局には、西の渡殿の北に当たれるをせさせたまへり」（②四三五頁）の文から、明石の姫君は二条院では西面で生活していることがわかる。また六条院において、姫君は光源氏・紫の上の住む春の町の西側部分に住んだ。野分巻に「大臣のいとけ遠くはるかにもてなしたまへるは、かく、見る人ただにはえ思ふまじき御ありさまを、至り深き御心にて、もてかかることもやと思すなりけりと（夕霧ハ）思ふに、けはひ恐ろしうて、立ち去るにぞ、西の御方より、（光源氏ガ）内の御障子ひき開けて渡りたまふ」（③二六五〜二六六頁）とある（二条院・六条院ともにどの建物であったかは明記されていない）。

『落窪物語』『源氏物語』の用例を総合すると、家族が多い場合には、紅梅大納言邸のように三分されることもあったが、用例のほとんどは、寝殿を二分し、東西それぞれに二人の人物を住まわせるパターンであった。そして西に住む人物は恋愛対象となる年若い独身の姫君であることが多かった。

二、物語の西の対

主人の住む寝殿に対して、夫人や女房たちの住む対。この対でも晴の場・褻の場と役割分担されて使用される傾向にあった。

まず、対がどのような性格の場所であったかを、諸説から確認したい。高群逸枝氏は妻問婚が主流であった『万葉集』の時代の妻屋の役割について考える。高群氏はその場所が、妻の家族が生活する主屋に対して、婚姻単位の母子小家族が生活する場ではないかとしている。*11 池浩三氏も『源氏物語――その住まいの世界――』の中で、対の性格について考察する。*12 池氏も高群氏の説を引きながら、その妻問婚の妻屋の機能を、婚姻ないし婿取婚の場としての対が引き継いだと考えている。対、特に東西の対のうち、邸の表向き（礼向き）とは反対側の対が婚姻および家族生活の場として用いられたというのが池氏の見解である。

『落窪物語』の冒頭に次のような文章がある。

大君、中の君には婿取りして、西の対、東の対に、はなばなとして住ませたてまつりたまふに、三、四の君に裳着せたてまつりたまはむとて、かしづきそしたまふ。（巻一・九頁）

『落窪物語』からは対が結婚生活の場として用いられていることがわかる。『源氏物語』の東屋巻にも、対がそのような用途で使用されていることが読み取れる部分がある。

客人の御出居、侍所としつらひ騒げば、家は広けれど、源少納言、東の対には住む、男子などの多かるに、所もなし、この御方に客人住みつきぬれば、廊などほとりばみたらむに住ませたてまつらむも飽かずいとほしくおぼえて、（後略）

（東屋⑥四一頁）

源少納言とは、常陸介の先妻腹の娘婿である。その夫婦が東の対に住み、新たに中将の君（浮舟の母）と常陸介との間に生まれた娘の婿として、浮舟の婿にと考えられていた左近少将が通うことになった。「この御方」とは、浮舟の住んでいた西の対である。少将夫婦が西の対において結婚生活を営むことになったので、狭くなって浮舟を置いておくことが困難になった。前述したように、先行研究では邸の表向きとは反対側が結婚生活の場として用いられたことが明らかにされているが、住人が多い場合は、このように両方の対が用いられることもあった。

ところで、対でもまた寝殿と同じく東が儀式空間とされる場合が多く、[*13] 一方、西の方は結婚を控えた独身の女性が住まわされる場合がよく見られる。『落窪物語』には、そのことを顕著に表す表現がある。

（道頼ハ）何事にかさはらむ、人々の装束は、ここにし置かれたらむ設けの物して、（式ハ邸ノ）西の対にてせむ、と思ほして、西の対しつらはせたまふ。

（巻四・二六七頁）

落窪の君を苦しめた北の方への復讐のために四の君（北の方の娘）を利用した道頼は、その罪滅ぼしとして四の君に良い婿をあてがう。四の君にとっては再婚で、しかも前夫との間に子どももあったが、その事実を隠して、独身を装わせるために、四の君を西の対に住まわす。[*14] 西の対に住む人＝若い独身の女性という図式が当時の常識であったことを窺わせる文章である。

『源氏物語』においても、浮舟や帚木巻に登場する紀伊守の妹軒端荻などの独身女性が西の対に住んでいる。また、光源氏は六条院夏の町の西の対に住まわせていた養女の玉鬘に対しても、この西の対に婿取りしても良いと考えていた。しかし『源氏物語』の中では、西の対に実の娘を住まわせ、そこに婿を通わせるという構図はほとんど見られない。それではこの作品に登場する西の対はどのようになっているのか。『源氏物語』における西の対の使用方法を理解するヒントが『うつほ物語』にある。

一条殿は、二町なり。門は、二つ立てり。おとど宮、それに従ひて、西、東の対、渡殿、皆あり。寝殿は、東の対かけて、宮（兼雅ノ妻女三ノ宮）住み給ふ。異対どもに、すこしはひとつはらう、召人めきたりし人、対一つを二人にて住む。

（蔵開中五六二～五六三頁）

右の文章は、仲忠の父兼雅の妻たちの住居に関して記したものである。兼雅は仲忠の母と三条殿にいて、一条殿に訪れることはなかった。正妻扱いの女三の宮は寝殿と東の対を居住空間としていた。あとの召人めいた人は対に住んでいたという。物語の用例を鑑みると、正妻以外が寝殿に住むことはなかったので、残りの妻たちは対に住むほかなかった。『源氏物語』では、紫の上などが当初、世間には素性を知らされず、二条院西の対にひっそりと住まわされていた。世間に公表されない妻として扱われていたことが読み取れる。父式部卿宮からさらうようにして二条院に引き取られた紫の上には結婚生活を援助してくれるような後見もないままであった。増田繁夫氏は「源氏物語の結婚と屋敷の伝領」[*15]で次のように述べる。

資産も身寄りもない女が、男の屋敷に引き取られ、男の経済力に頼って自分の生活を維持しているという状態は、当事者たちの主観的なうけ取り方はともかくとして、社会的に見れば、それはもはや対等な夫婦の関係ではない。いわば召人などと同じく、主従に近い関係なのである。（二九頁）

二条院における紫の上と状況が似ているのは、まず二条東の院の西の対に迎えられた花散里、そして続編において匂宮の妻として二条院西の対に迎えられた宇治中の君などがいる。しかし花散里も宇治中の君も零落したとはいえ、少しの資産はあったであろう。宇治中の君に関しては、薫が後見人ともなり、宇治の屋敷も薫の手によって改築される。改築の直前、薫は宇治の屋敷について「今は、兵部卿宮の北の方こそはしりたまふべければ、かの宮の御料とも言ひつべくなりにたり」（宿木⑤四五六頁）と発言している。宇治の屋敷が中の君の資産であることが窺える。紫の上は養女として迎えられた玉鬘と同様の立場で二条院に引き取られた。立場が同じであることは、玉鬘巻での光源氏の、「まことに君をこそ、今の心ならましかば、さやうにもてなして見つべかりけれ。いと無心にしなしてしわざぞかし」（玉鬘③一三一〜一三二頁）という言葉からも明らかである。

『落窪物語』や『源氏物語』東屋巻の用例からは、西の対には主人の後見する親類縁者が住んだと考えられるが、光源氏の邸宅においては、そのような例はほとんど描かれず、西の対には私的な妻が据えられていた。公の妻とは認められない私的な関係の女性が住まわされているというイメージが『源氏物語』の中では形成されている。

さらに、『源氏物語』の用例を確認すると、「西」という方角もまた物語中で大変重要な意味を担っていることが読み取れる。方角の持つイメージから考えると、東西南北のうち西や北という方角は南や東よりも目立たない所であった。東屋巻で浮舟は中の君の住む二条院西の対に移り住むことになるが、浮舟の局は、「西の廂の、北に寄りて人げ遠き方」（東屋⑥四一頁）であった。「西の廂の北」が「人げ遠き方」と表現されている点から、その場は屋敷の奥まった所と理解されていた。しかし、周囲の配慮にもかかわらず匂宮には察知され、浮舟と匂宮との密やかな恋愛のきっかけを作る場所となってしまう。方角の秩序の上で格が低いというだけではなく、目立たない空間としても認識されていた西が、密やかな恋愛の場として活躍した例の一つである。また、夕顔巻において、光源氏が夕顔と一晩過ごすためにやってきたのがなにがしの院の西の対であったことも西の対の特徴を考える上で重要な例となるのではないだろうか。

以上、西の対の特徴についてみてきたが、一方の東の対はどのように使用されていたのだろうか。次節では東の対の用例を挙げて、東の対の役割を考察してみたい。

三、『源氏物語』の東の対

『源氏物語』の東の対の用例を調査すると、主に男性の住まいとなる事例が多く確認できる。

[A] 御几帳の帷子（かたびら）引き下ろし、御座（おまし）などただひきつくろふばかりにてあれば、東の対に御宿直物召しに遣はして大殿籠りぬ。（若紫①二五六頁）

[B] 二条院の姫君は、ほど経るままに思し慰むをりなし。東の対にさぶらひし人々も、みな渡り参りしはじめは、などかさしもあらぬと思ひしかど、見たてまつり馴るるままに、なつかしうをかしき御ありさま、まめやか

なる御心ばへも思ひやり深うあはれなれば、まかで散るもなし。（須磨②二〇七頁）

C 東の対の方に、おもしろき笛の音、箏に吹きあはせたり。「中将の、例の、あたり離れぬどちに遊ぶにぞあなる。頭中将にこそあなれ。いとわざとも吹きなる音かな」とて、立ちとまりたまふ。（篝火③二五八頁）

D 督の君は、なほ大殿の東の対に、独り住みにてぞものしたまひける。（若菜上④一四七頁）

E 殿は東の対の南面をわが御方に仮にしつらひて、住みつき顔におはす。（夕霧④四六五頁）

A・Bは二条院の東の対。光源氏の自室がある。Cは六条院夏の町の東の対。ここの主人は花散里であるが、彼女を母代わりとする夕霧も東の対に住む。Dは未だに独り身の柏木の様子を語る一文。柏木も東の対に住む。Eは落葉の宮の一条院を勝手に修理し、東の対に主人顔で住む夕霧の様子を語ったものである。東の対に関して言うと、他の物語では娘夫婦の結婚生活の場として利用されることもあったが、『源氏物語』の中では、男性の自室に利用されることが多い。東の対は西の対よりも格が上で、寝殿が空けられている場合、主人は東の対に住んでいる。また用例を見る限りでは、部屋住みの男子も東の対に部屋を持っている。どちらの対に部屋を持つか。『源氏物語』に限っては男女間の性差が存在しているように思われる。

もちろん『源氏物語』でも東の対に住む女性はいる。しかし彼女たちは、西の対に住む女性とは質の異なる女性として位置づけられている。東の対に住むのは、まずは六条院における紫の上、そして今上帝の女一の宮である。六条院の紫の上は主人である光源氏との同居という形で東の対に住み、今上帝女一の宮はその紫の上を慕って、紫の上亡き後も当時の室礼をそのままにして生活していたという。『源氏物語』の作中では、西の対は私的な女性の生活圏、東の対は男性の生活圏として表現されている。東の対に住まう女性は、男女の恋愛とは無関係の状況で生きている場合が多い。六条院移転後の紫の上の状態を見ると、光源氏との関係において、私的な男女関係よりも公的な社会的関係でのつながりの方に重点が置かれているように見える。今上帝女一の宮は匂宮や薫にとっては憧れの女性であり、恋愛対象となり得る女性として描かれているが、実際には后腹の内親王として未婚で生活することが可能な女性であり、物語では結局誰とも結ばれることなく過ごしている。

では、紫の上や今上帝女一の宮以外に東の対に関係する人物は他にはいないのだろうか。紫の上や今上帝女一の宮以外で東の対に住む女性の例は以下の通りである。

F（式部卿宮ノ）宮の東の対を払ひしつらひて、渡したてまつらんと思しのたまふを、親の御あたりといひながら、今は限りの身にて、たち返り見えたてまつらむこと、と思ひ乱れたまふに、（後略）（真木柱③三五八頁）

Gかたみおぼろげならぬ御みじろぎなれば、あはれも少なからず。東の対なりけり。辰巳の方の廂に据ゑたてまつりて、御障子のしりは固めたれば、（後略）（若菜上④八〇〜八一頁）

Fは髭黒のもと北の方の父である式部卿宮が、娘を髭黒と別れさせ、自邸の東の対に引き取ろうと考えている場面である。Gは光源氏と朧月夜の尚侍が時を経て再び逢う場面で、朧月夜の尚侍の住まいが実家二条邸（旧右大臣邸）の東の対であったことが明らかにされる。二人に共通するのは、夫と別れて住んでいるということである。夫と別れたからと言って再婚しないとも限らないが、少なくとも『源氏物語』では、東の対に住む人物は恋愛対象と成り得ない人物として描かれている感がある。そしてこれは西の対が恋愛対象となる女性の住む場であったこととは対照的である。『源氏物語』では居住空間が居住する人物のプロフィールや置かれた立場までの決定してしまっているようである。

おわりに

『源氏物語』の書かれた当時の屋敷は寝殿とその東西や北に配置された対から成り立っている場合が多かった。誰がどこに住むか、そこには身分秩序による暗黙のルールがあった。『源氏物語』は虚構であるがゆえに、立地条件やその他の諸事情に左右されず、方角や建物の格差に応じて住む人物を配することができた。「西」が日常の空間とされ、「東」は儀式空間として空けられることもあったが、寝殿に二人の人物が住む場合、年齢・地位ともに低い女性は格の低い「西」に住むのが一般的であった。

対は寝殿よりも格の低い空間である。西の対は未婚の女性や女房の場であり、また私的な妻たちの場であった。そこで繰り広げられる物語は密やかな恋の物語である。形式的ではなく愛情によって結ばれた男女の物語が展開していくのである。『源氏物語』の西の対は主に光源氏の妻妾たちが生活する場として登場する。『源氏物語』や他の物語で東の対より西の対の用例の方が多いのも、それらが恋愛の物語として語られているからであろう。

『源氏物語』の用例から、「西」の空間が独身の姫君たちの恋愛の空間となっていることを確認したが、その用例には例外もある。その例外とは、西側が出家した者たちの場となっている例である。その例の一つが宇治十帖の舞台である八の宮の屋敷である。この屋敷では八の宮が西に住み、姫君たちは東に住んでいる。このことに関して、増田繁夫氏は次のように説明する。*[16]

これは、西側が宇治橋など道路に近い方になっていたからと思われ、薫はこの家では西廂に入れられている
ことなどからすると、この家では西が晴に用いられていたのである。
（九一頁）

増田氏は八の宮が西側に住んでいる理由をこの屋敷が西側を晴とする空間であったからだとしている。しかし、一方で八の宮が出家した者と同じように生活していることから、極楽浄土を願う者として「西」を好んだという可能性も残る。朝顔の姫君の叔母女五の宮が出家しているにもかかわらず東面に住んだ例もあるので、すべてが当てはまるというわけではない。しかし、出家した人物の多くは西の方角に御堂を建てて勤行している。桐壺帝の中宮藤壺の宮は三条宮西の対の南にある御堂で修行した。また、三条宮に住む朱雀帝の女三の宮の御念誦堂は彼女の居所である寝殿の西側にあった。息子の薫が妻の女二の宮を三条宮に迎えようとした時、女三の宮は寝殿すべてを提供しようとしたが、御念誦堂に通う便宜から、薫が母宮を西面に移し、女二の宮は東面に住んだ。さらに、若紫巻でも紫の上の祖母が西面に住んでいたという記述が見られる。

日もいと長きにつれづれなれば、夕暮のいたう霞みたるにまぎれて、かの小柴垣のもとに立ち出でたまふ。人々は帰したまひて、惟光朝臣とのぞきたまへば、ただこの西面にしも、持仏するゑたてまつりて行ふ尼なりけり。
（若紫①二〇五頁）

新編日本文学全集の若紫巻の頭注では引用部分について、極楽浄土を願う者は西方に向うために西向きの部屋で勤行すると指摘する。『源氏物語』の中では、西側は時折仏道修行に励む者の空間となっていた。

以上のような例外もあるが、通常の家では、西側の空間は東側の空間に比べて格が低いという居住空間の規定があった。その結果、物語でも年若い姫君の住まいとなり、恋愛物語の舞台となっていったと思われる。

これまでの考察で、居住空間がその人物の立場や人間関係を窺い知る判断材料となることを確かめることができた。居住空間のイメージは物語を読む読者の心に深く刻まれる事柄である。物語では場所を冠する人物呼称がたびたび見られるが、その呼称はその人物の立場を最もよく表現したものだと言える。作中において、呼称はその人物の立場・性格などをイメージさせる手段の一つである。呼称は使い回しされたものであり、同じ呼称が用いられる人物に対してはその造型や周囲の状況が類型化されていった。場所を冠した呼称であれば、読者はその場所の持つイメージと人物を重ね合わせる。その傾向は、官職名を持たない女性の登場人物の場合に特に多い。女性の呼称になることが多い対は女主人以外の主人の妻や主人の独身の娘が住まう空間である。また、独身の娘の中でも養女の立場にある女性が住むことが多い。実の娘は結婚までは寝殿に住んでいるので、対を呼称にされる女性は養女である可能性が高い。

現実では屋敷の奥まった方（大通りと面していない方）が家族の女性の居所となるが、物語では西に固定される。東にも女性は住むが、『源氏物語』の中で東に住まう女性は、既婚者や恋愛とは無縁である女性に限定される。以上のように、『源氏物語』の中では寝殿と対だけではなく、西・東といった方角にも物語特有のイメージが存在し、そのイメージが敷衍されていく。物語作者は場所に植え付けられたイメージに従い、登場人物の住まいを決定していたと思われる。

注

1 池田亀鑑氏の『源氏物語大成』（中央公論社）によると「大納言殿のおほい君」とする本は、陽明家本・肖柏本（青表紙本系統）、河内本、別本であり、多くの本が「大納言殿の大君」という表現を採用している。

2 「大納言殿の大君」の居所については、倉田実氏の論文に詳しい（「真木柱と大納言の娘たち――実女・養女・継女――」『古代文学研究　第二次』十五号・二〇〇六年十月）。倉田氏もまた該当箇所が「大納言の大君」であった可能性を指摘し、「宮の御方も真木柱の大君になるので、その違いを言うために「大納言殿の大君」とされたとも考えられよう」と述べる。この問題については金秀美氏も『源氏物語の空間表現論』「Ⅱ建築内部の空間表現と物語世界　第二章　紅梅巻の空間配置――紅梅大納言の家族空間と色好みの場――」（武蔵野書院・二〇〇八年）の中で詳しく論じている。

3 新編日本古典文学全集頭注より。

4 北に誰が住んでいるかに関する記述はないが、新編日本古典文学全集では、北面は真木柱の居間であるとしている。

5 『國文學　解釈と教材の研究』二八巻十六号（學燈社・一九八三年十二月号）所収。

6 川本重雄氏「寝殿造の典型像とその成立をめぐって（下）」（『日本建築学会論文報告集』第三三三号・一九八三年）。

7 飯淵康一氏は「平安期貴族住宅に於ける「礼」向き決定の諸要因について」（『日本建築学会計画系論文報告集』第三六八号・一九八六年。後に『平安時代貴族住宅の研究』〈中央公論美術出版・二〇〇四年〉所収）の中で「礼」という言葉に関して次のように説明する。

「礼」とは、空間的上位、下位と結びついた儀式の秩序の方向を示す概念であり、そして主要儀式空間たる寝殿での礼向きが屡々その邸の礼向きと見做されていた。（一七七頁）

8 新潮日本古典文学集成（新潮社・一九七七年）のこの部分の頭注。

9　須磨巻に「西面は、かうしも渡りたまはずやとうち屈して思しけるに、あはれ添へたる月影のなまめかしうしめやかなるに、うちふるまひたまへるにほひ似るものなくて、いと忍びやかに入りたまへば、すこしゐざり出でて、やがて月を見ておはす」（②一七四〜一七五頁）とあり、「西面」が花散里自身を指す例も見られる。

10　田中隆昭氏の「滑稽譚から賢女伝へ――末摘花の物語――」（『国文学解釈と鑑賞別冊』至文堂・一九九八年五月）には、「蓬生巻の末摘花は孝の人、貞女としてのイメージが明確に示されており、愚直の人が結局は賢女であったという物語になっている」と書かれている。おこ話と見られている末摘花とこの蓬生巻の末摘花像はいくつかの点で違っている。

11　『高群逸枝全集　第2巻　招婿婚の研究二』（理論社・一九六六年）第六章・第十節「前婿取期の族制」／『高群逸枝全集第六巻　日本婚姻史・恋愛論』（理論社・一九六七年）。

12　『源氏物語――その住まいの世界――』第六章「寝殿と対の性格」（中央公論美術出版・一九八九年）。

13　東の対で行われた儀式について、『源氏物語』の用例をみると、まず二条東の院の東の対で行われた夕霧の字の儀式が挙げられる。

　字つくることは、東の院にてしたまふ。東の対をしつらはれたり。（少女③二三頁）

また、花宴巻における右大臣家の藤花の宴は、次の一文から、東の対で行われていたと推測される。

　寝殿に女一の宮、女三の宮のおはします、東の戸口におはして、寄りゐたまへり。（花宴①三六四頁）

新編日本古典文学全集のこの部分の頭注には、「宴の場所は東の対であろう。光源氏はそこから寝殿東側の戸口に出向く」と書かれている。

14　新編日本古典文学全集のこの部分の頭注には、「(西ノ対ガ）建物の格としては、寝殿・東の対の次。多くの場合、独身の姫君たちが住んだ。そうした扱いで結婚させようとしたのであろう」と書かれている。

15 『源氏物語試論集　論集平安文学4』（勉誠社・一九九七年）所収。

16 前掲注5。

第二章　王朝物語における「対」の居住者たち

はじめに

鎌倉期に改作された『住吉物語』の末尾には、継母の悪事を知った姫君の父大納言が彼女のもとを離れ、姫君の母の三条の家に渡るという場面がある。やもめ暮らしの舅を思いやる姫君の夫大将は、大納言に新しい妻を用意している。その場面には、

「さても、一人おはすべきか」とて、大将の叔母にて、対の御方と申しけるを婚はせたてまつりてぞ、過ごしたまひけり。（下巻一三四頁）

とある。大将の叔母は、ここで突如登場する人物である。この「対の御方」に関して、新編日本古典文学全集では「大将の父母のどちらかの姉妹で、夫を早く亡くすか結婚に失敗するかして、関白の家の世話になっていた女

性と思われる」と説明している。大納言に釣り合う身分・年齢を考慮した上での意見であろう。しかし、彼女の結婚経験の有無は本文中からは判断できない。本文から読み取れるのは、新しい大納言の妻が「対の御方」と呼ばれる大将の叔母であったということだけである。そして、その呼称から、彼女の居所を「対」と特定することが可能となる。語り手は「対の御方」の表現を付け加えることによって、大納言の後妻が「対」に住まう女性であったことを強調しようとしていた可能性が高い。[*1]

「対」とは当時の建築様式の建物の一つの名称である。当時の貴族住宅の祖型は内裏の仁寿殿に相当する一郭だと言われる。寝殿と呼ばれる正殿を中心とし、その左右に対を配置する。東対・西対の起源は綾綺殿・清涼殿相当の建築と推定されている。[*2]「御方」という呼称に関しては、『落窪物語』冒頭に「君達とも言はず、御方とは、まして言はせたまふべくもあらず」(巻一・九頁)とあり、「君」よりも尊敬の度合いが高い呼称だということがわかる。

歴史学の分野では、「対」を日常生活と深い関わりのある空間とする。吉田早苗氏は「小野宮第」という論文の中で、藤原実資が東の対を娘千古の結婚生活の場として提供したことを指摘し、[*3]西山良平氏はこの事例を基に「対」が娘夫婦の生活の場であったと位置づけている。[*4]物語においても、『落窪物語』に

今は昔、中納言なる人の、むすめあまた持たまへるおはしき。大君、中の君には婿取りして、西の対、東の対に、はなばなとして住ませたてまつりたまひに、三、四の君に裳着せたてまつりたまはむとて、かしづきそしたまふ。(九頁)

とあるように、「対」に娘夫婦を住まわせる事例が見られる(第一部第一章参照)。だが、王朝物語の「対」の使用

例を検討すると、「対」を娘夫婦の居所として描く物語は意外に少ない。それでは「対」は一体誰の空間であったのか。「対」の居住者について考察した先行研究として、齋木泰孝氏の論文「「対」と呼ばれる女性たち――平安朝物語文学にみえる、その召人的性格について――」[*5]が挙げられる。齋木氏は平安朝物語文学の中に登場する、「対」を冠した女性に焦点を当て、彼女らが主人の召人的性格を持っていたことを指摘する。しかし、『住吉物語』の「対の御方」は父大納言の再婚相手として選ばれた女性である。彼女は独身というのが前提であり、主人の召人とは考えられない。同じ「対の御方」という呼称が使用されていても、各作品によってその女性の立場は相違するようである。そこで本章では、「対」を冠する呼称に着目し、その呼称から判断できる「対」居住者の特徴について考察していく。

一、妻たち

王朝物語では、「対」を冠する呼称を持つ女性の初例を『うつほ物語』に見出すことができる。

かの御方（尚侍・俊蔭娘）の侍従の君、対の御方の少将の君とは、従姉妹どちなれば、行き合ひて語れば、祖母君も母君も、「うれしきこと」と喜び給ふ。（楼の上・上八四三頁）

この「対の御方」と呼ばれる女性は源宰相の娘宰相の君である。彼女については、蔵開下巻に「西の一の対におはするは、宰相ばかりの人の御娘、若くて奉りたるなりけり、それは、兄人なんどありければ、迎へつ」（六一三頁）

と説明されている。彼女は藤原兼雅の妻として兼雅の妻たちの集う一条殿の西の一の対にいた女性であった。一条殿の妻たちは一時離反するが、兼雅は宰相の君のことが忘れられなかった。折しも石山寺で宰相の君と遭遇した兼雅の息子仲忠は、父の住む三条殿に移るように彼女を説得し、父にもその旨を進言する。三条殿に引き取られた宰相の君は、仲忠が物忌の際に使用していた東の一の対に住まわされた。「対の御方」という呼称は、彼女のその際の居所に由来する。ちなみに、兼雅の三条殿には、俊蔭娘が住んでいる。蔵開下巻には「おとどは、寝殿へ渡り給ひぬ」（六一八頁）という一文があり、妻の一人である女三の宮の住む三条殿「南のおとど」から、兼雅が寝殿に渡ったことが記されている。宰相の君が「対」を冠する呼称で呼ばれている点から、主人兼雅常住の場は寝殿だったと考えられる。そして、明記されてはいないが、兼雅が俊蔭娘のもとをほとんど離れることがなかったという物語の筋から考えると、俊蔭娘の居所も寝殿にあったと目される。俊蔭娘が「かの御方」と称され、宰相の君が「対の御方」と称されている点から、宰相の君の「対」呼称は寝殿に住む俊蔭娘と区別するための呼称であったと考えられる。また、宰相の君の呼称は会話文において、「対の君」と称される。

・（俊蔭娘）「（前略）対の君などは、御心様なども、あはれに見え給ふ人なめり（後略）」　（楼の上・上八四五頁）

・（兼雅）「対の君は、おいらかなれど、心深ければこそ、人々の御ためにも心安けれ」　（楼の上・上八四五頁）

地の文において「御方」という尊称を使用される宰相の君も、三条殿の主人たちにとっては一段下がった「君」として位置づけられる。

その『うつほ物語』の「対の御方」である宰相の君の、「愛妻と親しく付き合う妻妾」というイメージを引き継いだのが、『源氏物語』の花散里であると考えられる。紫の上と親しく交際する花散里は二条東の院の西の対に居住する間のみ、「対の御方」と呼称されている。

・東の院の対の御方も、ありさまは好ましうあらまほしきさまに、さぶらふ人々、童べの姿などうちとけず、心づかひしつつ過ぐしたまふに、近きしるしはこよなくて、のどかなる御暇のひまなどにはふと這ひ渡りなどしたまへど、夜たちとまりなどやうにわざとは見えたまはず。（薄雲②四三七～四三八頁）

・（夕霧）「（前略）対の御方こそあはれにものしたまへ、親いま一ところおはしまさましかば、何ごとを思ひはべらまし」とて、涙の落つるを紛らはいたまへる気色いみじうあはれなるに、（少女③六九頁）

・丑寅は、東の院に住みたまふ対の御方、戌亥の町は、明石の御方と思しおきてさせたまへり。（少女③七八頁）

『源氏物語』内において、妻妾の身分にある女性の呼称の使用例として最後に挙げられるのは、宇治中の君である。彼女は匂宮の母明石中宮の許しを得て、二条院西の対に迎えられる。

・右大殿には急ぎたちて、八月ばかりにと聞こえたまひけり。二条院の対の御方には、聞きたまふに、（後略）（宿木⑤三八三頁）

・（薫）「さばれ、かの対の御方のなやみたまふなるとぶらひにきこえむ。今日は、内裏に参るべき日なれば、日たけぬさきに」とのたまひて、御装束したまふ。（宿木⑤三九一頁）

・（女房）「対の御方こそ心苦しけれ。天の下にあまねき御心なりとも、おのづからけおさるることもありなんかし」

（宿木⑤四〇六頁）

・（匂宮ハ六の君ト比較シテ）ただ、やはらかに愛敬づきらうたきことぞ、かの対の御方はまづ思ほし出でられける。

（宿木⑤四二〇頁）

以上、『うつほ物語』『源氏物語』の中では、妻妾の呼称に「対の御方」が使用されていた。この用例から、「対の御方」と呼称される妻妾たちは、妻として世間から認識されながらも、夫に経済的に依存し、夫の家の「対」に居候する女性ということができる。彼女たちは「対」の主人であるが、家の女主人となることはできない存在である。

一方、『源氏物語』に登場する光源氏の妻紫の上は「対の上」と呼称されるが、彼女は「対の御方」と呼称される女性たちとは異なり、「上」として光源氏家を支える存在である。[*6] 同じ「対」に住む女性たちの中でも、例外的存在と言える。彼女については、光源氏の須磨・明石退去の間、彼の本邸二条院を支えたのが紫の上で、その功績が彼女の「上」としての立場を作りあげたと説明されることが多い。[*7] その「上」である彼女に、いつまでも「対」を冠する呼称が用いられたのはなぜだろうか。試みに、光源氏帰京後から六条院移転までの紫の上の呼称の中で「対の上」が使用された例を挙げてみたい。

・卯月ばかりに、花散里を思ひ出できこえたまひて、忍びて、対の上に御暇聞こえて出でたまふ。

（蓬生②三四四頁）

・世の中に漏りきこえて、（世人）「前斎院、ねむごろに聞こえたまへばなむ、女五の宮などもよろしく思したり。似げなからぬ御あはひならむ」など言ひけるを、対の上は伝へ聞きたまひて、

（朝顔②四七八頁）

・式部卿宮、明けん年ぞ五十になりたまひけるを、御賀のこと、対の上思し設くるに、大臣もげに過ぐしがたきことどもなり、と思して、さやうの御いそぎも同じくはめづらしからん御家居にてと急がせたまふ。

（少女③七六〜七七頁）

・須磨の御移ろひのほどに、対の上の御方に、みな人々聞こえわたしたまひしほどより（右近八）そなたにさぶらふ。

（玉鬘③八七頁）

紫の上の「上」呼称の出現は蓬生巻からである。彼女の功績により、世間が「上」と認めたことが「上」呼称の出現につながったというが、私見では、光源氏の内大臣就任という出来事以降ではないかと思われる。当時は大臣の妻が叙位されることがあったようであるが、紫の上もその影響を受けたのではないかと考えられる。[*8] 紫の上の叙位を物語が語ることはないが、『源氏物語』ではどの女性にも叙位に関する記述はないので、紫の上が叙位されなかったというより、女性の政治的な部分には触れないというのが物語のルールであった可能性が高い。歴史的に見ると、夫の大臣就任や娘の立后は妻・母の叙位の対象であった。養女斎宮女御は立后時も二条院を里邸としていた。『権記』長保二年（一〇〇〇）四月七日条では「皇后初入内日有賞例文」と題し、歴代の立后時に母や兄弟・乳母などがそれぞれ叙位された例を記す。例えば、天延元年（九七三）七月一日の立后ではそれまで無位であった昭子女王が后母として正三位に叙されており、后母となった女性に位が与えられた事実が語られる。[*9] 紫の上の場合、光源氏の正妻とはいえず、斎宮女御に対しても養母となっていたか否かは曖昧である。また、后の里邸となった二条院の主という身分でもない。従って、昭子女王のように紫の上がこの時点で三位になっていたと主張することはできない。しかし、夫の大臣就任や養女立后という出来事は当時の読者に紫の上の地位の格上げを連想させたと思われる。
また、「対の上」呼称は地の文以外に、光源氏や明石女御・夕霧の心内に即した叙述の中にも見られる。

明石女御の心内に即した叙述

・わが身は、げにうけばりていみじかるべき際にはあらざりけるを、対の上の御もてなしに磨かれて、人の思へるさまなどもかたほにはあらぬなりけり。（若菜上④一〇五頁）

夕霧の心内に即した叙述

・対の上の、見しをりよりも、ねびまさりたまへらむありさまゆかしきに、静心もなし。（若菜下④一九三頁）
・対の上のかやうにてとまりたまへらましかば、いかばかり心を尽くして仕うまつり見えたてまつらまし、つひに、いささかも、とりわきてわが心寄せと見知りたまふべきふしもなくて過ぎたまひにしことを、口惜しう飽かず悲しう思ひ出できこえたまふ。（匂兵部卿⑤二〇〜二一頁）

紫の上は子どもたちからも「対」呼称で呼ばれる。明石女御や夕霧には紫の上を劣った妻と貶めようとする意図はもちろんないだろう。清水婦久子氏の主張にもあるが、[*10]紫の上に「対」が付く理由は語り手が紫の上の居住する建物以外の所に居ることが原因であると思われる。玉鬘十帖では「対の上」呼称は見られないが、これは物語の舞台が玉鬘を中心とする夏の町に移動したからであろう。同じ六条院内でも南の町の外に出ると、蓬生巻で「二条の上」（②三二五頁）と呼ばれた事例と同様に、屋敷名（六条院春の町）を冠して「春の上」と呼ばれる。「対の上」呼称もまた光源氏家の一員として二条院や六条院南の町にいながら、紫の上の住まう「対」からは離れた場所・

立場にいる人物（紫の上を外側から眺める人物）によって使用されるものであったと考えられる。

以上のように、『うつほ物語』『源氏物語』では、「対」は妻の居所として使用されていた。その中でも、「対の御方」呼称を持つ妻たちは、夫に依存する女性たちであった。紫の上の場合は、彼女たちとは異なり、家を管理する立場の女性であった。また、紫の上の居所は主人である光源氏も常住の場としており、邸宅の中心地となっていた。しかし、王朝物語では「対」に女性が一人で住む場合は経済的援助を必要としている人物である場合が多く、そのために劣ったイメージが付与されていた。紫の上には「上」という呼称がメインになるが、物語の語り出しや登場人物たちの言葉の中で「対」呼称が使われ、二条院に引き取られた当時のままの呼称が継続して使われている。異常な婚姻形態にちなんだこの呼称は完全に消えないまま紫の上を縛り続けている。しかし、紫の上自身が自分の婚姻が異常であったことを思い出すのは女三の宮降嫁の後なのである。「対の上」呼称は読み手にのみわかる形で紫の上の絶頂期にも存在し続け、紫の上に暗い影を落とすものとして物語の中を揺曳しているのである。

さて、「対」は『うつほ物語』『源氏物語』においては、前述のように妻の居所として定着していたが、それ以後の物語では、その居住者が変化している。そこで、次節では、『源氏物語』以降の物語に見られる「対」の居住者たちについて考察してみたい。

二、母代わりの女房たち

『源氏物語』の後に成立した『夜の寝覚』には、「対の君」と呼ばれる女房が登場する。彼女は本文で次のように説明される。

（御母ノ御兄ノ娘タチノウチ）妹は、故上の、子のやうに生ほしたてたまひしかば、上失せたまひて後、君だちの御具になりて、対の君ときこえてものしたまふ。（巻一・二四頁）

「対の君」は女主人公（源氏の太政大臣の娘の中の君）の従姉妹（母の兄の娘）であった。この呼称は彼女の局が「対」にあったことに由来する。「対の君」は中の君を助け、時に母親代わりのように振る舞う。その「対の君」が時折「対の御方」と敬称を用いて呼称される（ちなみに、呼称の内訳は「対の君」二十一例、「対の御方」八例である）。

A（男ノ正体ガ）さすがにゆかしければ、対の御方、端近くゐざり出でたるに、（後略）（巻一・三四頁）

B（女房）「対の御方の参りたまふな」（巻一・九九頁）

C ここ（中ノ君ノ住マイ）には、かの上（大君）渡りて見たまふに、さりげなくて、対の御方寄りて、（後略）（巻一・一〇五頁）

D 明けぬれば、対の御方、我が局に下りても、「いかに言ひやるべきことにか」と、うちながめて居たるに、（巻一・一〇六頁）

E 対の御方、月日の過ぐるを数へつつ、御乳母子の、いと若くかたちよきが、少将、小弁とて姉妹（あねおとと）あると、三人（みたり）して、ともかくもおはせむほどのこと、しやるべきかたなきに、（後略）（巻一・一一一頁）

F 対の御方、少将、小弁ばかり、御かたはらに夜昼添ひさぶらひて、他人々をば、御あたりにも寄せず、（後略）（巻二・一二三頁）

G 弁の乳母（大君ノ乳母）も御前に居て、「石山にても、御使ひのしげく通ひはべりけるさま、対の御方、少将の君の局より伝へつつ、御文は雨の脚よりもしげく通ひはべる。（巻二・一七五頁）

H 対の御方、少将など、「姫君、年まさりたまひて、いかにうつくしき御程ならむ。御戴餅（いただきもちひ）などせさせたまふらむかし。わづらはしき世の中に、あいなく飽き果てて久しく参りたてまつらぬよ」など言ひて、うち泣きなどするは、さすがに御耳とどまりて、年の数添ひたまふけぢめにや、身の憂さもあはれも、ありしよりけに、思ひ知られたまふをり多かり。（巻二・二二一頁）

「対の君」を「対の御方」とするのは、そのほとんどが地の文においてであるが、B・Gは女房を発話主とする会話文である。彼女の呼称は混在しており、厳密に区別することは不可能と思われるが、右の用例で確認すると、A・C以外は、目下の者たちの先頭に立っている時（E・F・H）、あるいは格下の女房からの視点で語られる時（B・G）に「対の御方」呼称が表れている。また、彼女は「対」という言葉を省略して「御方」と呼ばれる時もある。

・この三月ばかりは例のやうなることもなく、おのづからとれて見ゆる御乳（ち）の気色などを、御方は見たてまつり知りたまふに、すべて言はむかたなし。（巻一・五三〜五四頁）

・心知りの少将、小弁などは、うちやすむやうにて、西の対に入り居て、御方もろともに、乳母つくろひたて、（後略）（巻二・一五四頁）

「対の君」が中の君の妊娠に気付く場面は、同じく平安時代後期に成立した『狭衣物語』において、嵯峨院女二の宮の母が宮の妊娠に気付く場面と重なる。[*11]「対の君」が「対の御方」と呼称される時、中の君の母親代わりとして女房たちの先頭に立つ彼女の姿が明瞭に描き出される。「御方」という呼称には、「対の君」を中の君の母親代わりと見なす語り手の意識も内在しているのではないだろうか。

以上のように、『夜の寝覚』の「対の君」は女房格でありながら、中の君の母親的存在ともなっていた。彼女が物語内で占める役割は非常に大きい。「対の君」から「対の御方」への呼称の変化は、姫君たちの「御具」（巻一・四七頁）でしかなかった彼女が、次第に女主人公の母親的存在となってその地位を上げていったことを示すものである。彼女の最後の登場場面となる巻二の末尾では、彼女は「対の御方」と呼称され（二四五頁）、最終的には他の女房と区別される存在となっている。

後見となった女性が「対の御方」と呼称される用例は、『夜の寝覚』よりも後に成立した王朝物語にも見られる。『海人の刈藻』[*12]には、関白の昔の恋人が入内する関白の娘（養女）の後見となる場面がある。

殿には、美作の乳母を遣はして、宰相の姫君の御方へのたまふ。「若々しく、かけかけしき筋などにもあらで、ただ女御の御後ろ見にさりぬべく思ひ奉るを。聞こゆるままに参り給はば、おろかなるまじく」と返す返すのたまふに、女君、「いでや、慎ましかるべきわざかな」と思したゆたふに、かうまめやかにのたまはするを、宰相も、「思ひ立ち給へかし。いとあらまほしき御あたりを」と諫め聞こえ給ふ。御乳母なども、「かくておはせんよりは」とて、御答へ聞こえ給ふ。（中略）まづ三日ばかりは殿におはす。対の御方とぞ聞こゆる。

（『中世王朝物語全集　海人の刈藻』〈注訳　妹尾好信／笠間書院〉一四七頁）

彼女はこの後、内裏に出仕し、御匣殿となる。「対の御方」という呼称は「三日ばかり」いた「殿」（＝関白邸）のみでの使用であったと思われる。彼女は一女房であるが、姫君の後見とすべく、関白自らが頼み込んだ女性であった。その身分は女房格でありながら、敬語が付される点からも、重々しく扱うべき女性であることが読み取れる。*13

『源氏物語』でも「対」が女房たちの局として使用された例は確認できる。*14 しかし、この空間に住む女房に「対」呼称が与えられ、物語の表舞台に登場してくるという展開は見られなかった。『源氏物語』以降の物語では、「対」に住む女房格の女性に「対の君」「対の御方」という呼称が与えられる。*15「対」を冠する呼称を与えられた女房は、単なる女房ではなく、重要な役割を果たす女房として物語の表舞台に登場している。

三、引き取られた娘たち

本章の冒頭で確認したように、「君」と「御方」との間には作者による使い分けが存在すると考えられるが、『うつほ物語』の宰相の君や『夜の寝覚』の対の君のように、呼称がその間で揺れる場合がある。この現象は、その呼称を持つ人物の微妙な立場を示唆している。

さて、その傾向は『源氏物語』の玉鬘の呼称にも見られる。普段は「（西の）対の姫君」という呼称で呼ばれながら、時に「対の御方」になる場合がある。

・西の対の御方は、かの踏歌のをりの御対面の後は、こなたにも聞こえかはしたまふ。（胡蝶③一七四頁）

・対の御方に、人々の御文しげくなりゆくを、思ひしことと、をかしう思いて、ともすれば渡りたまひつつ御覧じ、さるべきには御返りそそのかしきこえたまひなどするを、うちとけず苦しいことに思いたり。

（胡蝶③一七五〜一七六頁）

・対の御方よりも、童べなど物見に渡り来て、廊の戸口に御簾青やかに懸けわたして、いまめきたる裾濃の御几帳ども立てわたし、童、下仕などさまよふ。

（蛍③二〇六頁）

・「姫君の御前にて、この世馴れたる物語などな読み聞かせたまひそ。みそか心つきたるもののむすめなどは、をかしとにはあらねど、かかること世にはありけりと見馴れたまはむぞゆゆしきや」とのたまふもこよなしと、対の御方聞きたまはば、心おきたまひつべくなむ。

（蛍③二一五頁）

この時の玉鬘の境遇が二条院に引き取られたばかりの紫の上と重なることは、光源氏の発言からも窺える。光源氏は玉鬘に関して、

すき者どもの、いとうるはしだちてのみこのわたりに見ゆるも、かかるもののくさはひのなきほどなり。いたうもてなしてしがな。なほうちあはぬ人の気色見あつめむ

（玉鬘③一三一頁）

とあるように、玉鬘を種に世の貴公子たちの心を騒がせようと考える。そして、彼は「まことに君をこそ、今の心ならましかば、さやうにもてなして見つべかりけれ」（一三一〜一三二頁）と紫の上に対してもそうするのだったと残念がっている。「西の対の姫君」という呼称もまた、若かりし紫の上を想起させるものとなっている。そ

の紫の上が光源氏の妻となり、呼称も「対の姫君」から「対の上」へと変化したように、玉鬘の呼称にも変化が見られる。これは彼女の立場の変化によるものと想定されるが、その立場の変化とはどのようなものであったのか。光源氏は彼女を引き取った当初、東の町の花散里にその世話を任せていた。だが、初音巻の男頭歌の場面では、

御方々も見に渡りたまふべくかなて御消息どもありければ、左右の対、渡殿などに御局しつつおはす。西の対の姫君は、寝殿の南の御方に渡りたまひて、こなたの姫君、御対面ありけり。上も一所におはしませば、御几帳ばかり隔てて聞こえたまふ。（初音③一五八頁）

と、玉鬘は単独で明石の姫君と対面し、紫の上とも交流している。この後の胡蝶巻では、前の引用にあるように、「西の対の御方は、かの踏歌のをりの御対面の後は、こなたにも聞こえかはしたまふ」と、玉鬘は紫の上方とも親交を持つようになる。右の引用で初めて「対の御方」の呼称が登場することになるが、それ以後、玉鬘の呼称に「対の御方」が混在するようになる。玉鬘はいつの間にか、六条院を形成する女性の一人として独立した存在となっている。そのことが、地の文における「御方」呼称の使用に現れているのではないだろうか。

また、「対の御方」呼称の出現は光源氏の心境の変化とも密接に関わってくる。胡蝶巻の玉鬘と紫の上との親交を語った（前の引用の）直後に、光源氏の胸中が示される。

わが御心にも、すくよかに親がりはつまじき御心や添ふさむ、父大臣にも知らせやしてましなど、思しよるをりをりもあり。（胡蝶③一七四頁）

光源氏の抜き差しならぬ思いが語られる場面である。玉鬘が「対の御方」とも呼称されることは、もはや彼女を娘としては見られなくなった光源氏の差し迫った状況と連動している。『源氏物語』内では、「対の御方」は妻妾たちの呼称として使用されている。玉鬘の「対の御方」呼称は、彼女を光源氏の妻妾の一人と位置づけようとする語り手の意識を暗示するものではないだろうか。

だが、「対」が妻妾の場として使用されることは、前述のように、『源氏物語』以降は見られない。『源氏物語』以降の物語での「対」は、物語の舞台が寝殿にある場合は女房の場となることもあったが、引き取られた娘の場となることもあった。「対」が『源氏物語』で「引き取られた娘」である幼き日の紫の上や玉鬘の場になったことが、後々の物語にも影響を与えている。『狭衣物語』で狭衣の父の妻である洞院の御方に引き取られた今姫君や『住吉物語』の皇女腹の姫君を代表として、継娘や養女たちが「対」に住まわされる展開は、継子譚の典型として多く見られる。「対」は中世に作られた継子譚を筋とする王朝物語において、引き取られた娘の居所としてパターン化されていくのである。

四、引き継がれた「対の御方」のイメージ

最後に「対の御方」の呼称の持つイメージについて考察する。これまで「対」の居住者について明らかにしてきたが、今一度『住吉物語』の「対の御方」について再考してみたい。彼女の境遇については本文では詳しく語られないが、「対の御方」という呼称から、彼女の境遇をある程度推測することが可能になる。

「寝殿」に主人家族がいる場合、「対」に住む女性は、「寝殿」の家族とは一線を画く存在である。『住吉物語』の「大将の叔母」も、大将の両親の住まう「寝殿」には入れない立場にあった。「大将の叔母」の置かれた境遇として考えられるパターンは二つある。一つは、新編日本古典文学全集の説明するように、結婚に失敗して大将の両親の世話になっているというパターンである。主人より身分の高い場合は例外であるが、本来は、主人の妻とその所生の子以外は「寝殿」に居住できないのが一般的であった。そして、主人の姉妹もその例外ではなかった。『源氏物語』の髭黒元北の方も実家である式部卿宮邸に出戻った際は東の対に部屋が用意されていた。そして、もう一つ考えられるのがこの物語のヒロインである皇女腹の姫君と同じ継娘（もしくは養女）の立場にあったというパターンである。前者の場合、「大将の叔母」の両親、つまり大将の祖父母が主人であった時には、彼女も寝殿に居住していた可能性がある。後者の場合だと、彼女は未婚のまま大将の家の「対」に居住し続けている女性ということになる。この場合、彼女は大将の両親と比較して、劣った出自を持つ女性と言える。「大将の叔母」の境遇を決定する表現は見当たらないが、皇女腹の姫君も男君から「対の御方」と呼ばれたことがあった。イメージの敷衍という点から考えると、「大将の叔母」も継子であった可能性が高い。同一の呼称は人物造型をも類似させる。この物語の語り手は、「大将の叔母」に「対の御方」という呼称を与えることによって、彼女に皇女腹の姫君と類似した境遇・性格を付与しようとしたのではないのだろうか。

継子譚の姫君に「対」呼称が用いられることは『住吉物語』の姫君以降の物語でも踏襲されていく。中でも、御伽草子に収められた継子譚の一つ『岩屋の草子』は、別名を『対屋姫』とも言い、継子の姫君の呼称が題名にまで使われている。「対屋姫」とは、女主人公の姫君の呼称である。彼女の呼称の由来については、物語冒頭に、さて、北の方入せ給へば、西の対をしつらひて玉のごとく飾りて、宮腹の姫君入参らせ給ひけり。それよりして姫君をば対の屋の姫君とぞ申しける。

（『新日本古典文学大系・室町物語集　上　岩屋の草子』二一八頁。『岩屋の草子』の引用は以下同）

とある。姫宮だった妻を亡くした父は新しい妻を迎え、宮腹の姫君を西の対に住まわせたという。それゆえ、宮腹の姫君は「対の屋の姫君」と呼ばれた。その後、彼女は父とともに太宰府に下るため家を離れるが、興味深いことに、その後も彼女の呼称は変化しないのである。そして、物語の末尾でも、

さる程に、姫君十四にて女御に参らせ給ひぬ。若君は後に関白に成給ひ、かくて、対の屋北の政所とて、めでたく栄えさせ給ひける。

（二六七頁）

と語られるように、「北の政所」と呼ばれる立場になっても、語り手は女主人公を「対の屋」と呼称する。彼女は最後まで「対」の娘であり、継娘という劣ったイメージから生涯解放されることがなかった。パターン化された「対」は常に劣ったイメージを内包する空間であり、「対」呼称は、その女性の出自を端的に示す言葉として王朝物語で使用され続けるのである。

おわりに

確認してきたように、「対」を冠する呼称が使用されているのは、①妻たち、②母代わりの女房たち、③引き取られた娘たちであった。「対の御方」と呼ばれる女性は、時には妻、時には女房、そして時には娘と、作品によって相違していた。『うつほ物語』『源氏物語』では、主人に経済的援助を受ける妻が中心であった。『源氏物語』の玉鬘は娘格であるが、光源氏にとって恋愛対象と為り得るような立場にいたので、「経済的援助を受ける妻」と同等と言ってよいだろう。

それが、『夜の寝覚』『海人の刈藻』になると、「対」は女房の局を有する空間となっている。そして、身分の高い女房や娘の母代わりをする女房などが、筆頭女房として「対の御方」と呼ばれている。この時代の物語では、主婦の役割を果たす妻がいる家に、主人が経済的援助を必要とする妻を迎えるパターンは見られなくなっている。主役級の人物は皆「寝殿」に居り、物語の舞台も「寝殿」となっている。

一方、いわゆる中世王朝物語と呼ばれる一群を俯瞰すると、この時期に作られた物語には継子苛めの型を持つものが多く、また引き取られた娘は必ず「対」を居所とした。劣った「対」に住まうことは、格下の娘であることを公に示すことにもなった。「対」に住むのは養女や継子といった正式な家族としては認識されない立場の娘であった。[*16] また、娘が「対の御方」と呼ばれる場合もあったが、その呼称を用いるのは、その娘よりも格下の人物であった。『住吉物語』の男主人公が皇女腹の姫君を「対の御方」と呼ぶのは、彼が妹婿という立場にあり、姉に当たる皇女腹の姫君に敬意を表したからだと思われる。

ところが、御伽草子の中には、「対」に実娘が住まう物語も登場する。[*17] 時代の変化に伴って「対」の持つ劣った要素が失われ、未婚の娘の場という認識だけが受け継がれていった。「対」は継娘・実娘に関係なく、未婚の娘の空間としてイメージ付けられるようになった。

その一方で、現実社会では、貴族社会の衰退とともに貴族邸宅の内部構造も変化を遂げていた。その変化の最たるものが「対」の消滅である。経済的事情から「対」は徐々に建てられなくなっていた。[*18] だが、現実社会で消えてしまった後も、「対」は王朝物語の中で描かれ続け、未婚の女性の居住空間として語り継がれていくのである。

注

1　桑原博史氏『中世物語研究――住吉物語論考』（二玄社・一九六七年）には、『住吉物語』の諸本の紹介があり、本文も掲載されている。それによると、白峰寺本・神宮文庫本・赤木文庫本・臼田本・古絵巻本・契沖本・慶長古活字十行本でそれぞれ大将の叔母の呼称を説明する文章が見られる。

2　西山良平氏「平安京の住まいの論点――都市の〈居住形態と住宅建築〉」（西山良平氏・藤田勝也氏編『平安京の住まい』〈京都大学学術出版会・二〇〇七年〉所収）。

3　朧谷寿・加納重文・高橋康夫氏編『平安京の邸第』（望稜舎・一九八七年）。

4　西山氏の考察は前掲注2論文による。

5　齋木泰孝氏「『対』と呼ばれる女性たち――平安朝物語文学にみえる、その召人的性格について――」（『安田女子大学紀要』十三・一九八五年二月所収）。

6　紫の上の「対の上」という呼称については、園明美氏が「『対の上』という呼称」（『中古文学』六十八号・二〇〇〇年五月）の中で考察している。園氏は、

「対の上」という呼称は、娘が入内し、その邸が后妃の「里邸」として機能し、かつ、一門を代表する女性の地位が

后妃たる娘に移る時に現れるもの（四一頁）

と説明する。また近年では、鵜飼祐江氏が「対の上」という呼称——特異な呼称の描くもの」（『中古文学』八十五号・二〇一〇年六月）の中でも検討している。鵜飼氏は「対の上」を、「破格の呼称であり、源氏の理想世界を象徴する呼称」とする。なお、この問題については青島麻子氏も『源氏物語 虚構の婚姻』「第二部 婚姻居住形態から見る物語の論理 第二章「対」の女君——多妻の視座と「対の上」をめぐって——」（武蔵野書院・二〇一五年）の中で詳しく検討している。

7 「上」という呼称については、清水婦久子氏が『源氏物語の風景と和歌』（和泉書院・一九九七年）「第一章 物語の構想と風景 第四節 人物呼称「上」と語り」の中で詳細に検討されている。清水氏は、「上」は「各々の場における主従関係や母子関係による敬称」と定義される。

8 前掲注7の清水氏の論考でも、梅枝巻からの「対の上」呼称の復活に関して、「この時期、紫の上が物語の中心からはずされたことは確かで、そのことが呼称の変化に表れているということはできるだろう」と述べられている。

9 源倫子は長徳四年一月十日に叙従五位上、また、十月二十九日には従三位に叙されている。なお、倫子の叙位の記録は同時代のものにはなく、後の時代に成立した藤原宗忠の日記『中右記』の記事による。また、后母の地位については野口孝子氏「摂関の妻と位階——従一位源倫子を中心に——」（『女性史学』五号・一九九五年）、東海林亜矢子氏「摂関期の后母——源倫子を中心に——」（服藤早苗氏編『平安朝の女性と政治文化——宮廷・生活・ジェンダー』〈明石書店・二〇一七年〉）に詳しい。

10 前掲注7清水氏論考。

11 『狭衣物語』の本文は以下の通り。

うちみじろきて苦しと思したるに、汗も押しひたしたるやうに見えたまへば、近う寄りてうちあふがせたまへるに、単衣の御衣の胸少しあきたるより、さばかりうつくしき御乳の例ならず黒う見ゆるに、心さはぎせられながら目とどめさせたまへれば、隠れなき御単衣にていとしるかりけり。

（巻二①一九七頁）

12 『海人の刈藻』の成立については、『中世王朝物語・御伽草子事典』（神田龍身・西沢正史氏編・勉誠出版・二〇〇二年）に、「平安末期に作られた原作本が『風葉和歌集』編纂以後『新千載和歌集』成立頃に改作されたのが現行本と考えるのが通説」とある。

13 同じ「対の御方」の呼称を持つ女性として『小夜衣』（成立は、前掲注12の書によると、『風葉和歌集』成立の文永八年（一二七一）以後、貞治三年（一三六四）以前とするのが通説）の主人公である山里の姫君がいる。山里の姫君は父と継母の暮らす家に引き取られるが、才気溢れる彼女は、入内する継母の娘の母代わりの女房として共に参内することになる。「対の御方」と呼ばれる女性が母代わりの女房として出仕する点は本文で引用した『海人の刈藻』と類似している。内裏において彼女が「対の御方」と呼称されるようになることは、本文に、

かの山里の姫君は、対の御方と聞こえ給へり。

（『中世王朝物語全集　小夜衣』〈注訳　辛島正雄・笠間書院〉中巻・九〇頁）

と記される。この呼称は、山里の姫君が、入内した姫君の異母姉であり、かつ母代という立場を持つことから、一般女房との区別のために付けられたと考えられる。山里の姫君は参内後に「対の御方」と呼ばれるが、呼称の由来は父邸に引き取られた時の居所が「対」にあったことによるのだろう。継子の居所が「対」という設定はすでに当然のこととなっており、わざわざ語られることもない。ちなみに、彼女は『夜の寝覚』の場合と同様、地の文や帝の発言の中で「対の君」と呼称される場合もある（「対」を冠する呼称の用例十二例の内訳は、「対の御方」七例、「対の方」一例、「対の君」四例となっている）。彼女もまた、「御方」と「君」の間で揺れ動く立場にいる女性なのである。

14　『源氏物語』において「対」が女房の居所であったことが確実なのは、明石中宮の子どもたちの住まいとなった時期の六条院南の町である。そのことは、蜻蛉巻の「こなたの対（＝六条院南の町の西の対）の北面に住みける下臈女房」（⑥二五〇頁）や「常にさぶらはぬ人どもも、みなうちとけ住みつつ、はるばると多かる対ども、廊、渡殿に満ちたり」（⑥二六四頁）という記述から窺える。

15　松村博司氏は『栄花物語全註釈』（五）（角川書店・一九七五年）の中で『栄花物語』巻第二十四わかばえ巻に登場する藤原頼通の召人「対の君」を『夜の寝覚』の「対の君」のモデルとする説を紹介している（そのことは前掲注3の齋木氏論文でも触れられている）。『栄花物語』の「対の君」は頼通の妻である隆姫の従兄弟（源憲定）の娘である。妻の血縁者である娘を夫が召人としていることになり、その点が『夜の寝覚』と重なる。

16　「対」が継娘や養女の居所として登場する中世王朝物語には、『白露』『夢の通ひ路物語』『初瀬物語』などがある。

17　『かざしの姫君』の女主人公は、正体不明の男性（少将）を通わせる場面で「さて少将はその日の暮方に、西の対に来りて」（新日本古典文学大系・室町物語集　上・二九八頁）とあることから、西の対に住むことがわかる。彼女は、物語冒頭に、

　昔五条あたりに、源中納言とて万にやさしき人おはしける。北の御方は大臣殿の御娘なり。姫君一人おはします。御名をばかざしの姫君とぞ申しける。（二九三頁）

とあるように、両親の実の娘であった。

18　太田静六氏は『寝殿造の研究』（吉川弘文館・一九八七年）第六章「鎌倉時代における貴族の邸宅」第六節「寝殿造形式の変遷と武家造（主殿造）および書院造との関係」の中で、「対」は早い段階で消滅していったと考えている。

第二部　男君たちの居住空間

第一章　『源氏物語』の邸宅使用方法について――光源氏と匂宮の事例を中心に――

はじめに

『源氏物語』において光源氏が紫の上を引き取る場面には次のような記述がある。

二条院は近ければ、まだ明うもならぬほどにおはして、西の対に御車寄せて下りたまふ。（中略）こなたは住みたまはぬ対なれば、御帳などもなかりけり。惟光召して、御帳、御屏風など、あたりあたりしたてさせたまふ。御几帳の帷子引き下ろし、御座などただひきつくろふばかりにてあれば、東の対に御宿直物召しに遣はして大殿籠りぬ。（中略）明けゆくままに見わたせば、御殿の造りざま、しつらひざまさらにもいはず、庭の砂子も玉を重ねたらむやうに見えて、かかやく心地するに、はしたなく思ひゐたれど、こなたには女などもさぶらはざりけり。うとき客人などの参るをりふしの方なりければ、男どもぞ御簾の外にありける。

（若紫①二五五～二五七頁）

引用した文章によると、紫の上を迎え入れた二条院の西の対は光源氏の住まない対で、そこには生活するための道具が何もなかったという。この記述を参考にすれば、西の対は疎遠な客に対応するための空間であり、生活用品を東の対から取り寄せたこと、そして、身の回りの世話をする女性もいないことから、光源氏の生活空間は東の対にあったことがわかる。そのことは光源氏の須磨退去の際、光源氏付きの女房たちが西の対の紫の上のもとに参上した折の記述で、「東の対にさぶらひし人々」（須磨②二〇七頁）とあることからも判断できる。

さて、この時、二条院の寝殿については全く描写されない。紫の上を引き取るまで母桐壺更衣の里邸である二条院に一人で住んでいたと思われる光源氏は、寝殿を全く利用せず、東の対を居所として生活していたようである。そして、光源氏が明石から帰京した後は、彼は紫の上の住む西の対に入り浸りであったと思われる。光源氏が朝顔巻において朝顔の姫君の女房宣旨を迎える際には、「東の対に離れおはして、宣旨（せじ）を迎へつつ語らひたまふ」（朝顔②四七七頁）とあり、「離れおはす」という言葉からは普段は使っていない空間であった印象を受ける。光源氏の自室のあった東の対はその時にはほとんど使用されていなかったのだろう。

しかし、いずれにせよ、二条院の寝殿を光源氏が生活空間として利用することはなかったようである。二条院に住む光源氏が寝殿を使用しなかったのはなぜなのだろうか。本章ではその理由について、史実の例も参考にしつつ、解明してみたいと思う。

一、青年光源氏の二条院使用方法

二条院が光源氏の居所として登場するのは帚木巻からである。桐壺帝の御物忌により長雨の中内裏に閉じこもっていた光源氏が久しぶりに正妻葵の上の邸宅を訪れた際のこと、彼はその場所が内裏からは中神のいる「塞がり」の方角であったことを知らされる。その時、光源氏が「二条院も同じ筋にて、いづくにか違へむ」（帚木①九二頁）と言っていることから、二条院が光源氏の自由に利用できる邸宅であったことがわかる。しかし、桐壺巻時点では、光源氏は内裏住みを好ましく思っていて、「（内裏に）五六日さぶらひたまひて、大殿に二三日など」（桐壺①四九頁）通う状況であったようで、二条院はまだ光源氏の生活拠点として登場していない。[*1] この二条院については桐壺巻の末尾に次のように説明されている。

里の殿は、修理職（すりしき）、内匠寮（たくみづかさ）に宣旨下りて、二なう改め造らせたまふ。もとの木立、山のたたずまひおもしろき所なりけるを、池の心広くしなして、めでたく造りののしる。（桐壺①五〇頁）

宣旨を下したとあるから、桐壺更衣の母（光源氏の祖母）の死後、管理者のいなくなった二条院は一旦、桐壺帝の手中に収められたと解することができる。光源氏はこの時「かかる所に、思ふやうならむ人を据ゑて住まばや」（①五〇頁）と思っているだけで、住みついてはいない。いつの間にか二条院に住む光源氏であるが、実は、二条院の所有権はまだ桐壺帝の手を離れていなかったと想定される。居住者と屋敷の所有者は一致するとは限らない。[*2]『落窪物語』で男主人公道頼が落窪の君を匿う屋敷である二条殿も道頼所有の屋敷ではないようで、本文には、「この二条殿は、北の方の御殿なり」（巻二・一四〇頁）とあり、道頼の母の持ち家であることが明記されている。家族の屋敷ではあるが、所有権は道頼にはない。道頼は母親に対して「人も住みたまはぬうちに、ただしばしと思うたまへてなむ」（一二四頁）と言う。この部分の解釈には諸説あるが、新編日本古典文学全集では「あそこには誰も住んでいらっしゃらない間、ほんのしばらくと、借用いたしました」と解している。[*3] つまり、道頼は母親所有の邸宅を借りているだけというのである。光源氏の場合も、父桐壺帝存命中は、父帝から借りるという形で住んでいただけという可能性もある。

親の屋敷は女子に伝領されるのが通例であったが、諸々の理由から男子に伝領される場合もあった。親から子に伝領される時期はその家によって異なるとは思われるが、[*4] 一般的には親の死、または出家の際に行われるものであろう。『うつほ物語』の登場人物である源季明はその財産分与を彼の死の直前に息子たちの立ち会いのもとに行っている（国譲上六二七〜六二八頁）。また、『落窪物語』の主人公の姫君の父忠頼も同じような時期に息子の越前守を呼んでそれを行っている。『源氏物語』では、朱雀院の遺産相続に関する記述が彼の出家直前の場面で語られている（若菜上④一九頁）。このように、遺産相続があり、さらにそこに居住していた主人が死や出家などでいなくなった後に初めて、子どもたちはその家を所有することができると考えられる。そしてそのことは、裏を返せば、親が存命で出家もしていないうちは、居住していなくとも所有権は依然として親にあったということになる。例えば、藤原道長の倫子腹の息子教通の住む家については、藤原実資の日記『小右記』長和四年（一〇一五）四月十三日条に、「左衛門督教通、家焼亡者、大納言公任同宿、（中略）件焼亡処左大臣家、従東洞院東、大路者西辺従三条坊門南辺」とあり、教通の家が道長の家でもあったことが示される。道長が自分の所有する家を貸すという形で息子一家（と教通舅の公任）を住まわせていたのだろう。[*5]『源氏物語』における二条院もこの道長一家の例と同じパターンであったと思われる。

以上の考察によって、光源氏の場合、桐壺帝存命中には二条院の所有者となることはできなかったと推測され、その理由から、寝殿利用が不可能であったと思われる。この問題については、時代は下るが、藤原宗忠の日記『中右記』の康和四年（一一〇二）十月十三日条の記述を参考にしたい。

今夕初渡給高陽院也、（中略）右大臣殿坐東対給、故大殿北政所御所寝殿西渡殿、（中略）殿下談給云、此高陽院券□［文］未渡我許、今夜移儀、只北政所渡給御共之儀也、（中略）後日追券文渡□移寝殿之日、如尋常移徙儀可有者、

当時の右大臣藤原忠実はこの日初めて高陽院に渡ったとあるが、この邸宅の所有者であることを証明する券文を彼はまだ手に入れていなかったという。そのため、忠実は寝殿ではなく東の対に御座を設けている。この日は北政所（故大殿藤原師実の妻源麗子）の御供でやってきたことにし、自分の移徙の儀は、寝殿に移る日に行うことにしたようである。*6 忠実の言葉には、券を所持していなければ、正式な所有者となることはできないという意識が見られる。忠実にとって券文は絶対的な存在であったのだろう。そして、この時点で券文を持っていない忠実が東対に居所を設けた点からは、所有者でなければ寝殿に住めなかった事情が窺える。確認はできないが、このルールが『源氏物語』成立当時から暗黙の了解として人々の間に浸透していた可能性は充分にある。

ところで、藤原教通は道長所有と目される三条の邸宅が焼亡した後もしばらく独自の家を持ってはいなかったようで、治安元年の大臣大饗の際も父道長が兄頼通に管理を任せていた土御門殿をその会場に使用している。そして、彼はその後の『左経記』万寿二年（一〇二五）十月十六日条には「東宮若宮令渡中宮御領小二条殿給、（于時内府）寄宿此所給（後略）」とあるように、道長の出家後に中宮威子に伝領されたと考えられている小二条殿（『小右記』寛仁元年

（一〇一七）十二月四日条によると、二条北・東洞院大路西に位置する）に住んでいたようである。小二条殿とは、寛仁元年十二月に道長が任太政大臣大饗開催のために新たに用意した邸宅であり、威子もこの邸宅から入内している。教通は自身で用意した邸宅二条殿（二条南・東洞院東）に万寿四年（一〇二七）八月十日に渡るまでこの小二条殿に住んだという。*7『栄花物語』にはこの小二条殿に暮らす教通の家族の様子を描く場面がいくつか見られる。巻第二十一後くゐの大将巻には、

かくて、内大臣殿の上、今年二十四ばかりにや、このほどに君達五・六人ばかりになりたまへるを、また今年もただにもあらで過ぐさせたまへるが、今日明日にならせたまひにたれば、例の小二条にこそは住ませたまへるに（後略）（②三七七頁）

とある。これは治安三年（一〇二三）十二月頃の出来事を記している。また、巻第二十七ころものたま巻には、教通の舅公任が出家に際して、婿や孫娘と別れを惜しむ場面が描かれている。本文には、

十二月の十六日のほどなりけり。今日さるべき人々にも対面し、さるべきことをも聞こえたまはんと思して、二条殿におはす。さるべく睦まじき人々二三人ばかり御供にて参らせたまへば、御門入らせたまふよりはじめて、あはれに、このたびばかりぞかしと思すに、あやしう人わろき御心出で来ぬべきを思しまぎらはして、西の対におはして、御匣殿を見たてまつりたまへれば、小さながら家の君にておはする御有様、いとあはれにうつくしうかなしう見たてまつりたまふ。（③四三頁）

とある。これは万寿二年のことであるので、この「二条殿」は教通が新造の邸宅に移る以前に住んでいた威子領の小二条殿であると解するのが自然であろう。そして、右の記述からは小二条殿の西の対に教通の娘生子（公任孫娘）が住んでいたことがわかる。教通の居所は記されないが、先に示した忠実の例を鑑みても、自分の領ずる家でもないこの小二条殿の寝殿を教通が利用する可能性は低いと思われる。

以上のように、所有者より身分が高い人物が一時的に利用するという場合は別にして、所有権が自身にない場合、その寝殿を利用することは原則的には不可能であったと考えられる。このことを考え合わせると、光源氏の住んだ二条院も元々は光源氏の母の家族の邸宅であったが、管理者の死後、一旦桐壺帝が管理するところとなったと推測される。その結果、光源氏が伝領することが決まっている邸宅であっても、父帝の死後の遺産相続の時まで、所有権は光源氏にはなかった。そして、桐壺帝の死後、須磨退去を経て権力を回復した光源氏は、二条院の他に二条東の院も相続し、次のステップに進んでいくことになる。居住場所は同じでも、父桐壺帝の生前と死後では光源氏の置かれた立場は異なっている。次節ではステップアップした光源氏の邸宅使用方法を、現実の貴族の例も参考にしながら確認していきたいと思う。

二、大臣光源氏の場合

澪標巻で内大臣となった光源氏は、亡くなった六条御息所の娘を養女として冷泉帝の後宮に入れることになる。そして薄雲巻では、女御となった養女の里下がりの場面が描かれる。

秋ごろ、二条院にまかでたまへり。寝殿の御しつらひいとど輝くばかりしたまひて、今はむげの親ざまにもてなして扱ひきこえたまふ。（②四五八頁）

物語はここで初めて二条院の寝殿を描く。そのことは、光源氏が大臣になるまで寝殿を登場させる必要がなかったことを物語っている。また、光源氏がこの邸宅の主人となった段階でも寝殿は彼の生活空間とはなっていない。二条院の寝殿は薄雲巻の養女の里下がりの際にのみ登場する。

里邸の居所が寝殿であったことは、他の女御たちも同様であったようで、光源氏の実の娘明石女御が懐妊した際には六条院の南の町の寝殿の東面が用意され、頭中将の娘の冷泉帝弘徽殿女御についても、夕霧巻で雲居の雁が姉である女御の側にいることを語る際には「寝殿になむおはする」（④四八三頁）や「寝殿の御まじらひ」（④四八四頁）と表現されており、その表現から父邸の寝殿にいると判断できる。『源氏物語』の成立した時代、娘を持つ上流階級の貴族たちは、その娘を後宮に入れて、天皇家とのつながりを持とうとする。その上、皇子誕生ともなれば、自身が次期天皇の外戚となる可能性もできるのであり、そうなれば政権を握るチャンスもやってくる。多くの皇子を持つ天皇の場合、身分の高い妻所生の皇子の方が春宮に選ばれる可能性が高かったため、適齢の娘を持つ大臣クラスの貴族たちは挙って娘を後宮に入れた。そして、その娘の里下がりの際に彼女の居所とされるのは決まって寝殿であったようで、『源氏物語』の時代に権力を握っていた藤原道長も『紫式部日記』によると、自身の邸宅土御門殿の寝殿に懐妊で里下がりした娘彰子の居所を用意している。

さて、このように入内した娘が寝殿を使う際、この邸宅の主人とその家族はどこを生活空間としていたのだろうか。土御門殿の寝殿を彰子の居所とした父道長については、『小右記』長和元年（一〇一二）六月九日条で皇太后となった彰子を訪ねた後に、「相府帰西対」と表現されており、西の対を居所としていたと推測される。この西の対は『紫式部日記』の寛弘五年（一〇〇八）十月十六日の行幸の様子を語る際に、

上達部の御座は、西の対なれば、こなたは例のやうにさわがしうもあらず。内侍の督の殿の御かたに、なかなか人々の装束なども、いみじうととのへたまふときこゆ。（一五三頁）

とあり、行幸の際に上達部の座となっていたことがわかる。そして文脈からは、その場所が普段は尚侍であった妍子の居所であったことが暗示される。後に道長の息子の頼通が居住したのも道長と同様に西の対であった。このことは、『小右記』寛仁四年六月十日条の「晩景参関白殿、令渡土御門院西対」という記述や寛仁四年（一〇二〇）七月十日条の「関白来被住西対」という表現から判断できる。

建築学の川上貢氏によると、住居はハレの場所とケの場所の二つに大別されるもので構成され、そしてハレの場所とは儀式の場であり、接客のための場であって、家人の他に外来者との交渉が行われる公共的性格がもたらされたという。[*8] 主人の居所となる対はハレ側にあり、土御門殿の場合、道長・頼通の居所が西の対にあることから、西側がハレであったようだ。実資の小野宮邸の場合も実頼の時代から西側がハレと設定されていたようで、吉田早苗氏は論文「藤原実資と小野宮第――寝殿造に関する一考察――」[*9] の中で、『九暦』天慶八年（九四五）正月五日条の実頼大饗の記事に触れ、尊者が寝殿の母屋、主人・納言以下が南廂、弁・少納言が西廂、外記・史が西対東廂と座が定められていたことを説明されている。実資の大臣大饗も主会場は寝殿であったが、外記・史の

座は西対南廂にあり、邸宅の西側が大饗の場として使用されていた。西の対のみの行事もあったようで、『小右記』に、寛仁三年（一〇一九）十月十九日条に「頭弁経通太郎於此西対可加元服」と書かれているように元服の儀式がこの場で行われた。また、治安元年（一〇二一）八月二十二日条に「今日勧学院歩、仍任近代例、（西対東庇設座）」、治安三年四月十六日条に「今日賀茂祭、使左少将資房出立自家西対」、治安三年（一〇二三）十二月七日条「今日勧学院生為申寄封之悦可参入、仍西対東廂設座席」、長元八年（一〇三五）四月二十日条「未剋向使少将饗所、（小野宮西対）」とあるように、勧学院歩、祭使出立の儀などの会場にもなっている。

藤原公季の閑院邸でも東西の使用状況に偏りが見られる。大臣大饗の際は『小右記』治安元年七月二十五日条に「自余土敷・円座、弁、少納言座東廂、南上西面、外記・史座東対西廂」とあり会場が寝殿東側から東対へと広がっていることがわかる記述がある。閑院では東の空間が重視されていたようである。そして東の対についても、『権記』寛弘八年（一〇一一）正月二十日条の実成元服の際の記述に「東対西廂上達部座、南廂殿上人座」とあり、また、『小右記』治安元年八月十九日条には、「今日勧学院歩、（太相国儲饗禄云、後師、東対南廊庇、副簾立屏風云々、）」、長元四年（一〇三一）十二月十三日条に「依左亜将相公卿消息詣閑院、（児息元服云々、）東対南廂儲上達部殿上人座居饌」とあるように、実資の場合と同様に勧学院歩や元服の会場として使用されていた。

また、ここで再度土御門殿に目を向けると、土御門殿の場合は、道長所有の時代からは後のことになるが、『小右記』治安元年十四日条の教通の内大臣大饗の準備の記述に、「寝殿南廂敷公卿座、（尊者西面坐、）（中略）外記史西対東廂、北□対座」とあり、儀式の場が寝殿西側から西対にかけての空間であったことがわかる。しかし、他の史料をみると、土御門殿は他の邸宅とは異なり、東西の両方の対が儀式空間として使用されたようである。『御堂関白記』の祭使出立の儀の会場の場所についてみると、教通が春日祭使となった時には寛弘四年（一〇〇七）十一月八日条に「従西対立」と西の対が会場になっているが、頼宗（道長息・母は源明子）が賀茂祭使となった際には寛弘四年四月十九日条に「近衛使頼宗従東対立」とあるように、東の対が会場となっている。ただ、他の邸宅との比較もできる大饗の記事で検討した場合、儀式の空間が西側に偏っており、その点から土御門殿では西側の空間が重視されていたのではないかと考えられる。

道長より時代は遡るが、道長の兄道隆の二条殿でも西の空間が重視されたようで、例えば、摂政殿、つまり道隆邸で行われた賀茂使出立の儀式の様子を語る『小右記』正暦四年（九九三）四月十五日条には「刑部丞為信令奉摺袴於摂政殿、西対出立」と書かれており、その会場が西の対であったと明記されている。ちなみに、この時祭使となったのは道隆息の隆家である。道隆は東三条院の南院にも居住していたが、この年の三月三十日に焼亡しているので、この時の居所は二条第であったと考えられる。『百錬抄』によると、道隆が再建された南院に移ったのは正暦五年（九九四）十一月十六日であった（本文には「関白遷二東三条南院一」とある）。そして、道隆が二条殿のハレの方角である西の対に居住したことは、『枕草子』二六〇段の「西の対に殿の住ませたまへば、宮もそこにおはしまして、まづ女房ども、車に乗せさせたまふを御覧ずとて、御簾の内に、宮、淑景舎、三、四の君、殿の上、その御おとと、三所立ち並みおはしまさふ」（四〇五頁）という記述から判断できる。この道隆の二条殿の敷地は南北に分かれており、北は一条天皇の后となった道隆娘の定子の御在所となり、息子伊周も住んだという。この段は正暦五年二月二十一日に関白道隆が法興院の積善寺において一切経供養を行った時の出来事を記している。この時、定子は「二条の宮」へ退出していたが、積善寺への行啓の際には父のいる南側の家に移っていたようで、本文には「御経の事にて、明日わたらせたまはむとて、今宵まゐりたり。南の院の北面にさしのぞきたれば」（四〇四頁）と清少納言が道隆の邸宅の女房の詰め所に顔を出す様子が描写されている。二月にはまだ東三条院の南院は再建されていないから、この段の舞台は二条殿であり、ここで「南の院」と書かれているのも二条殿の南の家のことであると想定される。[*10] さらに、北側の定子の宮に関して、『小右記』長徳二年（九九六）四月二十四日条に「允亮朝臣向権帥、中宮御在所也、謂二条北宮、使等入自東門、無陣門也、経寝殿北就西対、帥住居也」とあり、権帥である伊周追補の宣旨を受けて彼の住む邸宅を訪れた使たちがこの邸宅の東門から侵入したことが記されている。伊周の居所は西の対であったが、使たちは陣のない東側から入っている。おそらく陣は西門にあり、そちらが正門であったと考えられる。二条北宮では寝殿に定子がおり、道隆の死後、この邸宅の管理を任された伊周は正門側、つまりハレの方角である西側の対に住んでいたのである。

以上のように、『源氏物語』成立当時、娘を入内させた大臣クラスの貴族たちは、寝殿を娘の居所とし、自身はハレの空間の方角にある対を日常生活の場として利用していたと考えられる。そして、大臣となった『源氏物語』の主人公光源氏にも現実社会と同様の方法が取られていた。太政大臣となった少女巻の末尾で光源氏は六条院に移り住むが、ここでも光源氏が寝殿に居住している気配はない。寝殿はしばらくの間、行事の会場としてしか描かれない。初音巻に男踏歌を描く場面があるが、その際に、

御方々も見に渡りたまふべくかねて御消息どもありければ、左右の対、渡殿などに局々しつつおはす。西の対の姫君は、寝殿の南の御方に渡りたまひて、こなたの姫君、御対面ありけり。（初音③一五八頁）

と、男踏歌見物のため、東の町に住む玉鬘が南の町の寝殿の南の部屋に移動することが語られる。この寝殿が居住空間として描かれるのは、朱雀院の女三の宮の降嫁以降である。

『源氏物語』の世界では、東側を格上とする意識が随所に見られ、東側に目上の人物が居住する場合が多い。[*11]物語世界では常に東側がハレの空間として設定されているようである。二条院でも六条院南の町でも光源氏の居所はハレの方角である東側の対に設けられていた。後年、六条院南の町の東の対は、匂兵部卿巻に紫の上を偲ぶ明石中宮所生の女一の宮が住んだと書かれており、以前は紫の上の居所であったことが明示されている。若菜下巻において行われた女楽の終了後の光源氏と紫の上の行動については「院は、対へ渡りたまひぬ。上は、とまりたまひて、宮に御物語など聞こえたまひて、暁にぞ渡りたまへる」（④二〇四頁）と説明されるように、光源氏は紫の上を寝殿に置いて一人対に移る。この記述から、東の対は当初から光源氏の生活拠点であったことが窺える。彼は紫の上と二人、東の対で同居していたと思われる。[*12]そして、光源氏は紫の上と住む東の対から寝殿に住む女三の宮のもとへ通っていたのだろう。六条院の寝殿は元々、光源氏の娘明石姫君の将来のために空けられ、儀式の際のみに使用されていたと考えられる。そこに意図せず内親王の降嫁があった。そのため、明石姫君入内後には寝殿は中の戸で二分され、東に明石姫君、西に女三の宮という形で使用されることとなった。

三、匂宮の二条院使用方法

最後に、二条院で病に伏せる紫の上から「大人になりたまひなば、ここに住みたまひて、この対の前なる紅梅と桜とは、花のをりをりに心とどめてもて遊びたまへ。さるべからむをりは、仏にも奉りたまへ」（御法④五〇三頁）と遺言された匂宮の二条院における居住方法について確認してみたい。この紫の上の言葉により、匂宮が二条院に居住したことは、匂兵部卿巻に「紫の上の御心寄せことにはぐくみきこえたまひしゆゑ、三の宮は二条院におはします」(⑤一七〜一八頁)とあることから判断できる。この記述によって、二条院が祖母紫の上から孫の匂宮に伝領されたと考える説が一般的になっている。しかし、詳細に見ていくと、匂宮が二条院に住んでいたことが確認できるのは最初の巻匂兵部卿巻のみで、その後、宇治中の君を引き取るまでは、彼が二条院に居住していた形跡はない。この点を考慮すると、匂宮は二条院の一時的な居住者ではあっても、その邸宅を所有していたとまでは言い切れない。では、彼は実際にはどこを居所としていたのだろうか。

匂宮の居所については、まず、匂兵部卿巻の前の引用箇所の続きに「春宮をばさるやむごとなきものにおきたてまつりたまひて、帝、后いみじうかなしうしたてまつり、かしづききこえさせたまふ宮なれば、内裏住みをせさせたてまつりたまへど」(⑤一八頁)とある。匂宮の父母は彼の内裏住みを希望し、実際に彼の曹司も用意していたと想定される。しかし、気軽さを求める宮は「なほ心やすき古里に住みよくしたまふなりけり」(⑤一八頁)と、なかなか両親の指示には従わなかったようだ。この「古里」は二条院を指すと考えられるが、総角巻になると、女三の宮の三条宮焼亡の際に、「三条宮焼けにし後は、六条院にぞ移ろひたまへれば、近くては常に参りたまふ」(⑤二五九頁)と、女三の宮が六条院に移り、匂宮の居所とも近くなったとあるように、匂宮が以前から六条院に居住していたように描写されている。また、匂宮が宇治中の君をどこに迎えようか思案している場面には次のような記述がある。

京にも、隠ろへて渡りたまふべき所もさすがになし。六条院には、左の大殿片つ方に住みたまひて、さばかりいかでと思したる六の君の御事を思しよらぬに、なま恨めしと思ひきこえたまふべかめり。すきずきしき御さまとゆるしなく譏りきこえたまひて、内裏わたりにも愁へきこえたまふべかめれば、いよいよおぼえな

くて出だし据ゑたまはむも憚ることいと多かり。（総角⑤二八九〜二九〇頁）

この記述を読むと、匂宮が考える中の君引き取りの候補地は六条院のみで、二条院は挙げられていない。後に夕霧六の君と結婚した匂宮の生活が語られる場面には、

かくて後、二条院に、え心やすく渡りたまはず。軽らかなる御身ならねば、思すままに昼のほどなるもえ出でたまはねば、やがて、同じ南の町に、年ごろありしやうにおはして、暮るれば、また、えひき避きても渡りたまはずなどして、（宿木⑤四二一頁）

とあり、匂宮が今までと同じように六条院の南の町で昼間の時間を過ごしていることが明記されている。身分ゆえに昼間に二条院を訪れることもできないという。これらの記述によると、匂兵部卿巻に書かれた内容とは異なり、橋姫巻以降では、どうやら匂宮は六条院の南の町を里邸としていたようである。ちなみに中の君は、大君死去を嘆く薫の姿に心を動かされて妹である中の君の人柄も認識した明石中宮の「二条院の西の対に渡いたまひて、時々も通ひたまふべく」（総角⑤三四〇頁）という言葉によって、二条院に迎えられていた。つまり、母中宮の言葉がなければ、匂宮は中の君を二条院に迎えることはできなかったのである。そして、これは二条院の権利が未だ匂宮には伝えられていなかったことを意味するのではないだろうか。中宮は二条院の西の対に中の君を迎えるように提案してはいるが、その院の西の対に彼女と同居するようにとは言っていない。近い将来、匂宮が夕霧六の君を正妻とするならば、匂宮の本来の里邸は六条院東の町になる。夕霧の娘との結婚を勧める立場にいる中宮

から二条院を里邸とさせることはできなかったにちがいない。中の君を二条院に引き取る許可を与えたのが明石中宮であることから、この邸宅は光源氏の死後、実娘の明石中宮に伝領され、管理も彼女に任せられていたものと推測される。前述のように所有者と居住者が異なることは多々あり、匂宮の二条院の場合も『落窪物語』と同様に未だ母の所有する邸宅であったと考えられるのである。

ところで、二条院の西の対に中の君を迎えた匂宮であるが、この邸宅における彼の拠点は寝殿にあったようである。宿木巻には次のような文章がある。

中将の参りたまへるを聞きたまひて、さすがにかれもいとほしければ、出でたまはんとて、「いま、いととく参り来ん。ひとり月な見たまひそ。心そらなればいと苦し」と聞こえおきたまひて、なほかたはらいたければ、隠れの方より寝殿へ渡りたまふ、御後手を見送るに、ともかくも思はねど、ただ枕の浮きぬべき心地すれば、心憂きものは人の心なりけり、と我ながら思ひ知らる。（⑤四〇二頁）

夕霧六の君との婚儀の日であるにもかかわらず、中の君を愛おしく思う匂宮は二条院へ帰ってしまう。この場面は六条院からの使者に寝殿で会う匂宮の姿を描いている。この後、六の君のもとに出かける準備のために中の君のもとから寝殿に行く描写も見られる（⑤四一二頁）。また、東屋巻には、「明くるも知らず大殿籠りたるに、人々あまた参りたまへば、寝殿に渡りたまひぬ」（⑥五九頁）とあり、寝殿は接客の場でもあった。さらに、蜻蛉巻には、「女君には、あまりうたてあれば、聞こえたまはず。寝殿におはしまして、渡殿におろさせたまへり」（⑥二二七頁）と、匂宮が浮舟のことを侍従から聞くために寝殿に赴く場面がある。このことを中の君に聞かせるのは具合が悪かったので、匂宮は中の君からわざと離れるのである。以上の描写から、匂宮が寝殿に自室を持っていたことがわかる。光源氏付きの女房が東の対にいたように、匂宮付きの女房もまた寝殿に控えており、外出する匂宮の準備を手伝っていたのだろう。匂宮が寝殿に自室を設けたのは、彼の親王という立場によるものと思われる。光源氏の場合はすでに臣下となっており、当時父帝の手中にあった二条院に住んでも、遺産として相続するまでその邸の主となることはなかったために、寝殿には住めなかった。匂宮の場合、二条院・六条院のどちらも住まうことが可能であった。しかし、その邸宅を有する母中宮が未だ健在であるため、現段階では、匂宮はそのどちらの屋敷も所有するには至っていなかったと考えられる。

匂宮と類似する居住方法をとるのが、彼の兄二の宮である。続編の始発の巻である匂兵部卿巻には、匂宮の同腹の姉女一の宮と兄の二の宮の住まいについて次のように説明されている。

> 女一の宮は、六条院南の町の東の対を、その世の御しつらひあらためずおはしまして、朝夕に恋ひしのびきこえたまふ。二の宮も、同じ殿の寝殿を時々の御休み所にしたまひて、梅壺を御曹司にしたまひて、右の大殿の中姫君を得たてまつりたまへり。（⑤一八頁）

女一の宮は六条院南の町の東の対におり、二の宮は同じ町の寝殿を時々の御休み所にしたという。彼は南の町の寝殿を利用するが、それは「時々の御休み所」に過ぎなかった。つまり、常住の邸宅ではなかったのである。二の宮は六条院南の町を譲られて主人として居住していたのではなく、母中宮の邸宅を休み所として利用していただけであった。寝殿を利用できたのは、匂宮の場合と同様、彼が親王であったからと考えられる。二の宮もかつての光源氏のように、普段は宮中の殿舎を曹司にし、そこから夕霧中の君のもとに通ったのだろう。二条院の寝殿を匂宮が利用するのも、「休み所」という程度であったのかもしれない。匂宮にとって、二条院は本来、常住する邸宅ではなかったのである。総角巻にある母中宮の「時々も通ひたまふべく」という言葉には、中の君の素晴らしさを認め、内密に二条院へ迎えることを許可しながらも、表向きには夕霧六の君の方を正妻として重んじてほしいと願う彼女の複雑な思いがこめられている。

おわりに

見てきたように、『源氏物語』において、登場人物たちの居住空間は、当時の現実社会の居住の規則に則って決定されていると考えることができる。当時の貴族の男子たちは、その家に伝領すべき女子がいないなど特別な場合を除いて自身の親の邸宅を伝領することはなく、新婚当初は実家から妻の邸宅に通うというケースが一般的であった。妻の家が夫の実家より財産を持っている場合などは、その妻の実家の邸宅に住みつくようになることも多かった。その際は夫の生活を支えるのも妻の家の役目となった。『源氏物語』の東屋巻には、財産をひけらかして左近少将を実娘の婿に得ようとする常陸介の様子が描かれている。常陸介は次のように語る。

なにがしの命はべらむほどは、頂にも捧げたてまつりてん。心もとなく何を飽かぬとか思すべき。たとひ、あへずして、仕うまつりさしつとも、残りの宝物、領じはべる所どころ、ひとつにてもまたとり争ふべき人なし。子ども多くはべれど、これはさまことに思ひそめたる者にはべり。ただ真心に思しかへりみさせたまはば、大臣の位を求めんと思し願ひて、世になき宝物をも尽くさむとしたまはんに、なき物はべるまじ。

（⑥三〇～三一頁）

左近少将は介の言葉によって、結婚相手を介の継娘である浮舟から実娘に鞍替えする。この挿話は、『源氏物語』の書かれた当時、婿が実家ではなく婚家の財産をあてにしていたことを端的に物語っている。こうして、妻の両親の出家後または死後には、婿が一家の主としてその邸宅を管理していくのである。

光源氏の二条院は、たとえ彼の母の屋敷であっても、父帝による管理が行われている以上、父の存生中はまだ光源氏の所有するところではなかったと考えられる。それが父親の死後、光源氏はその邸宅の所有権を手に入れ、娘を天皇の後宮に入れ、天皇との関係を密にする。そして、その居住の仕方も、寝殿を入内した娘に譲り、自身はハレの側の対を居所とするという方法を取っている。これは当時のキサキの娘に持つ貴族の一般的な居住方法であった。

後に二条院に住んだ匂宮は寝殿に自室を持ち、西の対に住む中の君のもとに通ったが、これは光源氏とはまた異なった居住方法である。目下のところ二条院を所有するとみられる明石中宮は二条院に匂宮に住むようにとは言っていない。匂宮には通うようにと指示しているのである。しかし、その後の中の君を寵愛し、二条院に入り浸るという彼の行動には目をつぶっている節がある。そして、彼の寝殿利用に関しても、明石中宮は黙認していたと考えられる。この際、匂宮は親王という身分にあることを理由に寝殿を利用したのだろう。『源氏物語』の中では親王・内親王の居所が語られる場合、その場所はほとんどが寝殿である。例外は六条院南の町に住んだ女一の宮であるが、これは紫の上を慕ってのことであり、特殊な例であると言えるだろう。*13

このように、登場人物の居住空間を説明する文章は、一見、何の意味も持たないもののように思われるが、ここにはその登場人物の身分や立場、置かれている状況などを暗に示してくれる重要なヒントが隠されており、当時の社会の一般的なルールを知る読者ならば、それを瞬時に判断できたのだろう。光源氏の居住方法に関しては、青年期の居住方法からは父親の庇護下で暮らす光源氏の姿が確認でき、大臣に昇進した後の居住方法からは政治家光源氏の政権掌握の方策を垣間見ることができる。彼の居住の仕方を検討することによって、物語内での光源氏の描かれ方の変遷をたどることが可能となるのである。

注

1 二条院が光源氏の主たる生活空間でないことに関しては、辻本裕成氏も論文「源氏物語の男女関係・結婚・性のあり方」(増田繁夫氏・鈴木日出男氏・伊井春樹氏編『源氏物語研究集成』第十二巻〈源氏物語と王朝文化〉風間書房・二〇〇〇年)の中で触れられている。

2 邸宅の伝領に関しては、廣田収氏が「『落窪物語』における邸第の伝領——平安京における継子苛めの物語——」(『人文學』一七七号・二〇〇五年三月)の中でその問題が論じられている。廣田氏は『落窪物語』の側から邸第伝領の問題点を次のように整理される。

①邸第は、父の伝領するものと、母の伝領するものとの両方がある。
②伝領と占有、居住などとの間には差異がある。
③伝領の根拠は、券である。

④法的な伝領の正当性は、権貴の政治的経済的勢力の前で必ずしも実現しない。
本章では、廣田氏の指摘される問題点②に注目する。

3 新潮日本古典集成では「(本妻とすべき)人がお住みにならないうちに、ほんのしばらくと思いまして」と解する。

4 藤原実資は『小右記』寛仁三年十二月九日条ですでに財産分与を定めている。日記には、「小野宮并荘園・牧・厩及男女・財物・惣家中雑物繊芥不遺充給女子千古了、注文書預給了、道俗子等一切不可口入之由注處分文、至官文書・累代要書・御日記等追可相定、女子若産男子為與彼暫不定充而已」とあり、屋敷を含め、家の中のものはすべて娘の千古に与えるとしている。残念ながら、千古は実資よりも先に亡くなるが、後に、実資の孫である資房は、自身の日記『春記』の長暦三年(一〇三九)十月二十一日条において、千古の婿の兼頼が妻の死後、実家堀河院に帰ったにも関わらず、最近また小野宮に住むようになっていることを奇怪なことだと嘆いている。その後、「家財悉可被委付相公女児」と記し、千古に譲られていた財産がまたその娘に受け継がれたことを明らかにしている。このように、遺産相続の時期はこの場合、死や出家を前にしてというわけではないが、現役の大臣であるうちに自邸である閑院を娘婿の藤原能信に譲与して息子実成の小宅に移った藤原公季の場合とは異なり、このように定めた後も実資は小野宮に住み続けており、彼が主人であることには変わりない。実際に譲られるのは実資の死後のことであったと考えられる。遺産相続の話をする時期はその家によって異なると思われるが、実際に主人の交代などがあるのは、両親の死後か出家後であったというのが本章の示すところである。実資の遺産相続については服藤早苗氏の著書『「源氏物語」の時代を生きた女性たち』(日本放送出版協会・二〇〇〇年)「第五章　女の経済生活」に詳細に説明されている。

5 この三条家については、野口孝子氏の論文「藤原道長の三条家――家の伝領と居住者をめぐって――」(『古代文化史論攷』第十五号・一九九六年)でも触れられている。

6 高陽院は頼通からその息子師実に伝領され、関白家の邸宅として師通や忠実も利用した。康和三年（一一〇一）二月十三日に師実が亡くなり、忠実の父である師通も康和元年（一〇九九）六月二十八日にすでに死去していたため、康和四年時点の高陽院の管理は忠実に任せられていたと考えられる。しかし、承徳元年（一〇九七）から五年間ほど、この邸宅は堀河天皇の里内裏となっており、忠実の居住はまだ実現していなかった。堀河天皇が本内裏に戻ったのは、康和四年九月二十五日であるから、その直後から、忠実は移徙の準備を始めたようである。この辺りの事情については、朧谷寿氏の『平安貴族と邸第』「Ⅰ　摂関期の邸第・第二　藤原頼道の高陽院」（吉川弘文館・二〇〇〇年）に詳しく記されている。

7 藤原道長の二条殿については野口孝子氏「道長の二條第」（『古代文化』第二十九巻・一九七七年）、または川本重雄氏「小二条殿と二条殿――道長の二条殿と教通の二条殿――」（『古代文化』第三三巻三号・一九八一年三月）に詳しく考察されている。ちなみに、教通の二条殿の位置は『春記』長元元年（一〇二八）十月二十二日条に里内裏となったこの邸宅の道順を記すくだりに「自東洞院東大路南行幸内大臣二条第入自西門」とあり、また同年十二月二十五日条に「出東門自高倉小路北行」と記されており、その記述から場所を特定することができる。

8 川上貢氏『日本中世住宅の研究』「序説　二　ハレとケ」（中央公論美術出版・二〇〇二年）。

9 『日本歴史』三五〇号（一九七七年七月）所収。

10 増田繁夫氏も『和泉古典叢書1枕草子』（和泉書院・一九八七年）の補注において、この段の「南の院」を道隆所有の二条殿南家と解している。そしてこの解釈は『新編日本古典文学全集18枕草子』（小学館・一九九七年）の注釈にも反映されている。

11 増田繁夫氏は論文「住居」（『国文学解釈と教材の研究』一九八三年十二月）の中で用例を挙げながら、「源氏物語ではこの寝殿に二人の人物が住んでいる例が多いが、その場合には東の母屋に目上の人が住む」（九一頁）と説明されている。

12　光源氏が女三の宮降嫁後も紫の上と東の対に同居していたことについては、倉田実氏も、小嶋菜温子氏編『王朝文学と通過儀礼〈平安文学と隣接諸学3〉』（竹林舎・二〇〇七年）「対談　王朝の家と結婚」の中で触れている。

13　女一の宮の居所に関して、総角巻になると、内裏に釘付けにされた匂宮が女一の宮の御方を訪ねるという場面も見られ、内裏住みをしている様子である。また蜻蛉巻では寝殿で行われた法華八講の後片付けのために彼女が一時的に西の渡殿に移っている場面があり、普通ならば退出した明石中宮とともに寝殿にいるべき人物のように描かれている。これらの点から考えると、彼女は六条院南の町の東の対に定住していたわけではなく、内裏と六条院を行き来し、六条院にいる時の場所も一定ではなかったようである。また、明石中宮腹の二の宮に関しても、匂兵部卿巻においては六条院の南の町の寝殿を時々の休み所としていたと語られるが、蜻蛉巻の中宮の御軽服による六条院退出と法華八講の行事の場面では、二の宮は式部卿宮となって身分も重くなっており、中宮のもとに常に参上することもできなくなったと記される。そして、この記述は、二の宮の本邸が六条院ではないことを明らかにするものである。

第二章　王朝物語における男性の住まい

はじめに

『源氏物語』東屋巻には、常陸介の娘の婿となった左近少将の結婚観が示される場面がある。

わが本意は、かの守の主の人柄もものものしくおとなしき人なれば、後見にもせまほしう、見るところありて思ひはじめしことなり。もはら顔容貌のすぐれたらん女の願ひもなし。品あてに艶ならん女を願はば、やすく得つべし。されど、さびしう事うちあはぬみやび好める人のはてはては、ものきよくもなく、人にも人にもおぼえたらぬを見れば、すこし人に譏らるるとも、なだらかにて世の中を過ぐさむことを願ふなり。

（⑥二五頁）

左近少将は、常陸介を田舎者と馬鹿にしながらも、経済力の面で彼をあてにし、妻自身の魅力より生活の安定を選んで結婚相手を決めている。彼は元々、常陸介の後妻中将の君と桐壺帝八の宮との間に生まれた浮舟の結婚相手として選ばれた男性だった。しかし、常陸介の継娘では、その援助が受けられないと判断し、介の可愛がる実の娘へと鞍替えしたのであった。介の方は、自分の財産を受け継ぐ者はこの娘しかいないと語っているが、可愛がる女子に財産を受け継がせるのは当時の風習であり、普通の家では、男子たちが実家の援助を受けることは稀であったと想定される。よって、男子が生活の安定を図るためには、親の財産を相続できそうな女性を結婚相手に選ぶほかなかった。こうして男子は結婚相手の家で生活の世話を受ける。この左近少将も浮舟が以前住んでいた西の対で生活することになるが、そのことを物語では「住みつく」と表現している。当時は、結婚を認められた夫婦なら、通い婚の形式であっても「住む」と表現した。男性の場合、宿泊するだけでも、夫婦として安定していれば、「住む」という言葉を使ったという。*1 男性の「住む」は物理的な落ち着きよりも精神的な落ち着きを示す言葉として使用されるようである。日中は朝廷に出仕し、夜は妻のもとに通うとなると、一日中家にいる女性とは違って、男性には寝起きと食事ができる空間さえあれば生活できるということである。従って、男性の居住空間は物語には詳しく描かれることは少ない。しかし、物語を読み進めるためには彼らの居住空間を理解することも必要であろう。そこで、本章では、物語や記録などから男性の居住空間について窺える部分を抽出し、彼らがどのような場所に暮らしていたかについて考察していきたい。

一、男子の居所としての「曹司」

『うつほ物語』藤原の君巻冒頭では、当時栄華を誇っていた源正頼一族のことが紹介されている。そして、彼

らの居住空間についても言及している。その中で息子たちの居所に関しては、

男君たちは、ある限り、廊を御曹司にし給ひて、板屋を侍にしてなむありける。（七〇頁）

と簡潔に述べているに過ぎない。物語・古記録の用例を検討すると、一般邸宅内で「曹司」と呼ばれる空間に居住している男性は多く、同じ『うつほ物語』に登場する橘千蔭の息子忠こそも「曹司に籠り臥して」（忠こそ一二五頁）と、父の邸宅内に曹司を持っていたことが明記されている。一方、正頼の子息たちの居所の説明の後には、「女房の曹司には、廊の巡りにしたるをなむ、割りつつ賜へりける」（七〇頁）とあり、女房の居所に対しても同じ「曹司」という言葉が使われている。「曹」は「局」と同じ意であり、「局」は『角川古語大辞典』によると、殿舎の内部を障子や屏風、あるいは壁や板などで仕切った小区画のことを指す言葉であるという。「曹司」については、例えば、同じ『うつほ物語』俊蔭巻に「娘は、ただ、乳母の使ひける従者の、下屋に曹司してありけるをぞ、呼び使ひける」（二三頁）とあるように、女房だけではなく従者の居所もまたこの言葉で呼ばれることが知られる。正頼の子息たちには「御」という敬意を表す語が付されてはいるが、彼らの居所の実態は、女房や従者と同様に細かく区切られた小区画の空間であったと思われる。

貴族の男性が一般邸宅内で「曹司」と呼ばれる空間に居住することは他の物語にも見られる。『落窪物語』では、男主人公道頼の身代わりとして中納言の四の君と結婚する兵部の少輔の居所として「曹司」が登場する。

北の方の御叔父にて、世の中にひがみ痴れたる者に思はれて、治部卿なる、交らふこともなき人の太郎、兵

部の少輔といふ人ありけり。少将おはして、「少輔はここにか」と宣へば、「曹司の方に侍らむ。人笑ふとて、え出で立ちもしはべらず。君達御顧みありて、これ交らひつけさせたまへ。おのれも、しか侍りにき。笑ひ立てられたるほどだに過ぎぬれば、宮仕へしつきぬるものなり」と申せば、少将、うち笑ひて、「いかが、ようなしはべらむ」とて、曹司におはして見たまへば、まだ臥したまへり。また痴れがましうをかしうて、「やや、起きたまへ。聞ゆべきことありてなむ、まうでき」と宣へば、足手あはせて、いとよく伸び伸びして、からうじて起き出で、手洗ひゐたり。

（巻二・一二五〜一二六頁）

兵部少輔は父譲りの独特の容姿を人に笑われることが多く、それが原因で宮仕えもせずに自分の曹司に引き籠もっていたという。また、『源氏物語』にも主人の息子が「曹司」を居所とする例は見られる。

A 光源氏と葵の上の息子夕霧の曹司

うちつづき、入学といふことをせさせたまひて、やがてこの院の内に御曹司つくりて、まめやかに、才深き師に預けきこえたまひてぞ、学問せさせたてまつりたまひける。

（少女③二七頁）

B 冷泉院と秋好中宮に養われる薫の曹司

御元服なども、院にてせさせたまふ。十四にて、二月に侍従になりたまふ。秋、右近中将になりて、御賜ばりの加階などをさへ、いづこの心もとなきにか、急ぎ加へておとなびさせたまふ。おはします殿近き対を曹司にしつらひなど、みづから御覧じ入れて、若き人も、童、下仕まで、すぐれたるを選りととのへ、女の御儀式よりもまばゆくととのへさせたまへり。

（匂兵部卿⑤二二頁）

C 髭黒と玉鬘の息子藤侍従の曹司
げにこのふしをはじめにて、この君の御曹司におはして気色ばみよる。少将の推しはかりもしるく、皆人心寄せたり。
（竹河⑤七四〜七五頁）

これらの用例からは、「曹司」が独立前の男性の居所であったことが読み取れる。Bの薫の曹司は、対屋内に設けられており、女房・童・下仕といった使用人まで用意されている。上皇が養い親になるという薫の特殊性を垣間見ることができる場面である。『うつほ物語』や『落窪物語』の用例も合わせて考えると、一般邸宅で「曹司」に住むのは、従者・女房を除けば、独立前の主人の子弟であることがわかる。
さて、独立前の貴族の子弟たちが「曹司」に住む傾向は、当時の男性官人の日記にも見られる。「曹局」とも表現されているが、同じものを指すと考え、それらの例を挙げてみると、以下のようになる。

D 早旦資平自左府来云、昨出馬場、左右近騎射各三人、又三兵、次令馳厩馬、次令射八的、更帰堂、令弁備殿上人所出物等、有作文事等、資平宿四位少将曹局、不知案内、作文事等未畢云々、
（『小右記』寛弘二年〈一〇〇五〉五月十四日）
E 教通曹司人々来、守庚申、作文、題有風［有カ］終夜涼、
（『御堂関白記』寛弘七年〈一〇一〇〉六月十三日）
F 参内并中宮、退出、行土御門、此日中将讀史記一巻了、仍廣業朝臣向彼曹司、可然文人召七八人許、賦詩、通直（大江）朝臣作序、召公頼給禄、依為師也、
（『御堂関白記』寛仁二年〈一〇一八〉二月十六日）
G 従今夜宿資高曹司北對乾角、十九日依可立東廊為避大将軍遊行方、（『小右記』万寿二年〈一〇二五〉十二月十五日）

H 参内府、仰施米事可定申之旨、頭中将信長日来病悩云々、仍為其曹局相訪即（退脱カ）私了、

（『春記』長久元年〈一〇四〇〉六月二十日）

Dは藤原頼通（この時十四才）、Eは藤原教通（十五才）、Fは藤原長家（十二才）の曹司の例である。三人とも道長の息子たちである。Gは藤原実資の養子資高（二十七才）の曹司でHは教通の息子信長（十九才）の曹司を指している。それぞれの用例時の官位は、頼通四位少将、教通については『御堂関白記』寛弘七年九月六日条に「中将曹司」とあり、『公卿補任』によると、従三位に叙せられるのはこの年の十一月二十八日なので、この時はまだ四位中将であった。長家は正五位下権中将。資高は『小右記』万寿二年十一月十六日条に「少納言資高」とあることから、この時も官職は少納言であったと想定される（位は不明）。信長は正四位下で頭中将であり、実資の養子である資高を除けば、他は皆三位に達していない若者たちである。これらの用例を総合すると、「曹司」は三位に達していない年少の者たちの場となり、その言葉にも官位の低い男子たちの場というイメージが付随する。

ところが、平安時代後期になると、三位以上になっても「曹司」に住まう男子が登場する。藤原忠実の長男忠通は、内大臣になるまで「曹司」で生活していたという。忠実の日記『殿暦』天永二年（一一一一）六月四日条には「中納言依物忌不来、有曹司」とある。彼は、『殿暦』永久四年（一一一六）十一月十日条に、

忠通家請印始、於東三条有此事、（中略）又今日内府始膳所、大臣曹司住未聞事也、仍今日始之、

とあるように、内大臣になって初めて独立する。その独立の理由も、大臣の曹司住みの例がないということからであった。[*2]また、忠通の息子である基実も『兵範記』保元元年（一一五六）十月十七日条に「於大納言曹司有其儀」とあり、大納言になっても依然として「曹司」と呼ばれる空間に居住していたことが窺える。高官の男性が「曹司」に住むことによって、その場が官位の低い者たちの場というイメージは消滅する。しかし、一般邸宅内の「曹司」が独立前の男性の住まいであることには変わりはなかった。

このように、「曹司」は男子の居所として史実でも認識され、物語でも語られるが、物語の中には「曹司」と呼ばれない空間に住んでいる男子たちも登場する。次節では彼らの居所について考えてみたいと思う。

二、男子の居所としての「御方」

まずは、前節で引用した『うつほ物語』藤原の君巻の文章の続きに注目したい。

> 太郎宰相の御方には、殿のあたりなりける所々を賜びつつ、御厩にし、御蔵町・政所にし、所々さし放ちつつなむしたりける。（七〇頁）

右の引用部分では、太郎宰相、つまり正頼の長男忠澄の居所のみ、説明が追加されている。彼の住まいには「御厩・御蔵町・政所」が付与されていた。この「御方」という空間は、前節で述べた「曹司」とは異なった空間であると考えられる。その根拠は次の史料による。

余今日自曹司渡居彼御方、此殿近衛殿、可為予居所也、

（『猪隈関白記』建仁三年〈一二〇三〉八月二十一日）

時代は鎌倉前期。「余」とはこの日記の記主藤原家実を指す。「彼御方」という言葉は父基通の居所を示す言葉として使われている。この三日前の八月十八日条には、「殿下今日令渡居北殿鷹司室町也、給、此殿下官可居之故也」と、父が近衛殿から離れたことを示す表現がある。従って、二十一日条の文面は、この日より、家実が父に代わって近衛殿の主人となり、前主の父が住んでいた「彼御方」に居住するようになったことを説明したものと解釈できる。家実が表現したように、「御方」という言葉は主人の居所を指す表現であった。また、この言葉は、主人の妻やその娘、または妻・娘同然に扱われている女房など、その家で主人同様の待遇を受ける女性の居所を指し示す語としても用いられている。例えば、『源氏物語』に登場する蜻蛉式部卿宮娘宮の君の居所に関しては、「宮の君は、この西の対にぞ御方したりける」（⑥二七三頁）と説明されている。表向きは女房という形であるが、その居所が「御方」と表現されていることから、彼女が主人同様の扱いを受け、「局」や「曹司」に住む女房たちとは一線を画す存在であったことが窺える。「御方」は主人に準ずる待遇を受ける者の居所であり、「局」・「曹司」は、邸宅の主人や主人に準ずる立場の人物に保護される者、または雇用される者の居所であった。ちなみに、宮中における男性官人の宿直用の個室も「曹司」と表現される。

さて、生涯を一つの家で過ごす傾向にある女性とは異なり、男性は将来的に独立し、実家から離れるのが当時の習慣であった。男子たちが「曹司」に住むのは、その家に一時的に住まいする寄宿人同然の者と見なされていたからであろう。しかし、前に挙げた『うつほ物語』の長男忠澄の居所は「御方」と称されていた。物語などでは、

他にも、親の家の内で「御方」に居住する男子たちもいる。彼らはどのような人物なのだろうか。『うつほ物語』の例では、忠澄はこの時宰相（参議）である。三位以上には家政機関が作られたといい、それを政所と称したようであるが、[*3]忠澄の居所にも政所があることから、彼が三位であった可能性は高い。そのことから、家政機関など様々な施設を所有する必要性が生じ、以前よりも広い空間を所有するようになったとも考えられる。ところが、三位以上でない男性の居所が「御方」と呼称される例も見られる。同じ『うつほ物語』藤原の君巻では、正頼のもう一人の妻大い殿の上にとって最初の男子となる五男顕澄の居所を、「兵衛佐の君の御方」（九四頁）と表現している。そして、この場所に、同じ役職という縁から彼と親しくなった良岑行政が「曹司」を設けて居候していたという（本文は「兵衛佐の君の御方に曹司作りて、ただそこにのみなむありける」となっている）。顕澄の居所の中に行政の「曹司」があったというのだから、顕澄の居所は、兵衛佐という身分にも関わらず、長男忠澄を除いた他の息子たちとは部屋の広さや質の点で相違があったと思われる。従って、「御方」居住の条件が三位以上に限られたとは言い切れない。それでは、「御方」住みの条件とは何だったのか。ここで、他の文学作品の例も確認してみたい。

『落窪物語』の男主人公道頼の実家での居所については、次のように説明されている。

少将の君、殿におはしたれば、かの中納言殿の四の君のこと言ふ人出で来て、（中略）わが御方におはして、常に使ひたまふ調度ども、厨子など、かしこ（「二条殿」）にやりたまふ。

（巻二・一二〇頁）

この道頼は落窪の君のもとに通うことを決めても、彼女の父中納言の正式な婿になろうとはしなかった。彼は「婿取らるるも、いとはしたなき心ちすべし。らうたうなほおぼえば、ここに迎へてむ」（一五頁）と語る。中納言の婿となるのは権勢を誇る自身の家柄に傷が付くので、気に入ったらこの家に迎えてしまおうというのである。道頼は妻の身分を全く気にしていない。道頼の乳母は、「君達は、花やかに、御妻方のさしあひてもてかしづきたまふこそ、今めかしけれ」（巻二・一六一頁）と言っており、この乳母の言葉から、当時、両親の揃っている家で婿も大切に世話されるのが理想の結婚の形とされていたことがわかる。しかし、道頼の母は落窪の君の存在を知った後には、二人目の妻を迎えようとする息子に「いで、あな憎。人あまた持たるは嘆き負ふなり。身も苦しげなり。な物したまひそ」（巻二・二二四頁）と縁談の辞退を勧める。落窪の君の境遇に道頼が関わらないのも、この当時としては珍しい考えを持つ母に育てられてのことと思われるが、それにしても、妻を自分の屋敷に迎えるというのは、「曹司」に住む男子ならば、まず考えられないことである。

『源氏物語』においても、光源氏の長男夕霧は、元服後、二条東の院に「曹司」を与えられるが、一方でそれまで育った祖母大宮の三条宮にも居所があり、その空間も「わが御方」と表現されている。

あいなくもの恥づかしうて、わが御方にとく出でて御文書きたまへれど、小侍従もえ逢ひたまはず、かの御方ざまにもえ行かず、胸つぶれておぼえたまふ。（少女③四九頁）

「かの御方」は、同じく大宮に育てられていた従姉の雲居の雁の部屋を指す。ここでは、同じ大切な孫として、二人には同等の空間が宛がわれていたと考えられる。*4

ここで、「御方」に住まう彼らに共通する点を考えてみると、『うつほ物語』正頼の息子の忠澄は長男、顕澄は五男だが、正頼のもう一人の妻である大い殿の上にとっては最初の男子である。いずれもその家の中で重んじられている男子であると推測される。『落窪物語』の道頼も長男であり、両親は、「世になく愛しうしたてまつりたまふ」（巻二・一四〇頁）とあるように、非常に可愛がったという。『源氏物語』の夕霧の場合も、大宮が夕霧を孫の誰よりも可愛がったことは、本文に、「宮はいといとほしと思す中にも、男君の御かなしさはすぐれたまふにやあらん」（少女③四六頁）と示されることからわかる。将来的に大宮邸を管理・利用するのは夕霧である。*5 このように、「御方」住まいの男子たちには、将来、一家を支える存在として期待され、両親から鍾愛される息子のイメージが植え付けられている。

そして、両親や保護者に鍾愛されている男子の居所「御方」は、『狭衣物語』にも受け継がれていく。

（狭衣）「今宵はいかにも不用なめり。休みはべらん」とて、我が御方に渡りたまふを、いとど今宵ばかりは片時立ち離れたまはんも、いとうしろめたうわりなし、と思して、（巻一①五二頁）

主人公狭衣は後に一品の宮と結婚するが、その後も、「日ごろ過ぐるままに、いと人目もつつみ敢ふまじく、ありつくべき心地もせねば、殿のしつらひもさながら置かせたまひて、候ふ人々も同じさまにて、夜も常に泊りなどしたまふ」（巻三②一一三頁）と記されるように、妻の家に居着かず、実家に入り浸るという有様であった。彼は、親から過保護なまでの愛情を受ける男性であり、その点では『落窪物語』の道頼や『源氏物語』の夕霧の影響が感じられる。

また、狭衣は物語始発の十七、八歳ですでに二位中将と説明され、若年で高位に就いている。この設定はこの物語の成立当時の摂関家の子弟の姿を反映している。『公卿補任』によると、頼通の長男であった通房は元服後三年目にあたる長暦三年（一〇三九）、十五歳にしてすでに従二位権中納言となっている。その通房の居所が『春記』長暦三年閏十二月二十六日条では、「参関白殿、令申中納言御加階事、仰云、可奏慶申之由者、予参中納言御方」と表現されている。それまで物語でのみ用いられた男子の居所「御方」が、この頃から記録類に登場するようになる。その後、藤原宗忠の日記『中右記』嘉保元年（一〇九四）二月十三日条に「午時許参殿下并中納言御方」と表現されるように、頼通の曽孫忠実もまた「御方」とばれる空間に居住していた。この時忠実は、祖父師実の養子となっていた。『中右記』の表現からは、忠実が師実の養子となった縁で師実と同じ邸内で生活していたことが窺える。通房、忠実の境遇から考えると、彼らは物語に登場する他の「御方住み」の男子同様、その家の後継者として、家中で主人に準じる扱いを受けていた人物であったと言えるだろう。

三、婿たちの空間

ところで、前段で考察の対象とした「御方」は男子の実家の居所だけではなく、妻の家における婿の居所を指す言葉としても登場する。『源氏物語』若紫巻の後半、「君は大殿におはしけるに、例の、女君、とみにも対面したまはず」（①二五一頁）という語りで始まる一節がある。大殿は光源氏の妻である葵の上のいる左大臣家で、女君は葵の上のことを指す。葵の上はいつものようにすぐには光源氏と逢おうとせず、気分を害した源氏は一人和琴を掻き鳴らしながら、歌を口ずさむ。そこへ惟光がやってきて、北山で見付けた姫君がいよいよ父親に引き取られるという情報を光源氏に報告する。光源氏はこっそりと左大臣邸を出るのだが、その時の光源氏は「わが御方にて、御直衣などは奉る」（①二五三頁）という行動を取る。この表現によって、葵の上の家にも光源氏の部屋が用意されていたことがわかる。左大臣邸の光源氏の居所を指す「わが御方」の用例は、次の箇所にも見られる。

さはいへど、やむごとなき方はことに思ひきこえたまへる人の、めづらしきことさへ添ひたまへる御悩みなれば、心苦しう思し嘆きて、御修法や何やなど、わが御方にて多く行はせたまふ。（葵②三二頁）

出産を控えた葵の上のために、光源氏が自身の部屋で御修法などを行わせる場面である。婿が妻の屋敷に「御方」を設ける例としては、一条宮の夕霧の例もある。本文には、

殿は東の対の南面をわが御方にしつらひて、住みつき顔におはす。（夕霧④四六五頁）

とある。これらの用例から、妻の家には夫個人の居所も用意されていたと考えられる。建築学の稲垣栄三氏も夫婦の部屋について、「夫は稀に通うにすぎないにしても妻とは別の居所をもっていた」という考えを示されている。*6 夫婦の居所の内部が物語に描写されることは少ないが、『うつほ物語』には、朱雀帝の女一の宮の婿になった仲忠が正頼邸に通う様子が語られる場面がある。まず、沖つ白波巻には、

一の宮の住み給ひし中のおとどに、造り磨き、御座所をしつらはれたること、綾・緋どもして飾り、候ふべき人、皆、髪長く、かたち・心は定められて、八月十三日に婿取り給ふ。（四四七〜四四八頁）

とあり、女一の宮が以前から住んでいた「中のおとど」（＝正頼の住む町の寝殿）に仲忠の御座所が設けられたという。

また、女一の宮の出産直後には、

中納言は、例ものし給ふ東の廂に、儀式して、御手水・物の賄ひなどし据ゑたれど、母屋の隅より、頭もさし出で給はで、宮の御おろしをのみ参る。（蔵開上四八一頁）

と、この時には中納言となっていた仲忠が、自分用に用意された食事には手も付けず、女一の宮のいる母屋の隅に入り浸って、宮から下げられた御膳を食べて過ごしていたと書かれている。仲忠が出産を終えた妻の側に付きっきりになっている様子を物語るエピソードであるが、この記述からは、仲忠の普段の居所が東の廂であったことがわかる。また、女一の宮の居所は母屋の内にあると思われるが、その内部については、蔵開中巻に「大将の君、まかでたまひて、はひりて見たまへば、昼の御座所にも御帳のうちにも、宮おはしまさず」（②四八三頁）とあり、昼の御座と御帳が設えられた空間であったと考えられる。

『源氏物語』でも、今上帝女二の宮を妻とした薫が彼女を三条宮に迎えているが、彼らの居所も別々であったようで、蜻蛉巻には、「例の、念誦したまふ。わが御方におはしましなどして、昼つ方渡りたまへれば」（⑥二五二頁）と「わが御方」から女二の宮の居所へ行く薫の姿が描かれている。

『狭衣物語』では、主人公狭衣が妻となった一条院の一品の宮の邸宅に通う場面が描かれている。この結婚は狭衣の父が熱心に勧めていた件であり、狭衣も一品の宮も気の進まない結婚であった。しかも、一品の宮はすで

に三十歳になっており、気恥ずかしくてなかなか対面しようとしない。狭衣が珍しく訪れた場面には、

まれまれののどかにおはする折も、ことの外に若うめでたき御さまの似げなく恥づかしきに思しつつみて、宮さらに昼は渡りたまはず（巻三②一一三頁）

とあり、また、

内裏よりまかでたまひて、一品の宮に参りたまへれば、女宮、からうじて、この御方におはしましけり。（巻三②一一五頁）

と宮の行動をたどる描写が見られる。「この御方」とは、一品の宮邸における狭衣の自室と考えられている。*7 見てきたように、男子は結婚後、自身の邸宅を持つまでは妻の邸宅に通うことになる。その際は、客として扱われながらも「住みつく」という形になり、そこが本家ということになる。婿を迎える側では、婿が気兼ねなく過ごすことができ、妻の家を気に入るように、婿独自の部屋も用意したようである。婿の自室を語る用例は少ないが、稲垣氏の説のように、一般的にはどの家でも用意されていたと考えるのが妥当であろう。婿の居所「御方」も息子の居所同様、大切に扱われている婿独自の居所を表す語として使用されていると考えられる。『源氏物語』の一条宮における夕霧の場合は、相手にはそれが望めなかったため、自分から世間に向けてアピールしたと思われる。

四、主人の居所としての「出居」

さて、妻の家に通い、その家から援助を受けていた夫も、ある程度の身分になると、自身の家を持つようになる。妻の両親の家を譲り受ける場合もあれば、自力で新たに購入するなど、その入手方法は様々であった。

ところで、その家の内の家族の部屋について、娘の居所は物語類で明記されることが多いが、その他の家族がどこを居所としたかは不明瞭な点が多い。前に述べた男子たちの居所もその正確な位置は判明していない。そんな中、『とりかへばや物語』には主人の居所を指すと思しき文章が見られる。

今は、軽びたる御歩きもつきなきほどの御よそほしさなれば、殿広く造りて、西、東の対に二所の北の方を住ませきこえて、殿をば玉の台にみがきて殿の御出居にぞせられける。

（巻第一・一六九頁）

右の文章は主人公たちの父大納言のことを説明するものである。妻を二人持つ彼は、今や「通う」という結婚形態が不似合いな身分になった。そこで、広い邸宅を造って、その西・東の対に二人の妻を住まわせたという。「殿をば」が少しわかりにくいが、西・東の対をそれぞれの妻の住まいにしたというのだから、新編日本古典文学全集の頭注に説明されているように寝殿のことを指すと考えられる。後の文に「十五日づつ羨（うらや）みなく通ひたまふ」とあり、夜はそれぞれの妻の所で過ごしていたようなので、寝殿で過ごすのは、昼間だけであろう。よって、「殿の御出居」という言葉は、主人の昼間の居所と解することができる。この「御出居」という言葉は、引用部分の直前の段にも登場する。

御出居にも、人々参りて文作り笛吹き歌うたひなどするにも、走り出でたまひて、もろともに、人も教へきこえぬ琴笛の音もいみじう吹きたて弾き鳴らしたまふ。（巻第一・一六八頁）

ここは、父親の客の前に姫君が走り出てきて、一緒に琴や笛を演奏するという場面である。「御出居」という言葉は、新編日本古典文学全集の頭注では、「寝殿造の廂の間に設けられた、接客用の部屋。客間」と説明されている。前の引用部分と合わせて考えると、この「出居」と呼ばれる接客空間が父の昼間の居所でもあったということになる。

この「出居」という空間は平安末期の記録類に頻出するが、その使用目的を稲垣栄三氏は次のようにまとめる。[*8]

(1)摂関大臣の様な官の公職にある主人が自宅に於て行うべき政治上の用務は殆ど出居でなされる。そして、それには他の公卿が参加する事がある。また元服着袴、着裳の様なその家の子弟に係わる行事もしばしば出居で行われる。

(2)主人と客との間の、政務上の会見、面談には出居を使用するのを常とした。

(3)主人が参内などのために外出する際には、出居で衣服を着替えている。その他除服なども行っていて、ここが着替えの場所になっていたらしい。

(4)寝殿や対で儀式が行われる場合、それに参列する公卿達は出居を控室あるいは休息所とする事がある。

平安末期に源雅亮が著した『満佐須計装束抄』には「母屋廂の調度」に加え「出居の具」の装束についても記されている。また、同じく平安末期成立の『類聚雑要抄』にも「母屋調度目録」「廂具目録」「北廂具目録」があり、その記述からその場所に置かれていた生活用品の詳細がわかる。それらの記述を調査した稲垣氏は、「出居」の場に備えられた生活の道具の中に、母屋や廂にある道具も含まれていることを確認している。また、飯淵康一氏は稲垣氏の考察を踏まえ、「出居具の基本は、(主人の)座、脇息、硯筥、および泔坏、冠筥などを収める厨子であった」と付け加えている。[*9] 両氏はこの「出居」という言葉を天皇の場合の「出御」に当たる語と考え、帳の設けられた母屋より出るという意に解している。また、稲垣氏はこの場を主人の昼の座にあたる場所と想定し、ただの接客空間ではなく、執務の場所として理解する。

ところで、稲垣氏の挙げられる例は平安末期の記録類が中心であるが、『うつほ物語』や『源氏物語』でも「出居」の使用例は確認できる。

A『うつほ物語』藤原兼雅の桂殿

〔よき台どもをあまた立て、難き物どもをあまた盛り据ゑ、清く清らなる御衣どもを懸け渡して、出居・簀子には、大人二十人ばかり、濃き袿一襲・摺り裳着たり。(後略)〕（春日詣一五四頁）

B『うつほ物語』実忠妻とその娘袖君が隠棲する家

母北の方・袖君、御簾を上げて、出居の簀子に御達など居て、北の方琴、袖君琴、乳母※琵琶などかき合わせて、(後略)。（※＝『うつほ　全』頭注には『「和琴」「琵琶」など脱か』とある。菊の宴三四六頁）

C『うつほ物語』太政大臣源季明が袖君に伝領した三条殿

御座所は、このおはすべき、女君のおはすべきこと、さまざまなり。「おとどの出居の方々ならむ」と思ほす。

（国譲中七〇二頁）

D『源氏物語』致仕の大殿（＝頭中将）の屋敷

致仕の大殿にやがて参りたまへれば、君たちあまたものしたまひけり。「こなたに入らせたまへ」とあれば、殿の御出居の方に入りたまへり。

（柏木④三三三頁）

E『源氏物語』常陸介の屋敷

客人の御出居、侍所としつらひ騒げば、家は広けれど、源少納言、東の対には住む、男子などの多かるに、所もなし、この御方に客人住みつきぬれば、（後略）

（東屋⑥四一頁）

Aは兼雅と妻・俊蔭娘の会話の後にくる場面である（本文ではなく「絵解」と呼ばれる部分からの引用）。Bも志賀に隠棲する源実忠（源季明の息子）の妻と袖君、そして女房たちの合奏の場面であり、主人だけではなく侍女たちも伺候していることから、これらの用例の「出居」は接客空間というよりも単なる居間という意味の方が相応しい。Cは実忠妻が自分と娘の「御座所」として用意された場所を、以前の主人季明の「出居」だったのだろうかと想像しており、「御座所」を「出居」と解することができそうな例である。また、Dのように「殿の」という言葉が付け加わると、主人専用ということになり、接客空間の要素が強くなる。同様に考えると、Eの用例は、客人専用の居間ということになる。この「客人」は新しく常陸介の婿となった左近少将のことを指すと思われる。「客人の」とわざわざ付け加えている点から、この空間が主人常陸介のものとはまた別の、婿専用の接客空間を兼ねた居間であったと考えることができる。

見てきたように、「出居」という言葉のみの場合は、家族や女房たちの集まる場を指し、「殿の御出居」となると、主人専用の空間を指すようになる。そして、この節の冒頭で示した『とりかへばや物語』の用例からは、それが主人の昼間の居間と呼べる空間であったことが判明する。「出居」という言葉は元来、客と対面する空間に出るという動詞で使われていた。それは具体的には主人の奥の居所である母屋から対面空間の廂に出るということなのだろう。常住の空間の例ではないが、『源氏物語』帚木巻で、紀伊守邸に方違えした光源氏の御座については、まず「端つ方の御座に、仮なるやうにて大殿籠れば」（①九五頁）とあり、その場所を小君が「廂にぞ大殿籠りぬる」（①九八頁）と言っていることから、その御座が廂にあることがわかる。また、空蝉を見付けた後には、「奥なる御座に入りたまひぬ」（①一〇〇頁）とあることから、本来の寝所として設けられた御座は廂の奥、つまり母屋の部分にあったと解することができる。光源氏は客としてこの邸宅に来ているが、主人の場合も同様に、廂と母屋の両方に御座が設けられていたと考えられる。D の『源氏物語』や『とりかへばや物語』の「殿の御出居」とは客と対面をすることから考えても、廂の方の御座のことを指したのではないかと思われる。

おわりに

物語や記録類から男子の住まいを観察すると、彼らの部屋は、「曹司」と呼ばれ、それは女房や従者たちの部屋を表す呼称と同じであった。まだ自分が主人となる家を所有していない男子たちがこの「曹司」と呼ばれる空間に暮らしていたようである。これは彼らが女房や従者と同様、仮住まいの身分であることを意味していよう。

一方、物語などの用例には、「御方」と呼ばれる空間に居住する男子たちも登場する。「御方」は主人や妻・姫君たちの住まいと同じ呼称で、男子の居所がそのように呼称される場合、その男子が主人に準ずる扱いを受けている人物であることを示す。三位以上になると家政機関である政所を設けることができるようになるため、身分の上では、独立生計者となる。従って、昇進によって「曹司」から「御方」へ住まいがバージョンアップするとも考えられるが、物語の例をみると、まだ三位に達していない男子が「御方」に住まう例も見られる。彼らの共通点は、その家で鍾愛されている者たちということである。記録類・物語類を合わせた用例の傾向からは、「御方」に住む男子が、その家名を継ぐ者として大いに期待される人物であったと結論付けることができる。また、結婚後に通う家でも「御方」を用意される男性の例も見られる。「御方」と呼ばれる居所を用意される婿は、実家の例同様、婚家で大切にされている人物として見なすことができる。*10

そのような男性たちも、時が経つと、自身の家を手に入れるようになる。その家において主人たちは、「出居」と呼ばれる空間を使用するようになる。ここが主人の接客空間を兼ねた居間ということになり、政務などもこの場所で行ったようである。

通常、「曹司」の男子はいずれ独立する存在であり、そのような男子たちは、妻の家に後見を依頼する形になる。一方、「御方」を与えられる男子は「曹司」に住む男子とは異なり、実家に依存する割合が高い。気に入った妻を実家に迎えようとする『落窪物語』の道頼や、結婚後も実家に入り浸る『狭衣物語』の狭衣には、実家から離れようとする意志は見えない。また、彼らの他にも『うつほ物語』の仲忠は、「(兼雅邸ノ)東の一の対、大将の、御物忌などに、時々渡り給ふ所なり」(楼の上・上八三五頁)と、父の三条殿の東の一の対を利用し、『源氏物語』の柏木は若菜上巻に「督の君は、なほ大殿の東の対に、独り住みにてぞものしたまひける」(④一四七頁)とあり、独身時代には父邸の東の対を居所としていた。『夜の寝覚』の男主人公は「(父関白家ノ)西の対には、大納言殿の音無しの窓にしたまへば」（巻二・一八七頁）とあるように、結婚後も実家の西の対を物忌などの際に籠もる場所としていたようである。狭衣が父の所有する邸宅に妻となった故式部卿の宮の姫君を迎えていることも注目すべき点であろう。

見てきたように、居住空間の相違は、その場所に住まう人物の扱われ方の相違を示すと考えられる。平安時代中期の例では、「曹司」に住む男子たちは実家の援助が期待できない人物であり、彼らは早い段階で実家から離れる。しかし、「御方」に住まう男子は、後々にはその家を管理する立場につき、実家の家名を受け継いでいく人物であると想定され、実家との結びつきが強い。女性は一人で生計を立てることが不可能である。従って、女子のいる家では、邸宅を含む家の財産は女子に与えられるのが通例であった。しかし、長男や鍾愛される男子もまた、将来その一家を支える人物として両親から期待され、親や庇護者からの援助を受けることがあった。物語などの用例からは、そのような男子たちの姿をしばしば垣間見ることができるのである。

注

1　『角川古語大辞典』「住む」の項に、「男女が夫婦として安定した関係を保つ。もと、妻どい婚の習俗のもとで、男が定まった女のものに通い続けることをいう」とある。

2　藤原忠通の場合に関しては、服藤早苗氏がその著書『平安朝の家と女性――北政所の成立――』（平凡社・一九九七年）「第二章　北政所の成立と家」の中で、

内大臣に就いたのちに独立したことからして、律令の規定のように、一定の官職や位階に転昇したあとに機械的に設

置され独立するのではなく、父の承諾と管理のもとに独立するものであったことも確認できる。（一八三頁）

と説明している。また、子息の家政機関自体は、元服と同時に設置されていたが、服藤氏は、このことについて、この家政機関は父の命によって任務を遂行するものであり、子の独立を示すものではなかったとも指摘されている。

3　藤木邦彦氏は、『平安王朝の政治と制度』（吉川弘文館・一九九一年）の「第二部 制度篇 二　権勢家の家政」の中で、家司について定めた『養老令』「家令職員令」の内容を、

　四品以上の親王の家および職事（現職の）三位以上の家に対し、令・扶・従・書吏という家政を執る官吏が、それぞれ位階に応じ差等を設けて支給され、親王家には別に家業教授役の文学という官吏が与えられた。（一五六〜一五七頁）

とまとめている。

4　その後夕霧は、六条院東の町でも、「わが御方にて、心づかひいみじう化粧じて」（藤裏葉③四三六頁）と「御方」と呼ばれる場所に住んでいるが、この時はすでに参議になっており、三位以上になったことが、「御方」居住の要因とも考えられる。

5　夕霧は雲居の雁との結婚生活を大宮の三条邸で営むことになる。また、六条院完成の後には夕霧と彼の「曹司」のあった二条東の院との接点は無くなっていると思われる。薫の「曹司」が設けられたのは冷泉院で、それは薫の養い親となった冷泉帝と秋好中宮の配慮であったが、薫の場合も、成長後は、この邸宅に縁を持つことはないようである。

6　稲垣栄三氏「源氏物語に現れた平安貴族の生活」（『稲垣栄三著作集三　住宅・都市史研究』中央公論美術出版・二〇〇七年）。

7　『新編日本古典文学全集　狭衣物語』の現代語訳による。

8　稲垣栄三氏「寝殿造に於ける接客部分」（前掲注6書所収）。

9　飯淵康一氏「寝殿造における「出居」、「公卿座」について」（『日本建築学会論文報告集』第三四三号・一九八四年九月）。

10　本文では触れていないが、『源氏物語』の中には、「わが御方」の類似表現として「わが方」という言葉も見られる。この

言葉は、頭中将の実家における自室や女二の宮（落葉の宮）の一条宮における柏木の自室を指すものとなっている。

頭中将　里にても、わが方のしつらひまばゆくして、君の出で入りしたまふにうち連れきこえたまひつつ、（帚木①五四頁）

柏木　女宮をば、かしこまりおきたるさまにもてなしきこえて、をさをさうちとけてもみえたてまつりたまはず、わが方に離れゐて、いとつれづれに心細くながめゐたまへるに、（若菜下④二三二頁）

「御」が付されていないのは、この場面において、頭中将は光源氏と、柏木は女二の宮と並べられていることに関係があると思われる。頭中将・柏木の方が明らかに低い身分であるため、居所を示す言葉に敬語が使われなかったのだろう。それでも、各家で嫡男や婿である彼らに特別な空間が与えられていたことにはちがいない。ちなみに、この「わが方」という言葉は末摘花巻に登場する大輔命婦の居所にも使われる。乳母のような老女房の居所が「曹司」と表現される一方で、大輔命婦の居所が「わが方」（末摘花①二八四頁）と表現されるのは、彼女がこの家に保護または雇用される立場ではなかったことに起因するのだろう。

第三部　女房たちの居住空間

第一章　王朝物語における渡殿の役割――恋愛発生の場として――

はじめに――「廊」と「渡殿」に関する諸説――

『源氏物語』蛍巻に次のような文章がある。

馬場殿は、こなたの廊より見通す、ほど遠からず。（源氏）「若き人々、渡殿の戸開けて物見よや。左の衛府にいとよしある官人多かるころなり。少々の殿上人に劣るまじ」とのたまへば、物見むことをいとをかしと思へり。対の御方よりも童べなど物見に渡り来て、廊の戸口に御簾青やかに懸けわたして、いまめきたる裾濃の御几帳ども立てわたし、童、下仕などさまよふ。菖蒲襲の衵、二藍の羅の汗衫着たる童べぞ、西の対のなめる、好ましく馴れたるかぎり四人、下仕は楝の裾濃の裳、撫子の若葉の色したる唐衣、今日の装ひどもなり。こなたのは濃き一襲に撫子襲の汗衫などおほどかにて、おのおのいどみ顔なるもてなし、見ところあり。

（③二〇五～二〇六頁）

前の引用は六条院東の町において、馬場の競射が行われる場面である。光源氏は東の町に住む花散里の部屋に顔を出して、「若き人々」つまり女房たちにこの競射を見物するように言っている。馬場殿は花散里の住む場所の廊から見通せる程の場所にあり、女房たちのいる場所から見物することができるという。

さて、この女房たちのいる場所である「渡殿」の解釈については様々な議論がある。この場面の地の文では「廊」「廊の戸口」が登場するが、光源氏の口からは「廊」ではなく「渡殿」という言葉が発せられる。池田亀鑑氏は『源氏物語事典』[*1]の「廊」の項目で、「同じものを廊とも渡殿とも呼んだ例」として、蛍巻のこの部分を挙げている。辞書類でも「廊」と「渡殿」は同種のものとして説明されていることが多い[*2]。数々の注釈でも「渡殿」と「廊」は混同されて解釈されているが[*3]、『うつほ物語』などの物語の中では、邸宅の描写に、例えば

［この殿は、檜皮のおとど五つ、廊・渡殿、さるべきあてあての板屋どもなど、あるべき限りにて、蔵町に御蔵いと多かり。］

（俊蔭五三頁・兼雅三条堀河邸の説明）

とあるように、「廊」と「渡殿」が併記されていることが多い。同種のものであっても、この当時では、二者の間には何らかの区別があったと考えられる[*4]。

「廊」の形態や場所については鈴木温子氏の詳細な研究がある。鈴木氏はこの蛍巻の場面の丁寧な吟味によって、「廊」と「渡殿」は別のものであると断定している[*5]。鈴木氏は「こなたの廊」は花散里の居所に近接する「廊」であり、「廊」には「戸」がつくものだと仮定している。また、この「廊」の「戸」をすでに開いているものと

考え、「渡殿の戸開けて物見よや」という描写から、「渡殿」と「廊」は別物と考えるのが妥当と結論付けている。そして、光源氏の発言を花散里方の若い女房たちに対するものと捉え、女房たちの観覧席を「渡殿」、玉鬘方の女童・下仕たち、そして花散里の女童たちの観覧席を「廊」だと解釈している。*6

この「廊」と「渡殿」に関して、通路の場合は、同じものに対して「廊」と「渡殿」の両方の語が適応されることがあった。近世期に裏松固禅が著した『大内裏図考証』*7では、大極殿と小安殿をつなぐ一間に二間の小建物を「渡殿・歩廊・昇殿廊・上廊・小安殿南廊・登廊・大極殿北渡殿」などの種々の呼称で説明している。建築学側でもこの「廊」「渡殿」に関して数々の研究がなされており、その中で、井上充夫氏は前記の小建物の数々の呼称に注目し、廊の語を用いる場合に「歩」、「昇殿」、「上」、「登」などの通行を意味する限定詞を付している点から、「廊」と「渡殿」の相違について、「廊は特定の機能を持つ建築種類の呼称ではなく、各種の機能を与えられるもので、単なる建築物の形態上の呼称である。これに反し、渡殿の方は、通路空間という機能上の呼称であって、両語の成立根拠は本質的に異なる」と説明している。*8 一方、平山育男氏は「廊」と「渡殿」の相違について、床の有る無しが問題であるとし、国風化が進む中で「廊」にも床が張られるようになった時点で両者の区別は消滅したとし、『源氏物語』成立当時には両者の区別はなかったという立場を取る。*9

太田静六氏は著書『寝殿造の研究』*10の中で平安末期の貴族の邸宅を考察し、この時期の「廊」「渡殿」の使用例から次のようにまとめている。

一般に寝殿と対屋などのように主要棟間を結ぶ場合を渡殿と称し、侍廊や中門廊のようにその末端に何もないか、釣殿程度の場合には廊と呼んでいる。透渡殿や中門廊のように通路としての場合は別として、一般に廊・渡殿は母屋と庇の梁間二間からなるが、対代廊の場合は例外である。いずれの場合でも、廊・渡殿の両側に簀子縁が附されて通路などに用いられる。（五二四頁）

（「第四章　平安末期における貴族の邸宅／第十一節　平安末期における寝殿造の総括」）

太田氏は「釣殿程度の場合には廊と呼んでいる」と述べているが、後述するように、釣殿に続く建物を渡殿と呼んでいる場合もある。

これまで紹介した説から総合的に判断するに、この二つは規模こそ同じものであるが、「渡殿」は元々建物間をつなぎ、通路の役割を持つ殿舎であった。それが後に女房の局なども備えるようになった。一方「廊」は基本的には殿舎に付属する細長い空間であり、状況に応じて通路としても機能していたものと考えられる。

また、『源氏物語』蛍巻の例をみると、「渡殿」に「若い人々」がおり、「廊」に「童・下仕」がいる。「若き人々」は女房のことであり、雑用を努める「童・下仕」よりは身分の高い侍女なので、作者には「渡殿」を「廊」よりも上位空間として捉える意識があったのかもしれない。『源氏物語』の諸注釈ではしばしば、この「渡殿」と「廊」が混同されているが、本章では、「渡殿」と「廊」を成立根拠と空間的秩序の点で相違があるものとし、通路としての機能を持ちながら居住空間としても使用されている「渡殿」が『源氏物語』を中心とする王朝物語の中でどのような役割を果たすかについて考察してみたい。

一、渡殿の位置

太田静六氏の指摘のように、渡殿は一般的には寝殿と対をつなぐものという認識が定着している。渡殿が寝殿と東・西・北の対との間にあったことは、藤原実資の日記『小右記』にも「於寝殿東辺寝殿与東対有二渡殿、北渡殿下云々」（長和五年三月八日条）や「進寝殿与東対間南渡殿辺」（長和五年〈一〇一六〉四月二日条）「卯刻立渡殿一宇、寝殿与西対北渡殿、一宇寝殿与北対渡殿」（寛仁元年〈一〇一七〉十月二十六日条）という記述からわかる。このように古記録では渡殿の場所をその都度説明することが多い。

しかし、『源氏物語』等の物語では、渡殿という言葉は頻繁に使われるが、その位置を説明する記述はほとんど見られない。これまでの解釈では渡殿の位置を寝殿と対の間に限定するものが多かったが、その位置は一概には決定できないようで、例えば、『源氏物語』夕顔巻に描かれる渡殿は明らかに寝殿とは無縁の場所にある。光源氏は夕顔と二人で静かに過ごすために、なにがしの院を訪れる。その院では「西の対に御座などよそふほど」（①一六〇頁）とあり、西の対を二人の居所としていた。夜中に物の怪の気配を感じた源氏は渡殿にいる宿直人を起こしに行く。その場面には、「西の妻戸に出でて、戸を押し開けたまへれば、渡殿の灯も消えにけり」（①一六五頁）とあり、光源氏が西の妻戸から戸を押し開けて渡殿の様子を見たことが描写されている。西の対にいた光源氏が西の妻戸から出るとあるので、その渡殿は寝殿と対を結ぶものとは考えられない[11]。建築学の池浩三氏は「六条院想定平面図[12]」の中でこの箇所に関して、渡殿の前方に二の対が存在したのではないかと考えている。このように、どの建物をつなぐ渡殿なのか判然としない場合も多いが、その位置は寝殿と対の間のみに限定されたものではなかった。そこで、寝殿と対を結ぶ以外の渡殿の例を以下に挙げ、その位置について検討していきたいと思う。

まずは『うつほ物語』に、藤壺女御（あて宮）の里下がりに際して、源涼とさま宮（源正頼の娘で、あて宮の妹）夫婦が女御に自分たちの住んでいた場所を提供する場面がある。この涼夫婦の居所は沖つ白波巻の「絵指示」によると正頼邸東南の町の西北の対と説明されていた（四六一頁）。この対は国譲上の巻になると「西の一の対」とも呼ばれている（六三三頁）。源涼夫婦の以前の居所について、涼の妻さま宮は次のように説明する。

（さま宮）「さて、ここにはおはし住ませ給へ。寝殿は、いと悪かめり。これは、もとのをば取り違へて、かの、吹上といひける所を、取りに遣りて奉るなめれば、いと住みよし。この西なる屋どもなんども、かしこのなれば、対のやうになむ。そがうちにも、とかく、よかるべきにせさせたる所なめり」（国譲上六三四頁）

涼夫婦の住んでいた西の一の対は吹上宮のものを使ったものであるから、寝殿より住みやすいという。また、「西なる屋ども」とあるように、西の一の対の西に別の建物も存在した。その建物については、

このおとどの西に、七間の、檜皮葺きにてあり。左、右の渡殿あり。御厨子所には、その西の屋をしたり（国譲上六四三頁）

と説明されている。七間の建物の左右には渡殿が付いていると書かれているが、それは一方は西の一の対に、もう一方は御厨子所にした建物（＝西の屋）に接続していたと考えられる。

次に釣殿に続いていると考えられる例もある。『狭衣物語』には、主人公狭衣との過ちによって出家した女二の宮のために、父である嵯峨院が法華曼陀羅供養と法華八講を催す場面がある。この八講の終了後も、狭衣は退去する気持ちになれずに、一人嵯峨に残っていた。その場面を物語では「もののみかなしければ、やがて河の上

に作りかけたる釣殿に、つくづくとながめ入りたまひて」（巻三・一五六頁）と表現している。狭衣はその釣殿で和歌を詠み、法華経の句を声をはりあげて読むのだが、その声を聞いた若宮（狭衣と女二の宮との間の秘密の子）が狭衣の所に行きたいと騒いだので、宰相の乳母は若宮を抱いて「そなたの渡殿」にやってくる。この渡殿は狭衣の居る釣殿へ通じるものと解される。時代は下るが、藤原宗忠の日記『中右記』永長元年（一〇九六）十一月二十四日条の大地震の際の記述に「于時主上渡御西釣殿、件渡殿臨前池、欲乗御前池舟之間也」（主上＝堀河天皇、場所＝里内裏・閑院）という表現がある。また、釣殿と接続しているという確証はないが、同じく『中右記』嘉保元年（一〇九四）八月十五日条に「已依日暮也、寄御船於東渡殿、上皇令乗船」（上皇＝白河上皇、場所＝鳥羽殿）とあり、池近くに渡殿があったことが窺える。『源氏物語』若菜下巻に「辰巳のかたの釣殿に続きたる廊を楽所にして、山の南のそばよりお前に出づるほど」（④二七八頁）とあり、また、藤原資房の日記『春記』では、里内裏となった藤原教通の二条殿の釣殿の場所を「件釣殿在中門南廊々南」（長久元年〈一〇四〇〉十一月十一日条）と説明しており、これら例から、前述の太田氏の説のように、釣殿に続く建物を廊とする説もある。*13 しかし、『狭衣物語』の例が示すように、渡殿でつながっている場合もあったのではないだろうか。

また、釣殿と対の間には中門廊が置かれることが多かったが、『中右記』には中門廊の近くに渡殿があったことを窺わせる記述がある。

- 今夕内侍所還御東中門廊西渡殿、（嘉保元年十一月二十三日条〈場所＝堀河天皇里内裏・大炊殿〉）
- 秉燭之程參高陽院、左大将若君御百日事也、先於小寢殿西庇饗饌、為公卿座、中門東之北渡殿、同為殿上人座（嘉保二年〈一〇九五〉十月十七日条〈場所＝藤原忠実高陽院〉）

・東中門南廊西向渡殿為内侍所也、依無便宜、其北面為御神楽座、先御出、供神物之後有御拜歟、（中略）及子剋事了、中宮女房棹華船、寄池岸聞御神楽、

（嘉保二年十二月八日条〈場所＝堀河天皇里内裏・閑院〉）

それぞれの渡殿の詳細な位置は不明であるが、これらの記述は寝殿と対以外の場所にも渡殿が存在したことを示している。

さらに、渡殿は藤原道長の建立した法成寺にも見られる。この法成寺は『栄華物語』によると、「北、南、西の方と、廊と渡殿とを造りつづけさせ」（巻第十六もとのしづく②二四八頁）た寺で、『大鏡』の法成寺金堂供養の際の記述には「南大門のほどにて見申ししだに、笑ましくおぼえはべりしに、御堂の渡殿のもののはざまより、一品宮の弁の乳母、いま一人は、それも一品宮の大輔の乳母、中将の乳母とかや、三人とぞうけたまはりし、御車よりおりさせたまひて、ゐざり続かせたまへるを、見たてまつりたるぞかし」（藤原氏の物語・三五九頁）とある。また、法成寺行幸の際、後一条天皇は『栄花物語』に「阿弥陀堂の簀子よりおはしまして、東の渡殿に御座の所よそひておはします」（巻第十七おむがく②二七一頁）とあるように、渡殿を御座所とした。この東の渡殿は阿弥陀堂と金堂を結ぶものであったと考えられている。

このように渡殿は寝殿と対をつなぐものばかりではなく、その他の殿舎をつなぐ場合にも設置された。最初に挙げた『源氏物語』夕顔巻の例では、池氏の説のように西の対の西に西の二の対があったか、または『うつほ物語』の例のように対とは別の建物があったのではないだろうか。もしくは『中右記』の例のように門の近くに中門廊とは別に渡殿と認識される建物があったとも考えられる。

二、居住空間としての渡殿

渡殿は前節で確認したように様々な場所に設けられており、『源氏物語』成立当時においては、廊よりも高級な建物として位置づけられていた。渡殿も廊も居住空間として使用されることがあったが、『源氏物語』の作者紫式部は渡殿の方を上位空間と認識していたようである。角田文衞氏によると藤原道長の土御門殿では東廊も西廊も渡殿と同じように母屋と廂からなっていたというが、この邸宅の廊は儀式の場合を除いて、いずれも通路としてのみの利用であったようだ。[*14] 廊は『枕草子』九五段によると、廊は奥行きの浅い空間であり、[*15] 住むとしたら手狭な感じがする場所であった。廊を居住空間としている例を確認すると、宮中では『寛平御遺戒』に「中重の北西の廊は、采女・女嬬等各曹司と為し、居住すること家のごとく」（日本思想大系8古代政治社会思想〈岩波書店〉一〇七頁）とあるように采女・女嬬たちが曹司として使用し、また、『うつほ物語』では源正頼の息子たちも、「男君たちは、ある限り、廊を御曹司にし給ひて、板屋を侍にしてなむありける」（藤原の君七〇頁）とあるように廊に居住していた。

そして、『源氏物語』の宇治八の宮の女房であった弁の尼も、寝殿の改装期間のみの使用ではあったが、同じく廊を居所としていた。[*16] 浮舟も西の対を追い出されてからは廊に住むしかないという状況であった。しかしこの廊は「ほどりばみたらむ」（東屋⑥四一頁）場所であり、このような場所に浮舟を住まわせるのは、母中将の君にとっては「飽かずいとほしくおぼえ」（⑥四一頁）られることであったという。つまり、廊は居住空間に成り得たが、いずれも身分の低い侍女・男性・尼であり、浮舟のような姫君が住むのには相応しくない空間であったと考えられる。以上の点からみて、高貴な姫君や身分の高い女房たちの生活を中心に語る物語の中で焦点が当てられ

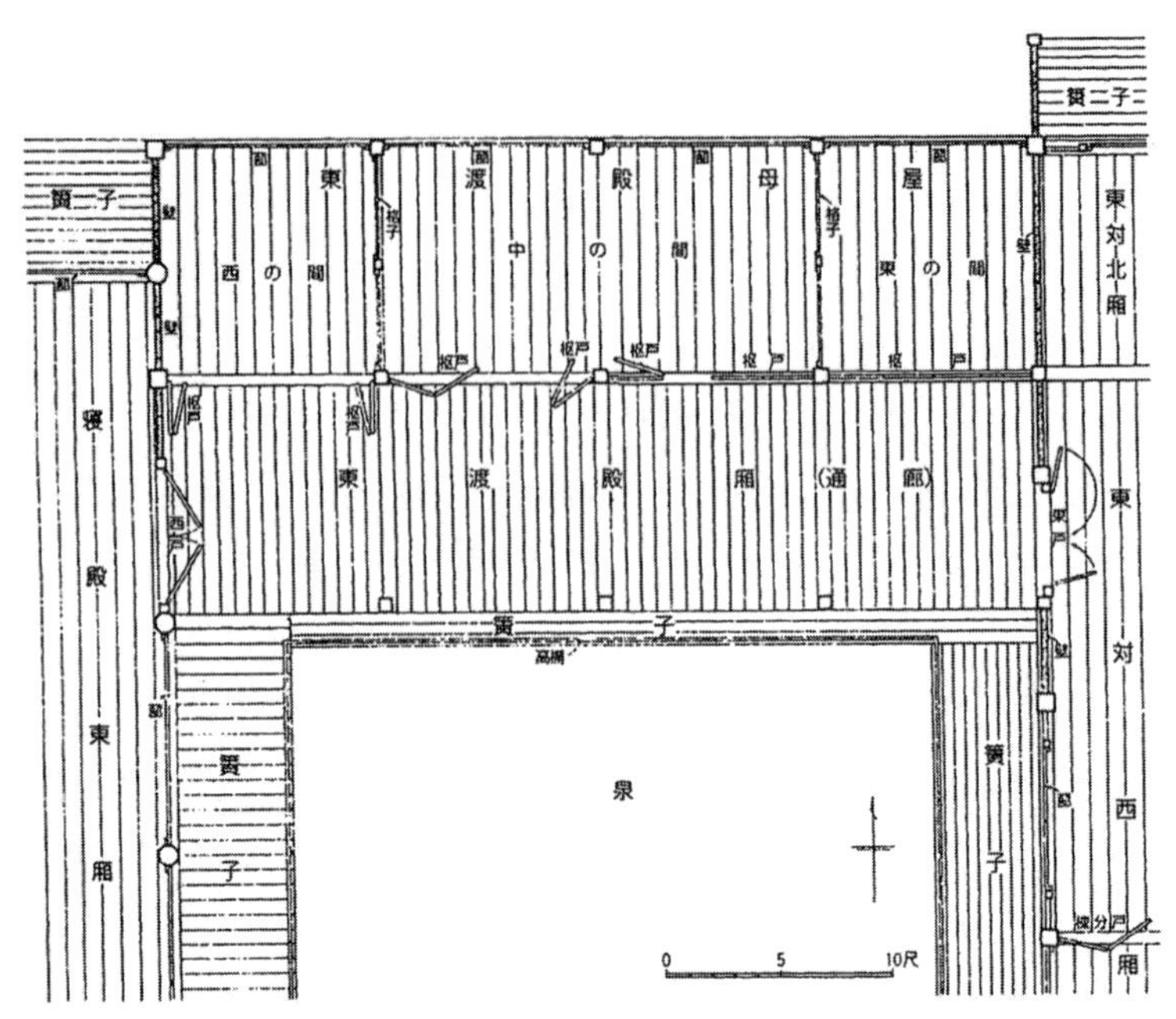

土御門殿の東渡殿（第一期）の想定復元図
（角田文衛氏「土御門殿と紫式部」『紫式部伝―その生涯と『源氏物語』―源氏物語千年紀記念』法藏館、2007 年より）

るのは、廊ではなく渡殿であった。

また、『紫式部日記』には紫式部が中宮彰子の里邸・土御門殿の渡殿に局をもっていたことを窺わせる記述がある。その渡殿の規模・構造に関しては、角田氏の考察*17がある。角田説では、この土御門殿の渡殿は東西棟四間で南庇があったとする。母屋部分は女房の局にあてられ、南庇が寝殿と東対との通路になっていて、その南庇の南には、泉や壺庭に臨む簀子があったと考えられている【図版参照】。

この角田氏の説を踏まえ、増田繁夫氏は「紫式部伝研究の現在――渡殿の局、女房としての身分・序列・職階――」*18の中で、「渡殿であるから、その柱間は寝殿よりもかなり短いものであろう」とし、『紫式部日記』の渡殿の用例から式部の局の位置を割り出している。増田氏によると、土御門殿寝殿の東北の渡殿は三間あり、寝殿に近い西側から、宰相の君・紫式部・宮の内侍という三人の高級女房の局がおかれていたようである。増田氏は、この配置は女房の序列を暗示するもので、寝殿に近い方から順に身分の高い女房の局があったとも推定している。紫式部の局の位置に関しては諸説あるが[*19]、この指摘は渡殿の局の在り方を明確に説明するものと考えられる。

渡殿を女房の局として使用する方法は『源氏物語』にも反映されている。

A（空蝉）「いとけ近ければかたはらいたし。なやましければ忍びてうち叩かせなどせむに、ほど離れてを」とて、渡殿に、中将といひしが局したる隠れに移ろひぬ。さる心して、人とく静めて御消息あれど、小君は尋ねあはず。よろづの所求め歩きて、渡殿に分け入りて、からうじて辿り来たり（帚木①一一〇頁）

B西面をことにしつらはせたまひて、小さき御調度どもうつくしげにととのへさせたまへり、乳母の局には、西の渡殿の北に当たれるをせさせたまへり。（薄雲②四三五頁）

C人召して、（源氏）「西の渡殿より奉らせよ」とのたまふ。（若菜上④七一頁）

Dこの院におはしますをば、内裏よりも広くおもしろく住みよきものにして、常にしもさぶらはぬ人どもも、みなうちとけ住みつつ、はるばると多かる対ども、廊、渡殿に満ちたり。（蜻蛉⑥二六四頁）

Aの記述からは空蝉付きの女房中将の君の局が渡殿にあったことがわかる。引用箇所は空蝉が光源氏の御座所に近いことを気にして、肩や腰を叩かせたいからという口実で女房の局に移る場面である。小君は姉を捜し回って、やっとのことでこの場に辿り着いた。この渡殿の局周辺の様子について、小君は「いとむつかしげにさし籠められて、人あまたはべるめれ」（①一一二頁～一一三頁）と表現している。Bは二条院に引き取られた明石の姫君の乳母の局についての説明である。Cは光源氏が女三の宮に歌を贈る時のことで、源氏は使いの者を呼んで、西の渡殿に居住している女三の宮付きの女房を通じて文を差し上げよと指示している。この女三の宮の女房の居所については、これよりも以前に、「そなたの一二の対、渡殿かけて、女房の局々まで、こまかにしつらひ磨かせたまへり」（若菜上④六二頁）と説明されていた。Dは明石の中宮が六条院春の町に蜻蛉式部卿宮の軽服で里下がりしている場面である。普段お仕えしていないような女房もみな気安く住みついて、対や廊や渡殿までに満ちあふれているというのである。以上、『源氏物語』中の女房の居所について見てきたが、このような例は『源氏物語』以後の物語にも見られる。

E この続きたる渡殿に、人のけはひのするを、立ちどまりて聞きたまへば、「いづら」「御殿油、いまは参れ」などぞ言ふなる。（中略）この渡殿は人々のうち休む所にてあるに、知らぬ人の、け近う物したまへるがつつましさに、しばし、寄り臥したまへるなるべし。

（『狭衣物語』巻四②二七六～二七七頁）

F 大将どののおはします方よりは別に、五間四面なる小寝殿・対ども、廊・渡殿など、皆、この御方の女房の曹司、侍所、蔵人所などにせさせたまへるなるべし。」

（『狭衣物語』巻四②三一七頁）

G 西の対には、大納言の音無しの窓にしたまへば、そなたの北の渡殿を、乳母の局にしつらはせたまへり。

（『夜の寝覚』巻二・一六三頁）

H （吉野ノ姫君ヲ）宮に渡したてまつり給ふ。寝殿のひむがし面に、その北の対、渡殿かけて、女房の局ども、御しつらひなど、まばゆきまで磨きととのへて渡したてまつり給ふ。

（『浜松中納言物語』巻第五・四四〇頁）

Eは故式部卿宮の妻で宰相の中将の母が病により出家し、亀山の寺に籠もり、狭衣がその見舞いに訪れる場面である。母君のいる阿弥陀堂に続く渡殿と解される。ここに女房たちが居り、また娘の姫君も狭衣が客として母の側にいたので、憚ってこの渡殿に来ていた。Fは狭衣がその姫君を自邸に引き取る場面。姫君付きの女房の曹司や侍所・蔵人所が小寝殿・対・廊・渡殿に設えてあるという。Gは男主人公大納言が女主人公中の君との間の秘密の子である姫君を迎えて、その乳母を彼の私室である西の対の北の渡殿に迎える場面である。『源氏物語』の明石の姫君の乳母と同様の扱いである。Hは中納言が吉野山で見付けた姫君を異母妹と偽って自身の邸宅に迎える場面である。北の対と渡殿が女房の局とされたようである。

見てきたように、渡殿は女房たちの局として使用されることが多かった。そして、『源氏物語』蛍巻の例のように、身分によって居住できる場所も異なっており、渡殿に居住できるのは身分の高い女房に限られていたと考えられる。対が対代廊に代わる院政期以降、廊の位置づけも変化し、廊が身分の高い人の居住空間となる場合もあったが、『源氏物語』成立当時にはそのような使用例は確認できない。また、渡殿を女房の局に利用する例が見られるのも『源氏物語』が最初である。

三、恋愛空間としての渡殿

これまで確認したように、渡殿は女房の局があり、普段は主人の影になっている女房たちがクローズアップされる空間でもあった。渡殿には常に女房の気配がし、そこでは若い男君たちとのコミュニケーションが繰り広げられていた。『紫式部日記』にはそのことを窺わせる記述がある。

暮れて、月いとおもしろきに、宮の亮（すけ）、女房にあひて、とりわきたるよろこびも啓せさせむとにやあらむ、妻戸のわたりも御湯殿のけはひに濡れ、人の音もせざりければ、この渡殿の東のつまなる宮の内侍（ないし）の局に立ち寄りて、「ここにや」と案内したまふ。宰相は中の間に寄りて、まださささぬ格子の上押（かみ）し上げて、「おはすや」などあれど、出でぬに、大夫（だいぶ）の「ここにや」とのたまふにさへ、聞きしのばむもことごとしきやうなれば、はかなきいらへなどす。（中略）夜ふくるままに、月いと明かし。「格子のもと取りさげよ」とせめたまへど、いとくだりて上達部（かんだちめ）の居たまはむも、かかる所といひながら、かたはらいたし、若やかなる人こそ、もののほど知らぬやうにあだへたるも罪ゆるさるれ、なにか、あざればましと思へば、はなたず。

（一六〇頁〜一六一頁）

中宮に昇進のお礼を言上してもらおうと、宮の大夫（藤原斉信）と亮（藤原実成）が紫式部たちの局のある渡殿までやってくる。東の端の局は宮の内侍の居所であったが、彼女は留守で、今度は中の間にいる式部を二人の君達が訪れる。式部がいることを知った二人は、下の格子を取りさげさせて、彼女とコミュニケーションを図ろうとする。若い人ならばふざけあっても大目に見られるが、自分はそうもいかないと、式部は格子を外さないでいた。

さらに紫式部は渡殿居住の間に、藤原道長の訪問まで受ける。

渡殿に寝たる夜、戸をたたく人ありと聞けど、おそろしさに、音もせで明かしたるつとめて、

夜もすがら水鶏よりけになくなくぞまきの戸ぐちにたたきわびつる

かへし、

ただならじとばかりたたく水鶏ゆゑあけてはいかにくやしからまし

（二一四〜二一五頁）

右の文章と同様のものが『紫式部集』にもある。「夜もすがら」の歌は『新勅撰和歌集』に法成寺入道前摂政太政大臣つまり藤原道長の歌として載せられており、そのことから、「戸をたたく人」は道長を指すと考えられている。

このように、渡殿は女房たちの空間であり、女房が主役になれる空間でもあった。若い君達が女房のいる渡殿に立ち寄り、親しく交際をするという光景は物語でも頻繁に見られる。『源氏物語』野分巻には、野分の見舞いとして光源氏と夕霧が秋好中宮の居所を訪れる場面がある。光源氏が中宮の御簾の内に入ったあと、夕霧は「渡殿の戸口に人々の気配するに寄りて、ものなど言ひ戯る」（③二七六頁）という行動に出る。蜻蛉巻では六条院春の町にある渡殿で夕霧の子息たちが女房と話をしている場面がある。薫もまた「東の渡殿に、開きあひたる戸口に人々あまたゐて、物語など忍びやかにする所」（⑥二六六頁）にやってきて、彼女たちと交際しようとする。

さて、六条院における薫のこのような行動については、薫自身が「おほかたには参りながら、この御方の見参に入ることの難くはべれば、いとおぼえなく翁びはてにたる心地しはべるを」（蜻蛉⑥二五五頁）と言うように、彼と女一の宮との対面の難しさから、今まではなかったことだという。薫は続けて「今よりはと思ひおこしはべりてなん。ありつかずと若き人どもぞ思ふらんかし」（⑥二五六頁）と夕霧の子息たちの方を見ながら、女房たちに積極的に言い寄り、この後も、女房のいる渡殿を積極的に訪れるようになる。このように薫が渡殿という空間に興味を抱き、そこにいる女房たちと交際するようになったきっかけは、渡殿を一時的に利用していた今上帝女一の宮を垣間見たことであった。それ以前に薫が女一の宮の姿を見たのは、まだ何の分別も付かない幼少の頃で、それ以来気配さえも全く聞くことがなかったという。匂兵部卿巻によると、女一の宮の普段の居所は六条院春の町の東の対であったというから、[*20] 対に居住していても、その殿舎の奥深くで生活し、外にいる者に見られることのないように常に気を配っていたのだろう。しかし物語は、その用心深い女一の宮を薫に垣間見させて彼に新たな憂愁を抱かせるという展開のために、容易に彼女を垣間見させる機会を必要とした。そのために選ばれた場所が、渡殿という梁間二間の空間であった。この時の垣間見を物語では次のように描写する。

> 五日といふ朝座にはてて、御堂の飾り取りさけ、御しつらひ改むるに、北の廂も障子ども放ちたりしかば、みな入り立ちてつくろふほど、西の渡殿に姫宮おはしましけり。もの聞き困じて女房もおのおの局にありつつ、御前はいと人少なる夕暮に、大将殿直衣着かへて、今日まかづる僧の中にかならずのたまふべきことあるにより、釣殿の方におはしたるに、みなまかでぬれば、池の方に涼みたまひて、人少ななるに、かくいふ宰相の君など、かりそめに几帳などばかり立てて、うちやすむ上局にしたり。ここにやあらむ、人の衣の音すと思して、馬道の方の障子の細く開きたるより、やをら見たまへば、例、さやうの人のゐたるけはひには似ず、はればれしくしつらひたれば、なかなか、几帳どもの立てちがへたるあはひより見通されて、あらはなり。（中略）こなたの対の北面に住みける下臈女房の、この障子は、とみのことにて、開けながら下りにけるを思ひ出でて、人もこそ見つけて騒がるれと思ひければ、まどひ入る。この直衣姿を見つくるに、誰ならんと心騒ぎて、おのがさま見えんことも知らず、簀子よりただ来に来れば、ふと立ち去りて、誰とも見

えじ、すきずきしきやうなりと思ひて隠れたまひぬ。

（蜻蛉⑥二四七頁～二五〇頁）

『源氏物語』の垣間見の場面はほぼ類型化された表現が使われており、例えば、竹河巻で夕霧の息子である蔵人の少将が玉鬘の大君・中の君を垣間見する場面では、最初に「のどやかにおはする所は、紛るることなく、端近なる罪もあるまじかめり」（⑤七五頁）と語られ、訪問者の少ない邸宅であることが垣間見の条件の一つとなることが示される。その言葉の通り、少将が姫君たちを垣間見た時には、姫君たちは端近な場所で碁を打ち、女房たちは御簾を捲き上げて応援していた。加えて、兄弟たちの留守により「人少なる」時であり、しかも廊の戸が開いていたとある。これらの点をまとめると、垣間見が自然に行われる場面では、

・見られる女性が端近な場にいること
・女房たちの注意も散漫であること、または人が少ない状況にあること
・何らかのミスで見られる女性の居る場所が露わになっていること

というような、見る側に好都合な条件が揃っている。これらの条件は『源氏物語』の他の垣間見の場面にも符合する。薫の女一の宮垣間見の場面でも、垣間見の条件である「人少なる」ことが強調される。女一の宮が普段は居ることのない渡殿という女房たちの空間に一時的に居住していたこと、そして薫が僧に会うためにこの渡殿の近くの釣殿を訪れ、その時には僧たちが退出してしまっていたこと、また、御八講の後で聴聞していた女房が疲れて局に下がり、御前に人が少なかったこと、さらには下臈女房が障子を開けたまま下がるというミスを犯し

ていたことがこの垣間見につながった。「今日まかづる僧の中にかならずのたまふべきことある」という薫の用件は、この垣間見のために薫を人の少ない空間に導くための伏線でもあった。釣殿とその付近は僧たちの退出で、すでに人の少ない空間になっており、この空間は垣間見には恰好の場所となる。その垣間見の後、この渡殿は女一の宮の面影をとどめる場として薫の心に深く刻まれる。そこにいる女房との会話を楽しむふりをして、薫は何度もこの西の渡殿を訪れるようになる。

このように今まで女房の空間としてのみ機能していた渡殿が突如、恋愛の場として物語内で重要視されるようになる。そして、このことは『源氏物語』以降の物語にも見られるが、女房の居住空間として前節で紹介した『狭衣物語』の[E]の渡殿はその好例である。客人がいることに遠慮して渡殿にいる姫君と狭衣はこの場で一夜を明かすことになる。寝殿や対に比して奥行きのない渡殿にいるためか、有明の月の光が「格子の隙どもより、ところどころ漏り入りたる」（巻四②二八一頁）という状態になる。この状況に狭衣はたまりかねて、格子を押し上げて姫君の顔を確認しようとする。この姫君の顔が狭衣の思慕する源氏宮に瓜二つであったことから、この姫君は狭衣の自邸に引き取られ、彼の妻として暮らすに至る。このような物語内で重要な位置を占める女君との出会いの場が、女房の生活空間として機能していた渡殿であったことも興味深い。

また、渡殿は垣間見をする人物の居る空間でもある。通路としての機能を持つ渡殿は、隣接する寝殿や対の内部を覗きやすい。『源氏物語』野分巻でも夕霧が「東の渡殿の小障子の上より、妻戸の開きたる隙を何心もなく」（③二六四頁）のぞいている。『狭衣物語』ではこのパターンが増加し、父の妻洞院の上が引き取った今姫君のいる西の対の様子を狭衣が渡殿から覗く場面がある。*21 狭衣はまた、長年思慕している源氏宮の居所の様子を渡殿の戸から見通すこともあった。*22 渡殿は寝殿や対に接しているため、そこに居住する人物を近くで観察することができた。

一方で女性たちは渡殿からの視線に気付かず、無防備な姿を男性たちに露呈してしまう。このように、渡殿は寝殿や対からは死角となり、男性たちに垣間見を引き起こさせる場としても位置づけられていくのである。

おわりに

渡殿と廊は規模と機能の面では同一であるため、諸注釈では混同されることが多かった。しかし、渡殿は殿舎間をつなぐという機能に加えて、『源氏物語』や『紫式部日記』に描かれているように、女房の局を備えるという機能も持っていた。このことが渡殿という空間の最大の特徴であったとも言える。廊は居住空間になることもあったが、女房の局を置く例は見られない。渡殿は『源氏物語』とそれ以降の物語の中で女房たちの空間としても機能し、女房と男君たちとの交際の場ともなる。そして、『源氏物語』蜻蛉巻の垣間見の一件からは、その注目度が増し、恋愛物語の舞台としてその価値を高めるのである。女一の宮という最も高貴な女性を梁間二間しかない空間に置き、薫に垣間見の機会を与えた。このことによって、それまで注目されなかった渡殿が薫の意識上で、そして物語上においても重要な働きを持つ建物に変貌する。この『源氏物語』蜻蛉巻で作られた渡殿のイメージを引き継いで、『狭衣物語』では渡殿を恋愛物語に積極的に取り入れていく。『源氏物語』において、これほどまでに渡殿という空間が重用されたのは、『源氏物語』の作者紫式部が中宮彰子の里邸土御門殿の東の渡殿で生活していたこととも関係しているように思われる。渡殿の局で道長の訪れも経験もした彼女の心中に、渡殿という空間は深く刻まれたことだろう。渡殿は紫式部にとっても特別の空間だったのである。

注

1 池田亀鑑氏編『源氏物語事典』(東京堂出版・一九六〇年)。

2 『日本国語大辞典』(小学館・二〇〇二年)の「渡殿」の項には「二つの建物をつなぐ屋根のある板敷きの廊下。渡り廊下。この廊に部屋を設けたりもする。細殿。わたりどの」とあり、「廊」の項には「建物と建物を結び、あるいは建物から突出した細長い建物。また寺院の回廊。ほそどの。わたどの。廊廡」と書かれている。

3 石田穣二氏・清水好子氏校注『新潮日本古典集成 源氏物語四』(一九七九年)の蛍巻のこの部分の「渡殿」には「前の行に「こなたの廊」とある廊」という注が付されている。また、玉上琢彌氏の『源氏物語評釈』第五巻(角川書店・一九六五年)では、「こなたの廊」に「花散里の御殿の渡廊」という注が施され、「こちらの渡殿」と口語訳されている。

4 鈴木温子氏は論文「『源氏物語』の邸宅考――「廊」という住居について――」(『駒澤国文』第四十号・二〇〇三年二月)の中で、このように「廊・渡殿」と併記されている点について、「古い写本では句読点は施されないため、「廊渡殿」という固有名詞ではという疑問が生じる」としながらも、「しかし、同時代の漢文日記である『小右記』、『権記』、『御堂関白記』及び、もう少し前になる『貞信公記』『九暦』にもそういう名称はみえないため、ここでは「廊」「渡殿」が別のものとされていたとみることができる」と述べている。「廊」「渡殿」に関しては、増田繁夫氏も「寝殿造における寝殿・対の屋以外の建築物」(倉田実氏編『王朝文学と建築・庭園〈平安文学と隣接諸学1〉』竹林舎・二〇〇七年)の中で言及している。増田氏もその用途や形態から、両者は異なったものであったと考えている。

5 注4鈴木氏論文、または同氏の「「廊の戸」からの覗き見――『源氏物語』の「廊」考――」(『駒澤国文』四十二・二〇〇五年二月)を参照。

6 池浩三氏・倉田実氏による「対談『源氏物語』の建築をどう読むか」(『国文学解釈と鑑賞別冊・源氏物語の鑑賞と基礎知

識No.17空蝉』至文堂・二〇〇一年六月)の中でも「廊」と「渡殿」の違いについての議論があり、蛍巻のこの箇所がこの問題を考える恰好の例として取り上げられている。ちなみに、倉田氏も「廊」と「渡殿」を別個のものと理解している。

7 『故実叢書・大内裏図考証』(第二十六巻)明治図書出版。

8 井上充夫氏「廊について——日本建築の空間的発展における一契機——」(『日本建築学会論文報告集』第五十四号・一九五六年十月)。

9 平山育男氏「寝殿造りの構成⑩廊——渡殿とはどう違うのか——」(注6書所収)。

10 太田静六氏『寝殿造の研究』(吉川弘文館・一九八七年)。

11 この点に疑問を持った樺山温氏は論文「夕顔の巻における「西の妻戸」「渡殿」」(『解釋學』第十輯・一九九三年十一月)の中で、この部分に関する現代の注釈書の説をまとめている。この渡殿の場所について注釈を施しているのは、山岸徳平校注の日本古典文学大系(岩波書店・一九七七年)と新潮日本古典集成(一九七六年)であった。大系は、この「渡殿」を「西の対から中門の方にいく渡殿(廊)である」とし、新潮集成は「西の対に通じる中門廊」としており、廊と渡殿を混同した解釈がなされていた。

12 角田文衞氏・加納重文氏編『源氏物語の地理』(思文閣出版・一九九九年)。

13 池田亀鑑氏の『源氏物語事典』(前掲注1書)でも「釣殿」について、「寝殿前の庭に設けられた池にのぞむように、東または西の対と廊をもって接続され、廊の南端に構えられたもの」と説明されている。

14 角田文衞氏「土御門殿と紫式部」(『紫式部伝——その生涯と『源氏物語』——源氏物語千年紀記念』法藏館・二〇〇七年)。

15 『枕草子』九十五段には「屋のさまもはかなだち、廊めきて、端近にあさはかなれど」(和泉古典叢署1増田繁夫氏校注『枕草子』和泉書院・一九八七年・九一頁)とある。

16 『源氏物語』宿木巻には「この寝殿は、変へて造るべきやうあり。造り出でんほどは、かの廊にものしたまへ」(⑤四五七頁)という薫の言葉がある。

17 注14角田氏論文。

18 増田繁夫氏「紫式部伝研究の現在――渡殿の局、女房としての身分・序列・職階――」(増田繁夫氏・鈴木日出夫氏・伊井春樹氏編『源氏物語研究集成15源氏物語と紫式部』風間書房・二〇〇一年)。

19 紫式部の局の位置に関しては、増田氏以外にも多くの研究者が考察を加えている。安藤重和氏「「渡殿の戸口の局」の位置をめぐって――紫式部日記試論――」(『国語国文学報』一九七九年三月)によると、紫式部の局の位置は次の四説に分かれる。

(イ)東の対の内部の(北渡殿へ出る)戸口=益田勝実氏『紫式部日記の新展望』曾沢太吉氏・森重敏氏『紫式部日記新釈』(武蔵野書院・一九六四年)池田亀鑑氏・秋山虔氏校注『岩波文庫・紫式部日記』(岩波書店・一九六四年)中野幸一氏校注『日本古典文学全集・紫式部日記』(小学館・一九七一年)。

(ロ)東の対より東中門へ到る東廊の、東中門に近い戸口=池田亀鑑氏『紫式部日記考証』(至文堂・一九六七年)。

(ハ)寝殿と東の対とをつなぐ北渡殿の西端=岡川佳子氏「『渡殿の戸口の局』考――〝紫式部日記の新展望〟の説をめぐって――」(『平安文学研究』第二十一輯・一九五八年六月)/池田亀鑑氏・秋山虔氏校注『日本古典文学大系・紫式部日記』(岩波書店・一九五八年)。

(ニ)寝殿と東の対とをつなぐ北渡殿の東端=角田文衞氏『紫式部の身辺』(古代学協会・一九六五年)/萩谷朴氏『紫式部日記全注釈上・下』(角川書店・一九七一年および一九七三年)。

安藤氏はこれらの四つの説を提示した後、北渡殿東端を「局」ではなく、「馬道」であったとし、(ハ)の説の正当性を論証されている。

20 『源氏物語』匂兵部卿巻には、「女一の宮は、六条院南の町の東の対を、その世の御しつらひあらためずおはしまして、朝夕に恋ひしのびきこえたまふ」（⑤一八頁）とある。

21 『狭衣物語』本文は以下の通り。

大臣の御方に参りたまへるに、この今姫君の住みたまふ対の前を過ぎたまへば、まこと、いかやうにかとけしきもゆかしうて、渡殿より少しのぞきたまへるに、御簾所々押し張りて、人々あまたこぼれ出でて居たり。

（巻一①一〇四頁）

22 同じく『狭衣物語』本文は以下の通り。

源氏の宮の御方にも、常よりも疾く起きたるけはひして、夜もすがら降りつもりたる雪見るなるべし。その渡殿より見たまへば、若きさぶらひども五・六人、きたなげなき姿どもにて雪まろばしするを見るとて、宿直姿なる童べ若き人々などの出でゐたる、また寝くたれのかたちども、いづれとなくとりどりにをかしげにて、（中略）御前には起きさせたまひてにやとゆかしければ、隅の間の御障子のほのかなるより、やをら見たまへば、母屋の際なる御几帳どももみな押しやられて、その柱のつらに脇息に押しかかして見居させたまへり。（中略）人々見やりて、「この渡殿の御障子こそ少し開きたれば、御覧じやしつらん。あさましげなる朝顔を」とわびあひたり。

（巻二①二三九頁〜二四一頁）

第二章　『源氏物語』を中心とした王朝物語における北の空間

はじめに

『源氏物語』を始めとする王朝物語の主役たちは貴族の娘である。彼女らは貴族の邸宅の内で生活し、ほとんど屋敷から出ることはない。邸宅の奥まった所で生活する姫君たちは、たとえ兄弟であっても、その姿を男性に見せることはない。物語の舞台は自ずと、邸宅の中になり、場面の変化はその多くが邸宅内の部屋の変化のみである。そして、高貴な姫君たちはほぼその場を動かず、読者は邸宅内を移動する侍女や男性の目線に沿って、物語を読み進めていくことになる。

物語を侍女や男性の視点で進めていくと、そこには邸宅内の様々な空間が登場する。『源氏物語』の書かれた当時の邸宅は、寝殿と呼ばれる正殿を中心とし、その左右と北側に対と呼ばれる脇殿を配する形が一般的であった。寝殿は主人の居所とされるが、儀式を行う機会の多い上流貴族の屋敷ともなれば、寝殿は儀式のために空けられ、生活は専ら対であった。儀式空間としても使用される寝殿は最も格の高い場所であり、娘が天皇の妻などになれば、寝殿を居所として利用した。その場合の寝殿は、たとえ親の家であっても内裏と同じ空間ということになり、親でも皇族となった娘とは気軽に同居できなかった。そのような家では、寝殿を娘に譲り、主人夫婦は対で生活することになる。このようなことがない普通の身分の家では対は娘夫婦の居所とされた。娘が結婚相手を通わせ、自分たちの家を持つまでの仮の屋として対は機能したのである。[*1] 一方息子たちは、結婚後は婿入りという形で婚家の世話になり、基本的には実家の邸宅を相続することはない。寝殿や対屋の主人に成り得る娘とは異なり、息子たちは実家のいずれかの場所を曹司とし、時が経てば、実家を離れていく。このように邸宅は女性たちの場であった。

ところで、邸宅内の格差は寝殿・対といった殿舎間ばかりではなかった。各殿舎内の東西南北にも格差があったようで、東西の格差は正門の方角によって異なっていたが、[*2]『源氏物語』では東より西の方が格の低い場所とされていた。[*3] 南北に関しては、当時の貴族の邸宅の表が南となっていたことから、南が格上の方角となり、南側の空間が接客の場とされることが多かった。また、南側に入内予定の姫君が住むこともあった。『源氏物語』には次の例がある。

七間の寝殿広くおほきに造りて、南面に、大納言殿、大君、西に中の君、東に宮の御方と住ませたてまつりたまへり。（紅梅⑤四〇頁）

右の文では、紅梅大納言の姫君たちの居所について説明している（第一部第一章参照）。傍線部のように、寝殿の南面には今上帝の一の宮である春宮に入内予定であった紅梅大納言の大君が住まわされていた。[*4] 邸宅の表側の目立つ空間に入内する予定の姫君を住まわせることによって、その姫君を一族の代表として位置づけていた。このような公的な存在の姫君は父親である邸宅の主人と同等の立場にあった。

さて、ここで問題にしたいのは、紅梅巻の文章に描かれていない寝殿の「北面」である。この空間を正妻の居所とする考え方から、この「北面」を紅梅の北の方となった真木柱の居所とする説もあるが[*5]、正妻が北の空間に住むことを裏付ける文献は今のところはない[*6]。寝殿の「北面」、そしてその北側に配される北の対は物語に描かれることの少ない殿舎であった。そこで本章では、この北の空間に注目し、平安期に作られた『源氏物語』を中心とする物語におけるその役割について、当時の男性官人の残した古記録の用例とも比較しながら検証していきたいと思う。

一、北側の空間

南を表とする貴族の邸宅では、各殿舎の裏側となる北は奥向きの目立たない空間とされていた。『更級日記』には、亡き大納言の姫君の生まれ変わりのような猫が作者のもとに訪れる場面がある。その猫を作者は姉と二人で世話するが、姉の病気の際に、家の内が騒がしくなり、作者はこの猫を「北面」に入れたままにしてしまう(三〇一頁)。その時、姉の夢にこの猫が登場し、「おのれは侍従の大納言殿の御むすめの、かくなりたるなり。さるべき縁のいささかありて、この中の君のすずろにあはれと思ひ出でたまへば、ただしばしここにあるを、このごろ下衆の中にありて、いみじうわびしきこと」(三〇二頁)と語るのである。作者は「その後はこの猫を北面にも出ださず思ひかしづく」(三〇二頁)ようになる。このことから、「北面」は下衆つまり身分の低い使用人たちの場を意味すると考えられる。これは『更級日記』のみではなく、他の物語作品でも同様であった。

A 南の母屋の廂にて、（落窪ノ父中納言ト夫道頼ガ）対面したまへり。女君は帳の内に居たまへり。「御前なる人、北面へ」と宣へば、皆往ぬ。

（『落窪物語』二〇四頁）

B 「北面だつ方に召し入れて、君達こそめざましくも思しめさめ、下仕などやうの人々とだにうち語らはばや。またかかるやうはあらじかし。さまざまにめづらしき世なりかし」

（『源氏物語』藤袴③三四〇頁）

C 「北面などやうの隠れぞかし、かかる古人などのさぶらはんにことわりなる休み所は。それも、また、ただ御心なれば、愁へきこゆべきにもあらず」

（『源氏物語』宿木⑤三九三頁）

Aの例は落窪の君とその夫道頼が落窪の父中納言（忠頼）に対面する場面である。落窪の君の前に控えていた女房たちを北面に下がらせている。Bの例は玉鬘を実の姉と知った柏木の言葉。「南の御簾の前に」（③三三九頁）通され、正客としての他人行儀な扱いに不満を覚え、もっと奥まった場所に通してほしいと柏木は訴える。この柏木の言葉から「北面」は使用人が集まっている場所であることが窺える。Cの例も同様に、宇治中の君を訪れた薫が女房と同じような扱いにしてほしいと訴える場面である。

以上の用例から、「北面」という場所が女房の控え所として捉えられていたことが読み取れる。また、『うつほ物語』蔵開上巻に描かれている、いぬ宮産養の場面の「絵指示」には、「これは、北面。台盤所」（五〇二頁）という記述がある。北面の台盤所に后の宮から贈られた衝重（ついがさね）を並べている様子を表現した箇所であるが、この記述は「台盤所」が屋敷の「北面」にあったことを示すものである。この「台盤所」という場所は女房の詰め所とし

ても機能していたようで、『源氏物語』蛍巻の場面には、

中将の君を、こなたにはけ遠くもてなしきこえたまへど、姫君の御方には、さしもさし放ちきこえたまはず馴らはしたまふ。わが世のほどは、とてもかくても同じことなれど、なからむ世を思ひやるに、なほ見つき思ひしみぬることどもこそ、とりわきてはおぼゆべけれとて、南面の御簾の内はゆるしたまへり。台盤所の女房の中はゆるしたまはず。（③二一六〜二一七頁）

とある。光源氏は夕霧を紫の上の居所には近づけなかったが、明石姫君の居所の南側の御簾内に入ることは許していた。将来のために、兄妹関係を緊密にするためであった。しかし、台盤所の女房には近づくことを許さなかったという。光源氏が夕霧を台盤所に近づけなかった理由を、そこの女房と懇意にすることによって、夕霧が南の町の主人である紫の上に近づくことを恐れたからだとする説もある。*7 このことから、女主人付きの使用人たちの空間である「北面」に入り込み、そこの女房と懇意になることによってその女主人に近づく機会を得ようとする柏木や薫の下心を理解することもできる。

また、『落窪物語』には道頼の妻となった落窪の君を「台の御方」と呼ぶ場面がある。*8 この呼称から、貴族の妻が台盤所を取り仕切る役割を担っていたことがわかる。『うつほ物語』吹上・上巻では、神南備種松の屋敷を説明する場面に、

［（前略）これは、寝殿。北の方、居給へり。朱(す)の台四つして、金(かね)の杯どもして、物参る。御達(ごたち)十人・童四人・

下仕へ四人あり。ここに、所々の別当の御達並み居て、預かりのことども申したり。ここ、西の対。掾のぬしいまそがり。御前に、男ども二百人ばかり居て、物言ひなどす。」（二六六頁）

とあり、北の方のいる寝殿において、衣装調達に関わる施設（「織物の所」「染殿」「打ち物の所」「張り物の所」「縫物の所」「糸の所」）の責任者の女房が担当の仕事のことを北の方に報告している場面が描かれている。一方で種松は西の対で男性の召使いたちをまとめている。この場面からは、北の方が女房たちを取り仕切る役割を担っていたことが窺える。妻の呼称である「北の方」も貴族の邸宅の「奥」とされる北側の召使いたちの詰め所を取り仕切る女性に由来するのではないかと考えられる。

ところで、『うつほ物語』には、「北面」を居所とする女性が登場する。

かなたには、女御の君、大宮の住み給ひし北のおとどには、女宮たち、引きて、西の二の対かけて住み給ふ。大将殿の御方は、東の一、二の対、廊かけて住み給ふ。西の一の対には、弾正の宮住み給ふ。東の一の対の北面、よくしつらひて、少将の妹迎へて住み給ふ。（国譲上六二四頁）

この例は『うつほ物語』において、源正頼三条殿の東北の町の住み分けを記した文章である。女御は正頼の妻大宮の娘である仁寿殿女御のこと。女宮たちはその女御の娘たちである。弾正宮（だんじょうのみや）は女御の息子三の宮。そして大将はこの物語の主人公仲忠である。仲忠は女御の娘女一の宮を妻としたため、この正頼邸に婿として住んでいた。彼の居所は東の一、二の対とあり、その一の対の北面には仲忠の父兼雅の妻妾であった仲頼少将の妹を住まわせた。仲忠は父の妻妾たちの住む一条殿に居住していた少将の妹を自分の居所に迎えたのである。彼女は一見、女房待遇の女性には見えないが、これより前の部分で仲忠がこの女性に妻の相手をさせようと考える箇所もあり[*9]、女一の宮付きの女房として迎えられたとも考えられる。

このように「北」というのは「奥」であり、人の目に付きにくい場所であったため、しばしば、「隠し場所」のような役割を果たしている。『源氏物語』東屋巻で浮舟の母中将の君は、浮舟の異母姉である中の君を頼って二条院西の対に赴くが、浮舟がむかえられたのも「西の廂の、北に寄りて人げ遠き方」(⑥四一頁)という場所であり、これも北が屋敷内の死角であったことを示す好例である。

北側には裏方の者たちの居所の他に、収納庫などが置かれることもあった。『落窪物語』には、継母北の方の讒言によって落窪の君が「北の部屋」に閉じこめられてしまう場面がある。この部屋は「酢・酒・魚などまさなくしたる部屋」で「よろづに物の香くさくにほひたる」(八四頁)部屋、つまり食物の貯蔵庫であった。藤原実資の日記『小右記』の万寿元年五月二十三日条にも「北対西廊戸内納雑物、盗人切壊北壁」とあり、小野宮の北の対の西廊戸内に雑物を納めるスペースが設けられていたようである。

『源氏物語』内で北を収納庫にしている例は見られないが、「北」という方角・言葉には特定のイメージが付与されているように思われる。夕霧巻に登場する小野の山荘では、北の廂が一条御息所の病室となっており、彼女は物の怪に取り憑かれていて、娘の女二の宮(落葉の宮)を遠ざけていたという。そしてその事実からも、「北」という方角には華やかな表舞台から隔離されたイメージが付きまとう。その点から、寝殿の北に位置する北の対もまた、「隠す」や「隔てる」といった要素を持った対であったのではないかと考えられる。実際に、『源氏物語』の北の対は光源氏が本邸として使用することのない二条東の院や脇役である光源氏の義兄弟内大臣の邸宅にのみ登場し、二条院や六条院などの光源氏の主だった邸宅には描かれないという特殊な対である。

二、北の対の機能

前述のように、対は本来、新婚の娘夫婦のために設置された仮殿であったと考えられている。若い夫婦は自分たちの家を持つまで、親の家に付設された対で結婚生活を送る。物語には西・東の対に娘夫婦を住まわせている例も描かれている。しかし、北の対は別格であったようで、北の対に娘を住まわせ、婿を通わせている場面は描かれない。北の対は奥まっているために、大切に世話すべき婿を通わすのには相応しくなかったのだろう。『うつほ物語』に一例だけ、源正頼の娘夫婦の生活する町において、そうなる可能性を持った「北の対」が登場する。本文には「北の対、いたづらなり。今生ひ出で給ふが料なり」(藤原の君七九頁)と書かれている。この時、正頼三条殿の東南の町は北の対を除くすべての殿舎が既婚の娘のために使われていた。そして、この北の対もいずれは娘夫婦に使用される殿舎とされていたが、結局、この対が既婚の娘の居所として描かれることはなかった。[*10]

親に大切に育てられている娘は寝殿で育てられていたが、継娘や養女など、主人の客分として迎えられた娘たちは対に住まわされていた。『源氏物語』において、光源氏が玉鬘を「くさはひ」(玉鬘③一三一頁)、つまり若い男性たちの心を惹き付ける娘として六条院東の町の西の対に住まわせて、彼らの興味を引くという場面がある。同じ時期、光源氏のライバルである内大臣が近江の君という娘を引き取る。明石姫君に対抗するはずの娘であった雲居の雁は光源氏の息子夕霧とすでに恋仲になっており、本来探し当てるべき娘玉鬘は光源氏に横取りされ、必死で探して引き取った近江の君は処置に困り果てるような娘であった。この辺りは勝者光源氏と敗者内大臣という構図が顕著に語られる。内大臣邸に引き取られた近江の君は「北の対の今君」（常夏③二四一頁）と呼ばれる。この表現から、近江の君が北の対に住んだことが読み取れるが、近江の君は後に姉である弘徽殿女御に出仕しているから、近江の君は玉鬘のように屋敷に男性を通わせる姫君としては描かれていない。北の対は華やかなこととは無縁な場所として意識されていたようで、表舞台から一歩下がったような人物や表の人物をサポートする立場にある人物が住む空間となる傾向にあった。物語には邸宅を管理する立場の人物がこの対に住んでいる例が見られるが、それは格の高い殿舎を自分より格の高い人物たちに提供した結果であった。*11『栄花物語』巻第十六もとのしづく巻には、藤原公任が自身の管理する邸宅四条宮の北の対に居住していたことが語られている。そして、その宮の寝殿にはこの時、花山院女御諟子と公任の次女が住んでいた。*12四条宮は元々公任の父頼忠の邸宅であった。この屋敷の寝殿は円融天皇の皇后となった頼忠の娘遵子が住んだこともあり、公任の次女はその養女となって「宮」と呼ばれていた。帝の后となった女性やその子どもたちは皇族となる。キサキの里邸では、親は臣下として娘に仕える形になる。公任は入内した姉たちに寝殿を明け渡し、自身は北の対に住んでいた。『栄花物語』巻第四みはてぬゆめ巻によると、公任が昭平親王女と結婚した当時は養父であった藤原道兼の二条殿の東の対に通っていたが、後に四条宮の西の対に妻を迎え取っている。*13しかし、この西の対は藤原教通が公任の娘と結婚する際に、婿取りの場として使用されているので、公任はこの婚儀以前に北の対に移ったと考えられる。*14公任としては寝殿に迎えたかったようであるが、寝殿には皇后となった遵子などの御所となっていたので、それは実現しなかった。

このように主人が北の対に住むという例は『うつほ物語』にも見られる。源正頼の三条殿における正頼・大宮夫婦の居所である。この三条殿は四町の「厳しき宮」（藤原の君六八頁）であり、この東北の町が「おとど町」（同頁)、つまり主人の住む町とされる。この東北の町は「四つが中にあたり面白き」(同頁)所であった。この町の説明は以下のようになっている。

かくて、父母も住み給ふ町には、寝殿には、あて宮より始め奉りて、こなたの御腹の若君たち、内裏の女御の御腹の女宮たちなど。皆、おもと人・乳母・うなゐ・下仕へなんど、かたち・心、ある中にまさりたるを選り候はせ給ふ。西のおとどは、女御の君の御方、東のおとどは、宮たち住み給ふ。父母、北の御方になむ住み給ひける。(藤原の君七〇頁)

寝殿には大宮の未婚の娘たちが住んでいる。西東の対には「おとど」という尊称が付されている。西のおとどには大宮の長女仁寿殿女御、東のおとどには女御の御腹の男宮たちが住んでいた。正頼にとって彼らは娘・孫であっても、臣下と皇族という点で身分の隔たりがある。正頼夫婦は娘たちに格の高い殿舎を提供した結果、最も格の低い北の対に居住することになったのだろう。

また、蔵開中巻には、

一条殿は、二町なり。門は二つ立てり。おとど宮、それに従ひて、西、東の対、渡殿、皆あり。寝殿は、東の対かけて、宮住み給ふ。異対どもに、すこしはひとつはらう※、召人めきたりし人、対一つを二人にて住む。(五六三頁)

※新編日本古典文学全集ではこの箇所を「住めるは人々、童」と校訂している。

という文章がある。これは主人公仲忠の父兼雅が正妻女三の宮の邸宅に他の妻たちも住まわせていたことを示すものである。そして、蔵開下巻に「北の対におはするは妹なり」（②五九七頁）とあるように、この屋敷の北の対に住むのは兼雅の異母妹であった。異母とはいえ、妹を妻にすることは世間体も悪く、兼雅は「忍びて迎へ取りて」（②五九七頁）通っていたという。世間から隠される存在であった。この用例からは「忍ぶ」のに相応しい所として「北の対」が位置づけられていることがわかる。これは前節でみた「北」のイメージとも合致している。

以上、見てきたように、北の対は新婚の娘のための殿舎として用いられていた他の対とは異なり、目立たない人物たちの場として使われていたようである。そして、北の対が物語の舞台となることも少ない。北の対が物語に描かれない場合は、そこが専ら女房の空間として使用されていたと考えられる。[*15] 物語に登場しない女房たちが暮らす空間、それが物語に描かれない北の対であったのではないだろうか。寝殿に主人以上の格の人物が住む場合には、北の対が主人の居所となることもあったが、本来なら北の対は晴々としない場ということで、主人格の住人の住居には適さなかったと考えられる。

三、女房たちの空間としての北の対

左大弁源経頼の日記である『左経記』の長元四年（一〇三一）十二月十三日条には北の対がどのような場合でも女房の空間であり続けたことを示す記述がある。

次参三条、令御装束、先以神殿当御在所、西方云々、仍迫東対台北為御所、塗籠東廂也、件塗籠可為神殿之故也、抑件宅本自無寝殿、只所在東対代北対許也、仍以東対代為御所、以北対女房曹司

右の記事は斎院となった後一条天皇の女二の宮馨子内親王が三条にある邸宅で潔斎を行う様子を記したものである。潔斎の場となった三条の家については、十二月三日条に「丹波守章任朝臣三条宅」とある。この三条宅には寝殿はない。だから、東の対代を斎院の居所としたというのである。そして北の対は女房の曹司とした。対代は対よりも規模の小さいものとされていた。しかし、ここでは普通の大きさである北の対よりも東の対代を斎院の居所としている。これは北の対が他の殿舎より規模の大きいものであったとしても、主人である斎院を住まわせるのには相応しくないと判断されたことを示すものである。

このように当時の社会では北の対は女房の曹司に利用されることが多かった。『九暦』には天暦四年（九五〇）七月二十三日条に「以北対馬道間為女史以下候所、同対馬道西母屋庇各一間為彼女御厠人候所、依人数甚多、不人別給鋪設」とあり、藤原師輔の花山院北の対が女房の局として使用されたことが窺える。藤田勝也氏は『日本古代中世住宅史論』第一章「北対の変容」[*16]の中で同様の記事を挙げ、「母屋・庇各々一間ごとをおそらく女御付きの女官の候所としたのだろう」と考えている。藤田氏は『源氏物語』当時の北の対が女房局として使われていたのはごく一部の例であり、本格的に女房たちに利用され始めたのは院政期まで下ると指摘する。さらに、藤原成通が密かに通う宮内卿有賢邸の女房の局が北の対にあったという『今鏡』の逸話[*17]や篤子内親王入内時の様子を記す『為房卿記』寛治五年（一〇九一）十月二十五日条にみえる「北対東十一ヶ間為女房曹司」という記述から、女房局としての用法はこの時期の北の対の一般的な用法の一つだと考えている。藤田氏はまた、「女房局はもと

より内向きの生活空間であったから、北対はかかる機能を担う主要な殿舎の一つだったことになる。しかも女房局という用法によって従来からイメージされてきた北対は局の集合体であり、細長く長大な殿舎形態である」とも主張している。藤田氏は女房局として使用される院政期の北の対が摂関期のものとは区別されると考えているが、これは里内裏となった北の対が天皇の御座所や後宮として利用されたり、主人の居所となったりする例が物語にみられることからの指摘である。しかし、次に述べる『和泉式部日記』の記述からは、摂関期にも北の対に女房局の萌芽があったことが窺える。

敦道親王と恋愛関係にあった和泉式部は、日記の終盤で東三条院に引き取られる。その時の詳細について、日記では次のように語られている。

宮入らせたまふとて、しばしこなたの格子はあげず。おそろしとにはあらねどむつかしければ、(宮)「今かの北の方に渡したてまつらむ。ここには近ければゆかしげなし」とのたまはすれば、おろしこめてみそかに聞けば、(宮)「昼は人々、院の殿上人など参りあつまりて、いかにぞかくてはありぬべしや。近劣りいかにせむと思ふこそ苦しけれ」とのたまはすれば、(女)「それをなむ思ひたまふる」と聞こえさすれば、笑はせたまひて、(宮)「まめやかには、夜などあなたにあらむ折は用意したまへ。けしからぬものなどはのぞきもぞする。今しばしあらば、かの宣旨のある方にもおはしておはせ。おぼろけにてあなたは人もより来ず。そこにも」などのたまはせて、二日ばかりありて北の対にわたらせたまふべければ、人々おどろきて上に聞こゆれば、(北の方)「かかることなくてだにあやしかりつるを。なにのかたき人にもあらず。かく」とのたまはせて、「わざとおぼせばこそ忍びてゐておはしたれめ」とおぼすに、心づきなくて、例よりものむづかしげにおぼしておはすれば、いとほしくて、しばしは内に入らせたまはで、人の言ふことも聞きにくし、人の気色もいとほしうて、こなたにおはします。（八二〜八四頁）

和泉式部は敦道親王の召人となり、最終的には北の対に住まわされている。親王は北の方への言い訳として、和泉式部を頭を削るために呼んだ女房であるとしている。そして「こなたなどにも召しつかはせたまへかし」（六三頁）と北の方にも女房として式部を召し使うように勧めたりしている。元々、召人とは、主人と情交のある女房として認識されていた。親王の北の方の女房の「かの御局にはべるぞかし」（六五頁）という言葉は、和泉式部の置かれた北の対が女房たちの局を設けた空間であったことを物語っている。

このように北の対は女房の場所であり、その中には召人とされる人物もいたのである。藤田氏は「女房曹司町」という言葉が院政期特有のものと考えているが、『源氏物語』少女巻の六条院の邸内を説明する場面では、女房の居所に関して、「女房の曹司町ども、あてあてのこまけぞ、おほかたのことよりもめでたかりける」（③八〇頁）と記されており、『源氏物語』の時代にすでに女房の曹司町の存在を確認できる。

四、『源氏物語』の北の対

北の対は、前述のように、主人夫婦の居所となる場合もあったが、それは寝殿やその他の対に主人以上の身分の人物が居住する場合に限定されていた。妻妾が住まわされる場合もあったが、妻妾の立場にある女性であっても、その場所に住んだ瞬間から妻としての要素が薄れ、女房的・召人的な要素を持つ人物として変容する。『源

氏物語』松風巻には、

東の院造りたてて、花散里と聞こえし、移ろはしたまふ。西の対、渡殿などかけて、政所（まどころ）、家司（けいし）など、あるべきさまにしおかせたまふ。東の対は、明石の御方と思しおきてたり。北の対はことに広く造らせたまひて、かりにてもあはれと思して、行く末かけて契り頼めたまひし人々集ひ住むべきさまに、隔て隔てしつらはせたまへるしも、なつかしう見どころありてこまかなり。寝殿は塞げたまはず、時々渡りたまふ御住み所にして、さる方なる御しつらひどもしおかせたまへり。

（②三九七頁）

とあり、二条東の院北の対の使用法が他の対と異なっていたことが示されている。花散里は後に六条院に移り、明石の君は二条東の院に入ることもなく、同じく六条院に移る。そして、それぞれ東の町・北の町の女主人として重んじられる。ここで注意したいのは、具体的に名前の挙がらない「かりにてもあはれと思して、行く末かけて契り頼めたまひし人々」のことである。後々の記述から、そこに住む人物として、末摘花と空蝉が取り上げられているが、この二人は西の対に主人として入った花散里や東の対に入るよう予定されていた明石の君とは境遇を異にしている。「隔て隔てしつらはせ」という表現は、この北の対が房の曹司町のような形態を持つ殿舎だったことを示している。そのような形態の対に住まわされた女性は女房たちと同等の扱いであったのではないだろうか。北の対がすでに女房の曹司の集合体のような空間として認識されていた可能性もある。

実際の社会では、寝殿の北に位置する北の対が主人の居所となることもあった。また、その内部に息子の曹司が設えられることもあった（第二部第二章参照）。娘が入内するような大貴族の邸宅では、内裏が焼失した場合の里内裏として使用される場合もあり、その際には北の対はキサキ等の居所として大きな役割を担っていた。[*18] しかし、それ以外の場合は、目立たない空間として物語の舞台になることは少なかった。その北の対について語られる邸宅が、光源氏の二条東の院と内大臣邸である。光源氏の所有する二条東の院の北の対には前述のように、末摘花や空蝉などの経済的援助を必要とする人々が住み、内大臣邸の北の対には娘近江の君が住んだ。光源氏や内大臣は、過去の自らの過ちを隠蔽するかのように、これらの人々を北の対に隠すのである。北の対は通常は女房たちの居所であった。末摘花と空蝉は光源氏の二条東の院で女房と同様の待遇に甘んじた。そして近江の君も後に寝殿にいる姉の弘徽殿女御のもとに出仕しているため、内大臣の娘といえども、女房扱いである。『源氏物語』において、北の対は女房の住む空間として認識され、そこに住まう人物もまた女房的な性質を帯びていく。

賢木巻には六条御息所が野宮で光源氏と対面する場面がある。

> 北の対のさるべき所に立ち隠れたまひて、御消息聞こえたまふに、遊びはみなやめて、心にくきけはひあまた聞こゆ。（②八六頁）

北の対は野宮における六条御息所の居所だと考えられている。[*19] ここで類似の例として、前節の『左経記』の記述を再考する。斎院は三条宅の東の対代を、女房たちは北の対を居所としていた。この斎院邸においても北の対は女房たちの場であった。『源氏物語』の六条御息所の場合も斎宮の母が共に伊勢に下向するということは、「例もことになけれど」（賢木②八三頁）という状態で、通常は潔斎の場には斎宮と斎宮に仕える女房しかいなかったのだろう。この野宮の北の対は本来、御息所のような高貴な人物のいるような場所ではなかった。また、野宮は神域であるから、恋の舞台になるような場所でもなかった。野宮の周囲は「黒木の鳥居どもは、さすがに神々しく見わたされて、わづらはしきけしきなる」（賢木②八五～八六頁）所であり、恋の忍び歩きは遠慮されるような場所であった。この恋の舞台となるはずのない野宮の北の対で、光源氏と六条御息所の恋は終焉を迎えるのである。

このように『源氏物語』における北の対は通常は女房の居所とされ、物語に登場することも少ない。その北の対がこの物語に登場した時には、その屋敷に本来は相応しくない人物の居所として位置づけられていくのである。

おわりに

貴族の邸宅の裏となる北は「隠される」空間であった。敷地の北には収納庫などの建物があり、また殿舎の北面は女房の詰め所とされた。そして、同じイメージを持つ北の対。その場所は数々の殿舎の中でも最も格の低い場とされていた。[*20] 住む人物が多い場合は主人の居所や息子の曹司として使用されることもあったが、本来は女房の居所であったと思われる。『うつほ物語』の兼雅一条殿では妻妾の場としても利用されているが、その邸宅の北の対に住まうのは兼雅の異母妹であり、世間的には隠されるべき女性であった。『源氏物語』の光源氏の二条東の院では、光源氏と過去に関係のあった女性が集められ住まわされていた。しかし、実際に居住した女性の中で妻と認定されるのは、西の対に主人として住む花散里だけであり、北の対に住まう女性たちに光源氏が与えていたものは経済的援助のみであった。内大臣邸の北の対には、父内大臣が夢占いによって探し出し、そして引き取った近江の君が住んでいたが、一般的な姫君のようにその場の主人として住まわされていたのかは不明である。内大臣は弘徽殿女御のもとを訪れる際についでに近江の君の部屋を覗いており、後に女御に出仕させることから、普通の娘のような扱いはしていなかったと考えられる。「北」という空間が構造上、隠れた目立たない場所であることから、召使いの居所や収納庫の設置場所とされ、物語、特に『源氏物語』においては、世間から隠したい人物の場所として設定された。北側に置かれるということは、主人から見放され、召使い同様に扱われているということの表れでもあった。『源氏物語』の北の対に住む人物の多くはひっそりとその後の物語から姿を消していくことになる。

注

1　このことは、高群逸枝氏の『高群逸枝全集第二巻　招婿婚の研究一』「第六章その経過（二）——前婿取婚・第一〇節前婿取期の族制」（理論社・一九六六年）や池浩三氏の『源氏物語——その住まいの世界——』（中央公論美術出版・一九八九年）「第六章寝殿と対の性格」の中でも触れられている。

2　飯淵康一氏は「平安時代貴族住宅に於ける「礼」向き決定の諸要因について」（『日本建築学会計画系論文報告集』第三六八号・一九八六年十月）の中で「礼」を決定する要因について、「上級貴族邸について言えば、その敷地条件、即ち、大路に面する側がその邸の礼向きとなるという大原則が認められるが、必ずしもそれにとらわれるわけではなく、内裏の秩序に倣う（寝殿は南殿代とされる場合は東礼、清涼殿代とされる場合は西礼）理念的選択、建物の配置や他の邸との関係で決定される合理的選択を認められることが出来る」とまとめている。

3　『源氏物語』の中では寝殿を二分して住む場合は、東の母屋に目上の人物が住んでいることが多かった。それは東の対にも言えることであった。そのことに関して、増田繁夫氏は「住居」（『国文學解釈と教材の研究』第二十八巻・十六号／

一九八三年十二月）の中で、「紫式部日記の土御門殿では、中宮は東の母屋にいて、東の対で修法や饗応が行われていることからも判るように、当時の貴族住宅では東を晴に用いることが多かったので、それを反映してこの物語でも東が晴に設定されているのであろう」と述べている。

4 この文章に関して、「大納言、大君」を「大納言の大君」とする本もある。池田亀鑑氏の『源氏物語大成巻三』（中央公論社・一九五四年）によると、青表紙本系の陽明家本・肖柏本・河内本・別本がこのように記している。父と娘が同じ部屋に同居する事例は他に見えないので、南面には大君一人が住んでいたと解釈したい。

5 新編日本古典文学全集⑤（校注・訳　阿部秋生・秋山虔・今井源衛・鈴木日出男）では、この部分に「以下、母屋を含めて、東・西・南・北と区切った。北面は真木柱の居間である」という注を施している。北面に北の方が住むという考え方によったものであろう。

6 平井聖氏は『日本住宅の歴史』（日本放送出版協会・一九七四年）の中で、「日記や日記文学をさがすと、北の方が寝殿、あるいは西の対や西北の対に住んでいた例はみつかったが、北の対に住んでいた例はほとんどみつからなかった」と述べている。摂関家の妻の敬称とされる「北の政所」という呼称が「摂関家では政所のほかに、北の対に住む妻室のためにも北政所を置いた」ことに由来するとする藤木邦彦氏の意見（『平安時代史事典』角川書店・一九九四年・「北政所」の項より）もあるが、これに対して、服藤早苗氏は『平安朝の家と女性——北政所の成立』（平凡社・一九九七年）の中で、前述した平井氏の指摘を挙げて、藤木氏の意見を否定している。

7 新編日本古典文学全集③のこの部分の頭注に、「紫の上づきの女房たちの詰所。夕霧が女房の媒で紫の上に近づくのをも源氏は警戒する」とある。

8 本文には「この君にいささか心寄せあらむ人をば、ねたきものに言ひののしりしを見ならひたるに、台の御方の人とて、いたはり用意したまふさま、いとめでたし、と思ふ」(一六六頁)とある。頭注では「「台の御方」は、台盤所を主宰する人、すなわち奥方の意」と説明されている。

9 蔵開下巻の仲忠の言葉に「今かしこの広うなりぬべかなれば、そこにかのものしたぶが、遊びする人なくてさうざうしくしたまへば、迎へはべらむ」(②五九九頁~六〇〇頁)とある。それに対して、父兼雅は、「恥づかしく、若くよかりし人とて、よからぬこともあらむものを」(②六〇〇頁)と懸念している。世間の人に仲頼妹が仲忠の召人と判断されることを警戒したのである。

10 この後、物語では代わりに「北東」や「西北」の対が登場する。「西南」の対も存在し、「西北」の対は後年、入内したあて宮(藤壺)の居所として登場し、「西の一の対」と呼ばれるので、藤原の君巻に登場した北の対と同一であるとは考えにくい。

11 淺井ちひろ氏は論文「后の邸宅における御座所――『源氏物語』を中心に――」(『鶴見日本文学』第五号・二〇〇一年三月)の中で、このことを、『夜の寝覚』の例を挙げて説明している。巻三には、主人公寝覚の上が自身の邸の寝殿を朱雀院后大皇の宮に提供し、大皇の后が邸を去ると寝覚の上はまた寝殿に戻っている場面がある。このことから、淺井氏は通常、寝殿を居所としている邸の主人であっても、后がその邸にいる場合は寝殿を后のために譲っていたと主張する。

12 『栄花物語』本文には、「四条宮のよろづの御宝ただこの君に譲りきこえたまへりしも、この後の御事どもに、ことさらに思し掟てけり。北の対に殿は住ませたまふ。寝殿に女御殿とこの宮とは住ませたまふなりけり」(②二五四頁)とある。

13 『栄花物語』本文には、「二条殿の東の対をいみじうしつらひて、恥なきほどの女房十人・童女二人・下仕二人して、あるべきほどにめやすくしたてておはしそめたまふ。(中略)なほかかる有様つつましとて、四条宮の西の対をいみじうしつらひて、迎へきこえたまひつ」(①一四二頁~一四三頁)とある。

14 『栄花物語』巻第十ひかげのかづら巻の本文には、「あべいことどもしたてさせたまひて、四条宮の西の対にて、婿取りたてまつらせたまふ。寝殿にてと思せど、宮の御前などおはしましつきたれば、今さらになどおぼしめすなるべし」（①五二六〜五二七頁）とある。

15 北の対が存在しない場合もあったようで、『うつほ物語』では藤原兼雅が仲忠の家司である近江守に献上させた東角の家の寝殿の北には長屋があったという。この長屋は「へたてごとのうちあまたして、贄殿、酢・酒造り、漬物・炭・木・油など置きたり」（蔵開下六一〇頁。傍線部、新編日本古典文学全集では「隔て」とする）とあるように、『落窪物語』で落窪の君が閉じこめられた「北の部屋」と同様の役割を持つ場所であった。同じように、藤原の君巻であて宮の求婚者三春高基の七条殿の屋敷を説明する部分には「（前略）御厨子所、寝殿の北の方。頭白き嫗一人水汲む。女の童一人、おもの盛り仕うまつる」（「絵指示」部分。八九頁）とあり、寝殿のすぐ北にあるのは御厨子所である。この高基は皇族出身であるが、落ちぶれ、地方の受領となっていたこともあった。近江守邸・高基邸は受領階級の邸宅であり、邸宅の規模を考えても、北の対があったとは考えられない。『落窪物語』の父中納言邸も同様のことが言える。ただ、『御堂関白記』長和四年（一〇一五）八月二日条には皇太后藤原彰子の住む宮に関して、「皇太后宮北対与北屋間、小児頭身一手一足付侍、以下人令取出已了云々」とあり、また、これよりも後の時代のことであるが、鳥羽天皇時代に里内裏となった六条殿に関しても『中右記』に嘉承二年（一一〇七）十二月四日条に「参六條殿、是依為上卿也、攝政殿令参給、廻見之處、修理事成、新造東門、北対、北屋等」とあることから、里内裏になるような大邸宅には北対と北屋の両方が存在していたことがわかる。

16 藤田勝也氏『日本古代中世住宅史論』（中央公論美術出版・二〇〇二年）。

17 『今鏡』「藤波の下　第六・雁がね」に侍従大納言成通の早業についての逸話が載せられている。その話の中に、「沓をはきて庭におりて、北の対のうしろを歩み参りければ、局々たてさわぎけり」（講談社学術文庫・四九一頁）という一文がある。成通が北の対のうしろを歩いていたので、そこにいる女房たちが慌てて局の格子をしめたという。この一文は北の対に女房の局があったということを明確に示すものである。

18　藤田勝也氏も前掲注16の著書の中の第一章「北対の変容」の中でこのことに触れている。北の対は一条天皇の里内裏である一条院では天皇の御座所となった。また三条天皇も道長の枇杷殿を内裏とした時には北の対に居住した。また北の対が後宮として機能したのは、一条天皇の里内裏である一条院、後朱雀天皇の里内裏である教通の二条殿、後冷泉天皇の里内裏である土御門殿、頼通の四条殿等である。

19　新編日本古典文学全集②賢木巻のこの部分の頭注には、「正殿に斎宮、ここには母御息所がいる」と説明されている。

20　北の対の性質について、倉田実氏もまた『源氏物語』の建築語彙」（『王朝文学と建築・庭園』竹林舎・二〇〇七年）の中の、二条東の院の対の使用法を確認するくだりで、

北の対は劣った場所となっているが、他の邸宅でもそうである。烏滸として笑われる今姫君は、「北の対の今姫君」と呼称されている。内大臣邸には東西に対があったと思われるが、北の対に住まわせることで人目につかないようにし、劣った扱いにしているのである。（五三頁）

と指摘している。

第三章　後宮の細殿——その特質と役割をめぐって——

はじめに——細殿とは何か——

『源氏物語』花宴巻は光源氏と朧月夜の君の出会いを描く巻である。彼らの出会いの場面は次のように語られる。

源氏の君酔ひ心地に、見すぐしがたくおぼえたまひければ、上の人々もうちやすみて、かように思ひかけぬほどに、もしさりぬべき隙もやあると、藤壺わたりをわりなう忍びてうかがひ歩けど、語らふべき戸口も鎖してければ、うち嘆きて、なほあらじに、弘徽殿の細殿に立ち寄りたまへれば、三の口開きたり。女御は、上の御局にやがて参上りたまひにければ、人少ななるけはひなり。奥の枢戸も開きて、人音もせず。かやうにて世の中の過ちはするぞかしと思ひて、やをら上りてのぞきたまふ。人はみな寝たるべし。いと若うをかしげなる声の、なべての人とは聞こえぬ、「朧月夜に似るものぞなき」とうち誦して、こなたざまには来るものか。いとうれしくて、ふと袖をとらへたまふ。女、恐ろしと思へる気色にて、「あなむくつけ。こは誰ぞ」

とのたまへど、「何かうとましき」とて、

　　深き夜のあはれを知るも入る月のおぼろけならぬ契りとぞ思ふ

とて、やをら抱き降ろして、戸は押し立てつ。　（①三五五～三五六頁）

「二月の二十日あまり」、桐壺帝は南殿で桜の宴を催した。宴の終了後、光源氏は人々が寝静まったのを見計らい、藤壺中宮との密会の機会を期待して彼女の住まいの辺りをうろつく。しかし、戸も厳重に閉ざされており、その機会もなかった。諦めきれない光源氏は今度は弘徽殿の細殿に立ち寄るのである。弘徽殿は光源氏と敵対する女御の住まいである。この時は「女御は、上の御局にやがて参上りたまひにければ」とあり、女御は不在である。光源氏がこの敵対する女御を主とする殿舎に近づいたのはなぜだろうか。

細殿は『大内裏図考証』（以下『考証』）巻第十七でも言及される空間である。『考証』では麗景殿東廂の説明として『清慎公集』（藤原実頼の歌集）『公任集』『とりかへばや物語』で麗景殿細殿が登場する場面を引用する。同様に登花殿西廂の説明としても『西宮記』『大鏡』の登花殿西廂の細殿の例を挙げ、また弘徽殿西廂の説明としても『西宮記』『三長記』（鎌倉時代の公卿藤原長兼の日記）『金葉和歌集』『源氏物語』『栄花物語』『枕草子』『二条皇太后宮大弐集』の細殿の例を挙げる。このことから、『考証』では麗景殿東廂と登花殿・弘徽殿の西廂を細殿だと理解している。宣耀殿東廂については、『考証』では宣耀殿を説明する際に『栄花物語』巻第三十四暮まつほし巻の細殿を含む用例を引用するものの、改めてその東廂について説明するくだりでは細殿の用例は挙げていない。しかしながら、萩谷朴氏は「枕草子解釈の諸問題（8）」[*1]の中で、『考証』が宣耀殿の項で『栄花物語』暮まつほし巻の例を引いたことを挙げ、この例を宣耀殿東廂が「細殿」と通称されたものであることを立証する例だと主張する。その萩谷氏の論を受けて石田穣二氏は論文「細殿について」の冒頭で、細殿が一般に麗景殿・宣耀殿の東廂、弘徽殿・登花殿の西廂を指すことを確実なこととして提示する。[*2] 一方、『倭名類聚抄』では「廊」のことを

唐韻云廊音郎〈和名保曽止乃〉殿下外屋也

（元和古活字那波道圓本巻十・居所部第十三・居宅類第一三六。引用は『諸本集成倭名類聚抄』〈臨川書店〉より）

と説明する。この説明により『倭名類聚抄』が廊を細殿と解釈していたことが読み取れる。また、『源氏物語』の古注釈『河海抄』（貞治年間〈一三六二〜一三六八〉成立）でも「ほそとのは廊也」と〈細殿＝廊〉とする説を採用している。[*3] 平安期の用例などでは、「廊」は本殿とは別の細長い建物のことを指す言葉となっており、[*4] 殿舎内部の廂と解する『大内裏図考証』の説とは相反する。『河海抄』では、〈細殿＝廊〉説を補強する用例として『万葉集』の例を挙げる。『万葉集』本文には「大臣参議并せて諸王は、大殿の上に侍はしめ、諸卿大夫は、南の細殿に侍はしめて、則ち酒を賜ひ肆宴（しえん）したまふ」（④一六〇頁）とある。この場合、細殿は大殿とは別の建物であったと考えられる。『小右記』長和元年（一〇一二）六月二十九日条に「左府虹立三箇所、細殿・北面・厩等」とあり、平安期の貴族の邸宅でも別の建物と思しき細殿の用例が確認できる。しかし、後宮の細殿については、『源氏物語』の記述を見る限りでは、別の建物とは考えにくい。光源氏が朧月夜の君を細殿に「抱き降ろし」たという点で本殿とつながっていると想定されるからである。この理由から、本章では後宮の細殿を各殿舎の裏側の廂の部分と特定して考察を進めることとする[*5]【図版参照】。

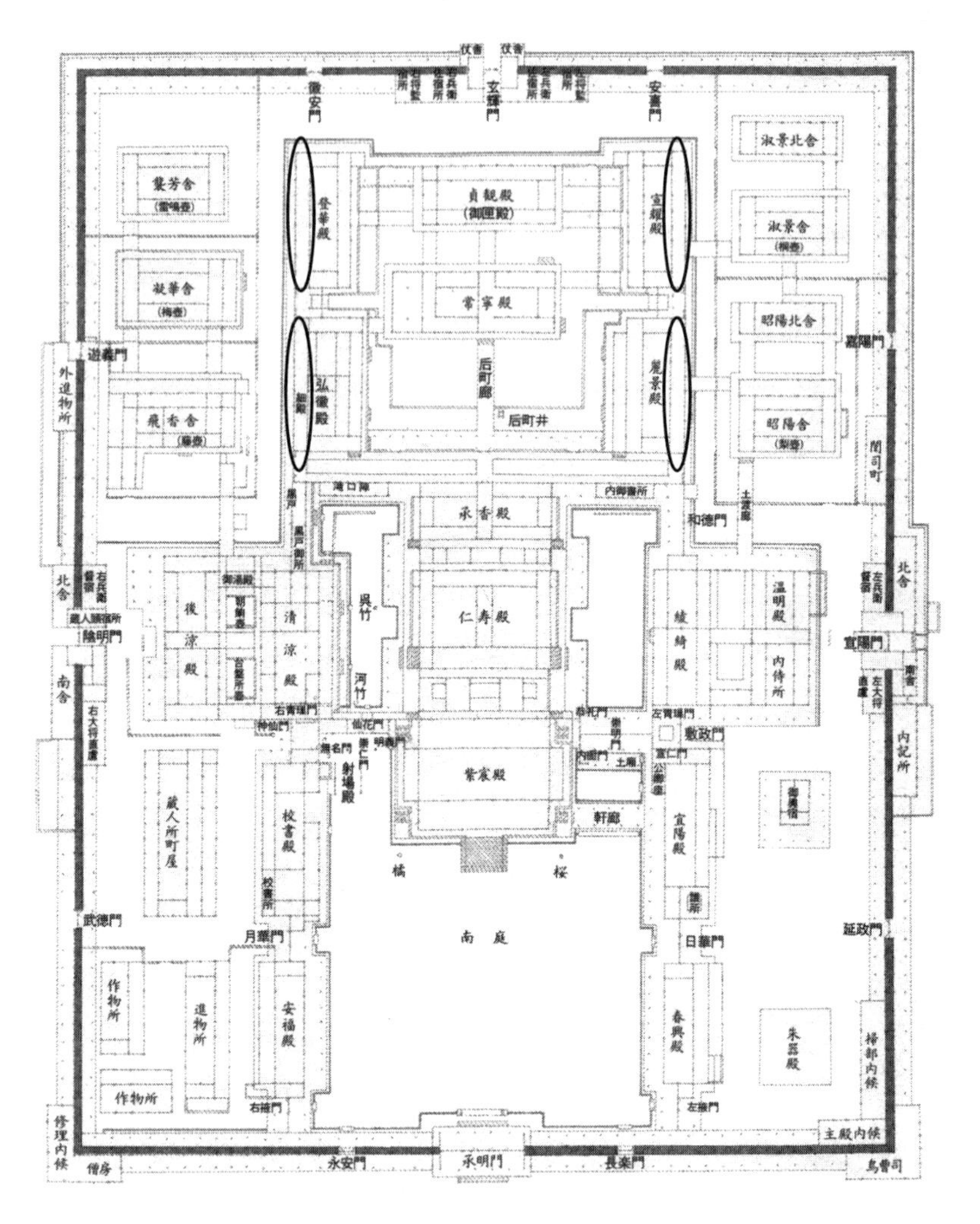

参考『平安時代史事典　資料編』所収の「平安京内裏図」と細殿の想定位置
（丸印＝著者）

後宮の細殿＝廂という説に従ってその用例を確認すると、この空間は他の廂とは異なった役割を担っていたことがわかる。『枕草子』の作者清少納言は七十三段において、「うちの局、細殿いみじうをかし」（一二七頁）と述べる。また、『栄花物語』巻第三十一殿上の花見巻には、女院となった彰子が内裏に入御した際に「女房ぞ弘徽殿に局して下り上りける。めづらしき細殿住みもをかし」（③二二〇頁）と記述されており、細殿が女房たちの局に使用されていたことが読み取れる。『更級日記』には、後朱雀天皇の皇女祐子内親王に仕えることとなった作者が彼女たちに従って内裏に入る場面があるが、その際には、「その夜はしもに明かして、細殿の遣戸を押しあけて見出したれば（後略）」（三三七〜三三八頁）と記される。この表現は作者の下局が細殿内にあったことを窺わせる。

さて、細殿が女房の局を有する空間であったことから考えると、『源氏物語』において光源氏が弘徽殿の細殿に近づいたのは、そこに住む女房が目的だった可能性が高い。光源氏の目的は明確にはされないが、『源氏物語』前後に成立した作品では、殿上人が女房と語らうために細殿を訪れる光景が随所に描かれる。そこで本章では、女房の局となる細殿に着目し、物語における細殿の役割を考察していく。

一、後宮の細殿の特質

まず、後宮の細殿の特質を考えてみる。『更級日記』には「かたらふ人どち、局のへだてなる遣戸を開け合わせて、物語などし暮らす」（三三二〜三三三頁）とあり、女房たちが局の隔てを開けて語り合った様子が記される。細殿の内部は遣戸によっていくつかのスペースに区切られていたのだろう。

また、細殿で語り合う女房たちの姿はその他の作品でも確認できる。『枕草子』では「細殿に人あまたゐて、やすからず物など言ふに」（四十四段）と多くの女房が細殿に集まって物語をする様子が語られる。『続詞花和歌集』（第三・夏）一一一番歌の詞書には、「後朱雀院御時、うめつぼの女御御方の人人ほそどのにうへの人人と物がたりして侍るに」（新編国歌大観）とあり、異なる主人に仕える女房たちが細殿で交流していたことを窺わせる。細殿は単なる個人部屋の集合体ではなく、宮中に仕える女房たちの交流空間としても機能していた。

一方、細殿の内と外で男女が交流することもあった。『枕草子』七十三段には、

> 三尺の几帳を立てたるに、帽額（もかう）のしもただすこしぞある、外に立てる人と、内にゐたる人と物言ふが、顔のもとにいとよく当りたるこそをかしけれ。（三九頁）

とある。また、この段において清少納言は細殿の魅力を次のように語る。

> かみの蔀（しとみ）上げたれば、風いみじう吹き入りて、夏もいみじう涼し。冬は雪、霰（あられ）などの、風にたぐひて降り入りたるもいとをかし。せばくて、童べなどののぼりぬるぞあしけれども、屏風のうちに隠しすゑたれば、こと所の局のやうに、声高くえ笑ひなどもせで、いとよし。昼などもたゆまず心づかひせらる。夜はまいて、うち解くべきやうもなきが、いとをかしきなり。（一二七〜一二八頁）

清少納言が語る細殿の魅力をまとめると、

一、夏は風が入って涼しく、冬は雪・霰などが風とともに入ってくるのがおもしろい
二、童などが入ってきてもうるさくしない（中宮の御座所に近いからか）
三、人通りが多いため、昼も夜も気を抜くことができない

となる。三田村雅子氏は清少納言が細殿を賞賛する理由を次のように分析する。*[6]

> 細殿という名称を持つ女房の局が、通路にも外気にも面した細長い生活空間で、屋内と言うにはあまりに不安定なあやうさを抱え持っていたからにほかならない。通路を行き来する男達の世界とも、外界の気候条件からも十分に隔離されない無防備な境界性が細殿の生活を特徴づける。生活環境としてはむしろマイナスな居心地悪さを、その不安定さ故に枕草子は選んでいるのである。（三〇五頁）

細殿の局は中宮の御座と接するが、反対側では外界とも接する独特の空間であった。清少納言は細殿で外の空気を感じ、そして通行する男性とのコミュニケーションを楽しむ。二三一段では、

> 細殿の遣戸（やりど）をいととう押しあけたれば、御湯殿に馬道（めどう）より下りて来る殿上人、萎（な）えたる直衣、指貫の、いみじうほころびたれば、色々の衣どものこぼれ出でたるを押し入れなどして、北の陣ざまに歩み行くに、あきたる戸の前を過ぐとて、纓（えい）を引き越して、顔にふたぎていぬるもいとをかし（三六九頁）

とあり、清少納言が細殿の戸を開けて男性たちを観察している。[*7] 清少納言が『枕草子』において語る細殿は、中宮定子の住む登花殿の細殿であったと考えられている。[*8] 弘徽殿と登花殿の西側は清涼殿と北の陣を結ぶ通路となっていた。そのため、他の殿舎の細殿と比べて人通りの多い空間であった。『枕草子』四十四段では清少納言たちが通りかかる男性たちに声をかけている。

細殿に人あまたゐて、やすからず物など言ふに、清げなる男、小舎人童など、よき包み、袋などに、衣ども包みて、指貫のくくりなどぞ見えたる、弓、矢、楯など持てありくに、「誰がぞ」と問へば、ついゐて、「なにがし殿の」とて行く者はよし。けしきばみやさしがりて、「知らず」とも言ひ、物も言はでいぬる者は、いみじうにくし。（一〇二頁）

ここでは、素直に返答する男性を「よし」とし、「知らず」と答える男性や無言で立ち去る男性を「いみじうにくし」とする。細殿で気の利いた対応ができるかどうかで男性が評価される。会話下手な男性にとっては避けて通りたい空間であろうが、その一方で、女房とのコミュニケーションを求める男性たちにとっては、細殿は恰好の空間であったと言える。

その他の用例を確認すると、まず『今昔物語集』巻第十五義孝少将往生語第四十二に次のような記述が見られる。

有明ノ月ノ極テ明カリケル夜、弘徽殿ノ細殿ニ女房二三人許居テ物語ナドスル間、義孝ノ少将、欄装(なほし)

東［　］ヨカニテ、殿上ノ方ヨリ来ニヤ有ラム、細殿ニ来テ女房ト物語スル様、現ハニ「故有ラム」ト見エテ、「墓無キ事ヲ云フニ付テモ道心有ルカナ」トゾ思エケル。　（②一二二頁）

弘徽殿の細殿で二三人の女房が語り合っているところに殿上の方から義孝少将がやってきてその女房たちと物語する場面である。さらに、『更級日記』では、祐子内親王とともに宮中に参内した作者が細殿である男性（御物本傍注によれば源資通）と会話をする場面があるが、そのくだりにも、「読経の人は、この遣戸口に立ちとまりて、ものなどいふにこたへれば」（三三八頁）と、男性が「もの言ふ」様子が確認できる。

以上の点から、細殿は局を有する空間というだけでなく、女房同士の語らいの場であり、女房と男性の交流の場でもあったと言える。そこでは「もの言ふ」「物語す」という行為が求められた。女房の集まる細殿は男性官人が女房たちとの会話を楽しむ空間であり、そこでのやり取りが宮中の文化を育んでいったと考えられる。

二、後宮の細殿の役割

さて、冒頭に示したように細殿は宣耀殿・麗景殿の東廂、登花殿・弘徽殿の西廂とするのが通説となっているが、そのうち麗景殿と登花殿については『源氏物語』以前の文学作品でその例を確認することができる。麗景殿の細殿は特に私家集の詞書の中にいくつか登場する（以下、引用はすべて新編国歌大観による）。

A『義孝集』二九・三〇番詞書

ほりかはの中宮にて、ゆきのふりたるつとめて、れいけい殿のほそどのの、かれたるすすきにゆきふりかかりたるを、とのもつかさしてさしいれて、弁の少将のきみ、たてまつれたまふとて、それにむすびつく

B『大弐高遠集』九一・九二番詞書

堀川の中宮にむまこそといふ人さぶらひき、ゆゑありてことをかしうひき、こゑいとおもしろくて歌などもうたひ人にこころにくくおぼえたりし人なり、あきの月いとあかきによぶかくふえをふきて、れいけい殿のほそどののまへをわたれば、ことひきてむまこそがゐたりけるをしらずがほにていけば、かくいひかく

C『公任集』二〇八・二〇九番詞書

冬つかたれいけい殿のほそどのにものなどいひけるほどに、くら人これすけからもののつかひにてくだるまかりまうしせむとて、御ものいみにこもるひ、あけてのとしかうぶり給ひけるべければやがてうへにもさぶらふまじきよしいひければ

A・Bの堀川の中宮とは円融天皇の后となった藤原兼通の娘媓子のことである。『栄花物語』巻第一月の宴巻、巻第二花山たづぬる中納言巻によると、天禄二年(九七一)(『日本紀略』では天禄四年〈九七三〉)に入内し、天延元年(天禄四年〈九七三〉)七月に中宮となったが、天元二年(九七九)に病により薨去している。ちなみに、『義孝集』の他の部分をみると、二四番歌と四六番歌の詞書にも「ほりかはの中宮」に仕える女房との会話が確認できる。Cの「くら人これすけ」は藤原伊祐のことである。公任はこの時蔵人頭であり、彼の上司に当たる地位にいた。伊祐は唐船がもたらした品の検査・買い付けの使として筑前に旅立つ予定であった。永祚二年(九九〇)十月のことだという。*9 ただし、『公任集全釈』では、「冬つかたれいけい殿のほそどのにものなどいひけるほどに」の部

分は別の歌の詞書が混入した可能性が高いとする。*10 その場合、詠まれた時期が判定できず、従ってこの「れいけい殿」の女主人を特定することは難しい。仮に別の詞書と考えず、同じく永祚二年のことだとすると、当時麗景殿に居住していたのは皇太子居貞親王（後の三条天皇）の妃で尚侍の藤原綏子（藤原兼家の娘）であった。綏子の細殿のことは『栄花物語』巻第四みはてぬゆめ巻でも殿上人の多く集まる場所として紹介される。

麗景殿いと時にしもおはせねど、ただおほかたもの花やかに気近うもてなしたる御方のやうなれば、心やすき物語所には、殿上人などかの御方の細殿をぞしける。この女御の御方をばいと奥深う恥ずかしきものに言ひ思ひけり。（①一八六〜一八七頁）

麗景殿は弘徽殿に匹敵する殿舎である。娍子も綏子も権勢を誇る家の娘であったため、麗景殿居住は不自然ではないが、娍子は円融朝前半、綏子もまた三条天皇の皇太子時代のわずかな期間の居住であった。娍子は中宮という地位を得たが、綏子の場合は前の『栄花物語』の引用にあるように、時めいた妃ではなかった。しかし、彼女たちの女房の居る細殿は殿上人の立ち寄る空間として記録され、後宮の繁栄の一翼を担っている。

清少納言が『枕草子』において語る細殿は、中宮定子の住む登花殿の細殿であったと考えられる。弘徽殿と登花殿の西側は清涼殿と北の陣を結ぶ通路となっていた。そのため、他の殿舎の細殿と比べて人通りの多い空間であった。『源氏物語』では登花殿は「埋もれたりつる」（賢木②一〇一頁）殿舎と記され、マイナスイメージの強い空間であったが、『枕草子』の舞台となった時期には女主人であった定子の魅力と清少納言の活躍によって華やかな状態を保っていたと想定される。定子の細殿については、『栄花物語』巻第六かかやく藤壺巻に、故関白殿の御有様は、いとものはなやかに今めかしう愛敬づきて気近うぞありしかば、中宮の御方は、殿上人も、細殿つねにゆかしうあらましげにぞ思ひたりし。（①三〇二頁）

とあり、殿上人を惹き付ける細殿であったことが語られている。

細殿の活気はその殿舎の女主人の評判にもつながった。細殿の空間が宮中内で大きな役割を持っていたことは、『紫式部日記』において作者が、競争相手のいない彰子御所を危惧するくだりで、「その御かた、かの細殿と、いひならぶる御あたりもなく」（一九五頁）と「細殿」のことを引き合いに出していることからも窺い知ることができる。競争相手はキサキたちばかりではない。細殿に住まう女房たちも宮中におけるキサキの評価につながる。紫式部は彰子やその女房たちに競争相手のいない状態が女房たちの気の緩みにつながっていると指摘する。殿上人を惹き付ける女房の輩出が彰子サロンの課題であったにちがいない。

三、物語における細殿女性の系譜――名のりをしない女性の場――

前節までの考察において、細殿が女房の局を有する空間であったことを確認したが、『源氏物語』の用例ではそのことを直接読み取ることはできない。『源氏物語』の用例は光源氏と朧月夜の君の密会の場として登場するのみである。

さて、この光源氏と朧月夜の君との密会の別れの場面には、次のような歌のやり取りがある。

（源氏）「なほ名のりしたまへ。いかでか聞こゆべき。かうてやみなむとは、さりとも思されじ」とのたまへば、
（女）うき身世にやがて消えなば尋ねても草の原をば問はじとや思ふ
と言ふさま、艶になまめきたり。（源氏）「ことわりや。聞こえ違へたるもじかな」とて、
（源氏）「いづれぞと露のやどりをわかむまに小篠が原に風もこそ吹け
わづらはしく思すことならずは、何かつつまむ。もし、すかいたまふか」と言ひあへず、人々起き騒ぎ、上の御局に参りちがふ気色どもしげく迷へば、いとわりなくて、扇ばかりをしるしに取りかへて出でたまひぬ。
（①花宴三五七～三五八頁）

この場面では正体を問う光源氏に朧月夜の君が歌で応答した形となっているが、歌を詠みかけたのは朧月夜の君の方が先である。正体を知りたければ自分で探せという挑戦的な歌である。この歌の内容や先に歌を詠みかけるという行為から朧月夜の君の積極的な性格が読み取れる。*11

細殿という場を舞台とした恋愛、それは後宮の出入りを許された身分でありながら、気軽に出歩ける立場にある男性（良家の公達が主であると思われる）と、そこに関係する女性（多くは女房の立場にある女性）といった組み合わせであることが多く、その場合は行きずりの関係で終わるのが通例であったのだろう。次に挙げる『本院侍従集』の冒頭にもそのような男女の恋愛が見られる。以下に挙げる文章は藤原兼通と思しき男性*12と村上天皇皇后の藤原安子に仕えた本院侍従との歌と詞書である。

おぼえおはしけるかんだちめのじらうなりける、まだとし十八ばかりなりけるが、おぼえいとかしこかりけれど、かうぶりえぬ有けり。おほぢは太政大臣にてなんおはしける。いもうとは、さきばらのみこにたてまつりて、藤つぼにぞさぶらひ給ひけり。をなんいとこさぶらひたまひけり。其子の侍従きみ、思ひかけ給ひて、かく詠みていれたまへり

色に出て今ぞ知らする人しれず我がおもひつるふかきこゝろを

などのたまひて、「御里はいづくぞ」とのたまひければ、女ほう殿にて物などいふに

我宿はそこともなしかおしふべきいはでこそ見め尋けりやと

おとこ

我思ひ空の烟とたぐひなば雲井なりとも猶たずねてむ

（本文は『本院侍従集全釈』〈底本　松平文庫本〉）

この本文には「ほう殿」とあるが、「う」は諸本「そ」となっているため、[13]『本院侍従集全釈』では「見誤り」としている。本章でもそれに従い、「ほう殿」を「細殿」と解釈する。この場合、男性は里を尋ねているだけで、朧月夜の君の場合のように正体不明というわけでもなさそうであるが、それでも男性の問いに対して、知りたければ自分で探せと歌で言い切る本院侍従の態度は朧月夜の君を彷彿とさせる。

細殿を舞台とする物語は『源氏物語』以後も見られる。まずは「麗景殿の細殿」が登場する『とりかへばや物語』の例を確認してみたい。

御随身のたち遅れて参れる、申すべきことあり顔に気色ばみて候へば、「何事ぞ」と問はせたまへば、「麗景

殿の細殿の一の口にうち招きとどめて、『参らせよ』とはべりつる」とて、いみじう艶なる文取り出でたり。「あな、おぼえな」とて見たまへば、

　逢ふことはなべてかたきの摺衣（すりごろも）かりめに見るぞ静心なき

と、いとをかしげなるを、あやし、誰ならんと、うちほほ笑まれて、騒がしければ返事（かへりごと）もせず。情けなくやと、いとほしさに、こと果ててみな人も静まりぬるに、夜深き月のいと明かく澄めるに麗景殿の細殿をとかくたたずみて、

　逢ふことはまだ遠山の摺目（すりめ）にも静心なく見ける誰なり

とうそぶくに、人声もせず。人もなきにやと思ふに、文出だしつる一の口に、

　めづらしと見つる心はまがはねど何ならぬ身の名のりをばせじ

と答へたる気色も、なべてならずをかしかんなり。立ち寄りて、

「名のらずは誰と知りてか朝倉やこのよのままも契り交はさん

こや、かたきの摺衣なりける」など、そこはかとなく言ひすさむけはひの、近まさりはたなつかしういみじく愛敬づきたるを、いとど心にしみてをかしと思ふに、のどやかに立ちたまへる、いかがあらんと、いとつつましうややましけれど、世の常のさまに乱れ入りなどすべうもあらず。（巻第一・一九七〜一九八頁）

この場面は男装の女主人公中納言が麗景殿にいる女性と歌を交わすくだりである。引用の直前では、後宮の女性たちは中納言との交流を願うが、中納言は素通りしていくことが多いと説明される。この後、中納言は再び麗景殿の細殿に立ち寄り、女性と歌を交わすことになる。この女性は「女も、女御の御妹（おとうと）やうの人なるべし、なべ

ての気色ならずと見知るれば」（一九八～一九九頁）とあり、麗景殿女御の妹といった人で並の身分の女性ではなかったため、中納言も言葉を交わしたことが語られる。この女性に関しては、すでに指摘されているように、「麗景殿」や「女御の妹」という点で『源氏物語』の花散里を想起させるが[14]、一方で「細殿」は朧月夜の君を意識させる。朧月夜の君は初登場の場面で先に歌を詠みかけており、その積極的な性格が示されていたが、この『とりかへばや物語』の細殿の女性は中納言のためにわざわざ文を用意し、随身を招き留めるという行動力を見せており、その点では、男性側のアプローチによって歌を詠む朧月夜の君や本院侍従よりも積極的である。しかし、その性格は男性に対して挑戦的といったものではなく、自身の身を卑下する女性であり、その点で『源氏物語』の朧月夜の君とは異なった性格の女性として造型される。女御の妹らしき女性ということであるが、主人公の兄の正式な妻となることはなかった点を考慮すると、その扱いは軽いものであったと言えるだろう。現実社会において細殿が女房の局を有する空間であったことがこの物語にも影響したのだろうか、この女君はさも女房の一人であるかのように造型されている。『源氏物語』では明確には示されなかった女房の空間としての細殿が『とりかへばや物語』では強く意識されることとなる。

さらに、同じく男装の女主人公が活躍する『有明の別』にも細殿が登場する。

八月十五夜の月の宴ありて、例の暁近く紛れ出で、御許され難き御いとまなれば、人に知られず忍びたるかたより逃れ出で給ふに、承香殿の細殿の前を過ぎ給へば、入りがたの月影に山の端近くなりて隈なき光なれども、こなたは物の陰にてことに掲焉ならねど、いと著き御姿を例のえ見過ぐさで、御随身なども数多からず、先も追はせ給はぬに、例よりはひまある心地して、御簾をいたく押し張りたるは、あやしと目とどめ

給へるに
時の間も袖に移して馴れ見ばや雲居に過ぐる月の光を
といふ声、いと若やかにあてに聞ゆるも、誰ばかりと憎からず。
雲居にてうはの空なる月影をいづれの袖と分きて尋ねん
とて、しばし立ちどまり給へるは、いかばかり珍しからん。

（大槻脩『在明の別』〈桜風社・一九七〇年〉七四頁）

『有明の別』でも細殿を通り過ぎる主人公に女性の方から歌を詠みかけるといった設定であり、この点は『とりかへばや物語』の展開を踏襲したものと見られる。*15

前述した用例を整理してみると、細殿女性に共通するのは、男性が女性の正体を知らない（女性は男性のことを知っている場合が多い）点、そして女性側から歌を詠みかける点である。物語の細殿は行きずりの男女の交流の場であり、そこに関係する女性もまた積極的な一面を持つ人物として造型される傾向にある。

四、密会空間としての細殿

『源氏物語』に登場する細殿は、女房の局を有する空間という認識を残してはいるが、実際に女房のいる細殿を描くことはなかった。『源氏物語』の細殿は女房の生活空間としてではなく、朧月夜の君と光源氏との密会の空間としてクローズアップされる。

尚侍の君は、人知れず御心し通へば、わりなくてもおぼつかなくはあらず。五壇の御修法のはじめにてつつしみおはします隙をうかがひて、例の夢のやうに聞こえたまふ。かの昔おぼえたる細殿の局に、中納言の君紛らはし入れたてまつる。人目もしげきころなれば、常よりも端近なる、そら恐ろしうおぼゆ。

（賢木②一〇五頁）

朧月夜の君は尚侍となり、姉皇太后の居所であった弘徽殿に引き続き住まうことになる。朧月夜の君は密会の際には細殿の局に移動していたことが記述から窺える。

密会を描く物語において、男性が女性の居所に赴くことは多いが、女性の方が移動することは稀である。朧月夜の君が移動したという明確な記述はないが、「常よりも端近なる」という表現からそのように判断できる。逢瀬は彼女の常の居所ではなく細殿で行われたのである。そしてこれ以後、細殿は女房の空間であると同時に密会空間としても使用されるようになった。

『我が身にたどる姫君』巻四には次のような記述がある。

日ごろ降りつる雨のなごりなく晴れて、月の隈なきに例のもよほさるるにや、そこはかとなく内わたりもゆかしうて、いといたう忍びて大将参り給へれど、大殿籠りにければ、なにかはといとど隠ろへ出でなむと思すに、麗景殿の細殿わたり、例のほのめき給ふに、寝ぬけはひしるければ、上人どももけしき見つるに、わづらはしけれどしばし立ちどまり給ひつ。とかくたばかりて、ただ夢ばかりなる御けはひ、いひ知らず心深き御仲らひには、何ごとをかはまねび出でむ。

（『中世王朝物語全集20　我が身にたどる姫君　上』二〇七頁）

麗景殿女御に恋する右大将（もと殿の中将）がついに彼女との密会を果たす場面である。右の引用では麗景殿の細殿は「上人ども」も集まる女房の空間として登場しているが、後の記述では、

大将も、うち続きまぎれしほどに、細殿の旅寝にだにかき絶えて、いとど慰む方なく思ひ乱れ給ふ。

（二二二頁）

とあり、右大将と女御の逢瀬の場所が細殿であったという事実が判明する。また、細殿はその後二人の逢瀬を婉曲的に示す言葉として使われるようで、麗景殿女御が不義の子を出産する際の左大将（もと殿の中将）を思い出すくだり（巻五）には、

御手洗川の禊も、ただ我が御上にのみ思ひ知られ給ひけるほどは、いふかひなき細殿の心尽くしも絶え間久しからず、同じ心なりけるを

（『中世王朝物語全集21　我が身にたどる姫君　下』四〇頁）

とあり、彼が後年麗景殿女御との間に生まれた不義の姫君と出会う場面（巻八）では、

昔の細殿のころ、御しるべにはあらで、ただおほかたに語らひならし給へりし少将といひしぞ、声すなる。

（『中世王朝物語全集21　我が身にたどる姫君　下』一九二頁）

と表現される。これらの記述により、密会の際にはこの殿舎の女主人が女房の空間である細殿に赴いたことが暗示されている。奥深き所で行われるべき秘め事が人目に付きやすい細殿で繰り広げられるという展開は『源氏物語』の賢木巻における朧月夜の君と光源氏の密会の焼き直しである。[*16] 細殿は物語の中で読者にスリルを提供する恰好の空間となっている。

なお、『我が身にたどる姫君』では、もう一箇所細殿が登場する場面（巻四）がある。

秋ごろ、皇太后の宮、女二の皇子具し奉りて、例のほどなくて出でさせ給ひぬるに、一品の宮は、なほ一所にてもこの御方ざまさうざうしきを、しばしもおはしまさなむととどめ聞こえさせ給へるひまに、例の心をまどはしてうかがひ歩く権中納言、今はなべての上人にうちまじれるほどにもあらぬに、夜深き忍び姿も見苦しければ、麗景殿に籠もりおはして、いたうふけぬるにぞ、あながちに忍び入り給へる。この宮の御乳母、大弐の君とてむつましうさぶらふを、もとよりいみじういひ語らふ仲なれば、夕闇のほどにまぎれ入り給へり。端近き細殿もそらおそろしけれど、例のいみじきことを恨み続くるに、この人もいとせむ方なく思ひわびたり。

（『中世王朝物語全集20　我が身にたどる姫君　上』一九三〜一九四頁）

一品の宮に思いを寄せる権中納言（もと宮の中将）が宮の乳母である大弐の君に手引きを求める場面である。中納言は大弐の君の居る細殿に紛れ入っている。ここでは『源氏物語』賢木巻の表現が繰り返される。細殿は大弐の君の居所であるが、身分に外れた忍び姿を人に見られたくない中納言とそんな彼を迎え入れた大弐の君には恐ろしく感じられたという。同じ表現によって、読者に『源氏物語』の光源氏と朧月夜の君の物語を想起させる。*[17]
以上のように、『源氏物語』以後、細殿は密会の空間というイメージも付与され、端近な空間であることが当事者たちに心理的不安を増長させる結果となっている。

おわりに

これまで見てきた用例から、後宮の細殿は女房たちが住まい、彼女たちと会話や恋愛を楽しむ男性官人が頻繁に行き交う華やかな空間であったと言える。細殿に質の良い女房を取り揃えることがその殿舎の女主人たるキサキの評判にもつながった。

そして、物語の細殿は主人公と正体不明の女性との恋愛の場ともなる。物語ではないが、歌集『本院侍従集』では男性の問いかけに対して素直に答えず男性を試すような歌を詠みかける本院侍従の姿が確認できる。『源氏物語』の朧月夜の君もまた男性の心を試すような挑発的な歌を詠む女性として登場する。『源氏物語』以後の物語でも細殿を舞台とする恋物語が挿入されるが、そこでも先に歌を詠みかける女性たちが登場する。しかし、彼女たちの性格には朧月夜の君に見られるような挑発的要素はなく、自らを「何ならぬ身」つまり人数にも入らない身と謙遜する控えめな女性として造型される。『源氏物語』の朧月夜の君の造型とは隔絶されているが、細殿にいる女性が朧月夜の君とは異なり、細殿を常の住まいとしていることに注目すべきであろう。ここでは現実の細殿の姿（＝女房の局を備えた空間）を垣間見ることができる。

さて、細殿は『源氏物語』において、朧月夜の君と光源氏の再びの逢瀬の場として設定されることになる。一度目の偶発的な出会いとは異なり、二度目は意図的に用意される。そして、この展開が『我が身にたどる姫君』にも影響を与える。細殿は女房の空間としてだけではなく、物語では密会空間として機能していったと言えるだろう。

平安後期以降、内裏は里内裏に遷されることが多くなり、その繰り返しで本来の細殿の実態も不明瞭になっていったと思われる。冒頭でも触れたように、細殿は『河海抄』の段階ではすでに注釈を必要とする空間になっている。そのような中、王朝物語の中の細殿だけは王朝世界を色濃く残す空間として以後も使用され続けたのである。

注

1 萩谷朴氏「枕草子解釈の諸問題」(『国文学』一九五九年五月)→『枕草子解釈の諸問題』(新典社・一九九一年五月)。

2 石田穣二氏「細殿について」(『文学論藻』四十六・一九七一年)。細殿の位置については、金子元臣氏『枕草子評釈』(明治書院・一九二一年)や増田繁夫氏『和泉古典叢書1枕草子』(和泉書院・一九八七年)の補注、論文「寝殿造における寝殿・対の屋以外の建築物」(倉田実氏編『王朝文学と建築・庭園』竹林舎・二〇〇七年)でも説明される。弘徽殿細殿については池浩三氏『源氏物語——その住まいの世界——』「第三章清涼殿と後宮」(中央公論美術出版・一九八九年)でも触れられている。

3 『河海抄』は玉上琢彌氏編『紫明抄・河海抄』(角川書店)を参照。『河海抄』を含む古注釈の説については、川島絹江氏が「弘徽殿の細殿考——『源氏物語』を読むために——」(『講座平安文学論究13』風間書房・一九九八年)の中で検討している。

4　鈴木温子氏「「廊の戸」からの覗き見――『源氏物語』の「廊」考――」（『駒澤國文』四十二号・二〇〇五年二月）を参照。

5　金子元臣氏『枕草子評釈』（前掲注2）でも『枕草子』六十三段の細殿について「廊のことをいへど、こゝは殿舎の裏向の簀子に沿ひたる廂の間の局なり」と説明し、細殿が「廊」を指すものと「廂」を指すものの二種類存在したことを述べる。

6　三田村雅子氏「枕草子の〈風土〉――「意味」からの脱出――」（『枕草子表現の論理』有精堂・一九九五年）三〇五頁。

7　このことは黒木香氏「清少納言にとっての登花殿の細殿と一条今内裏の小庇」（『活水日文』三十五・一九九七年十二月）でも考察される。

8　『枕草子』第一〇〇段には東宮・居貞親王（後の三条天皇）に入内した淑景舎（定子の妹原子）が定子と対面する場面があるが、その段の記述には、「登花殿の東の廂の二間に、御しつらひはしたり」（一九九頁）とある。この記述によって、定子の御所を登花殿と特定することができる。ちなみに、この対面は長徳元年（九九五）二月十余日（底本勘物によれば十七日夜）に行われている。

9　『新日本古典文学大系28平安私家集・公任集』の脚注を参照。

10　伊井春樹氏／津本信博氏／新藤協三氏『私家集全釈叢書7公任集』（風間書房・一九八九年）。

11　朧月夜の君の歌が異例にも女の方から詠みかけた贈歌であったことは新編日本古典文学全集のこの箇所の頭注に説明がある。また、高木和子氏『女から詠む歌――源氏物語の贈答歌――』「第Ⅰ部代作歌の方法・第一章光源氏の女君の最初の歌」（青簡舎・二〇〇八年）の中にもそのことに関する指摘がある。

12　目加田さくを氏／中嶋眞理子氏『私家集全釈叢書・本院侍従集全釈』（風間書房・一九九一年）。

13　前掲注12書によると、穂久邇文庫所蔵本、静嘉堂松井文庫所蔵本、書陵部本、山口県立図書館所蔵本今井似閑本、新校群書類従所収本、新編国歌大観所収本、龍谷大学写字台文庫所蔵本、神宮文庫所蔵本、京都大学文学部附属図書館所蔵本、

京都大学所蔵本の各本が「ほそ殿」と表記している。

14　桑原博史氏『講談社学術文庫・とりかへばや物語（一）全訳注』（講談社・一九七八年）。また、藤井由起氏「『とりかへばや物語』にみる重層的交換――麗景殿の女と吉野の姉君――」（『愛知淑徳大学論集――文学部・文学研究科篇――』第三十一号・二〇〇六年三月）でも言及されている。

15　このことは『日本古典文庫・有明の別』（一九五八年）の中村忠行氏による解題でも触れられている。

16　『我が身にたどる姫君』の麗景殿女御と『源氏物語』の朧月夜の君との類似性については武久康高氏が「『我身にたどる姫君』の麗景殿女御考」（『高知大学教育学部研究報告』二〇一四年三月）の中で指摘している。

17　細殿が密通の契機になる例は、『有明の別』にも見られる。左大臣は宣耀殿女御のもとに忍び入るが、その際前もって細殿の女房（少将）と関係を持ち、彼女に手引きをしてもらう。少将との出会いの場面は以下の通り。

思ひ乱るる程、しばし立ち聞くに、細殿のわたり、さだ過ぎ見苦しうは思せど、とばかりえ立ちのかず。しばし立ち聞けば、いと若きけはひして、ただ此もとにうち臥すなるべし。「ときはの山」など独り言つ。

（三〇三頁）

この辺りの表現も『源氏物語』の朧月夜の君の登場場面と似通う。

第四章　王朝物語における台盤所——使用者と役割について——

はじめに

『源氏物語』蛍巻には光源氏の子どもである夕霧と明石の姫君の関わりについて、次のような説明がある。

中将の君を、こなたにはけ遠くもてなしきこえたまへれど、姫君の御方には、さしもさし放ちきこえたまはず馴らしたまふ。わが世のほどは、とてもかくても同じことなれど、なからむ世を思ひやるに、なほ見つき思ひしみぬることどもこそ、とりわきてはおぼゆべけれとて、南面の御簾の内はゆるしたまへり。台盤所の女房の中はゆるしたまはず。（③二一六～二一七頁）

南面は部屋の表側である。光源氏は息子夕霧に表側の部屋の御簾まで入ることを許した。しかし、台盤所の女房たちの空間に入ることは許さなかったという。この台盤所という空間は女房の控え所と解される空間である。女房の控え所という役割は台盤所という名称からは想像がつかないが、この空間は古くは「女房の侍」という言葉で表現される空間であった。[*1]台盤所は立ち入りが厳しく制限された空間であったようで、平安末期には「入立」という言葉が登場するほどであった。「入立」とは台盤所への立ち入りの許可を意味する言葉である。「入立」については、秋山喜代子氏が『禁秘抄』を引用しながら詳しく論じている。[*2]『禁秘抄』の「被聴台盤所」という項では、花山院の時の例が挙げられており、この例から秋山氏は「入立」のような慣行が十世紀にはすでに存在していたと指摘する。「入立」が認められるのは主人に近い人間であった。台盤所は単なる女房の空間であるが、立ち入りに許可がいるという点においては非常に政治的な空間であったと言えよう。そのことを端的に表すエピソードが『十訓抄』一ノ二十六に見られる。

成範卿、ことありて、召し返されて、内裏に参ぜられたりけるに、昔は女房の入立なりし人の、今はさもあらざりければ、女房の中より、昔を思ひ出でて、

雲の上はありし昔にかはらねど見し玉垂れのうちや恋しき

とよみ出したりけるを、（後略）　（六七〜六八頁）

引用の部分では、以前は台盤所の女房たちの御簾の中に入ることを許されていた藤原成範という男性が、平治の乱の後は召し返されながらも、台盤所への立ち入りは許可されなかったことが示される。「女房の中」は『源氏物語』蛍巻にも使われる言葉である。女房の御簾の中を意味する。『十訓抄』の話は成範が台盤所への立ち入りが許されていた昔を懐かしむものであった。女房の空間に過ぎない台盤所であるが、主人から遠く離れた立場の者には

許されない空間であったのである。

ここでまた、『源氏物語』蛍巻の場面に立ち戻りたい。台盤所は女房の空間であり、主人と親しい人間なら立ち入ることを許されるはずの空間であった。しかし、夕霧は家族であるにもかかわらず、台盤所に近づくことは許されなかった。台盤所は単なる空間であるが、侵入者を制限する空間であり、それゆえに人々の心を揺さぶるような重要な空間であったと考えられる。そのような空間であるからこそ、作り物語では特に登場人物の進退を決定付ける空間となったはずである。そこで本章では台盤所の使用例を挙げて台盤所の使用者と機能について確認し、王朝物語の中で台盤所が果たす役割について考察してみたい。

一、台盤所を使用する人々

まずは台盤所を使用する人々について、成立順に用例を挙げて確認してみたい。なお、引用本文については、『うつほ物語』『たまきはる』以外はすべて新編日本古典文学全集を使用した。

『うつほ物語』

A（中納言仲忠）、「例より見奉らぬ人もおはしまさず」などのたまへば、台盤所より参る。大人四人、童四人。大人は、赤色の唐衣、綾の摺り裳、綾掻練の袿着たり。かたち清げにらうらうじき人、五位ばかりの娘どもなり。童も、赤色の五重襲の上の衣、綾の上の袴、綾掻練の衵・三重襲の袴着たり。髪丈にあまり、姿をかしげなり。

（『うつほ全』蔵開上四九八頁）

B（清涼殿デ）五の宮は、台盤所に入り給ひて、蔵人たちの中に大殿籠りぬ。（『うつほ全』蔵開中五四二頁）
C今宵は、后の宮参上りたまへり。台盤所に候ふ御達、いと多かり。（新編日本古典文学全集②蔵開中四七四頁）
Dすみ物は、台盤所に、おもと人・蔵人たちまでたぶ。（『うつほ全』蔵開下五八五頁）
E蔵人の少将は、二の宮の渡りたまふめれば、御前、台盤所にものしたまふ。（『うつほ全』国譲上九五～九六頁）

Aでは台盤所に女房が控えていることが示される。B・D・Eは蔵人がいる。女房の侍と言われる台盤所であるが、蔵人の使用も認められる。Cについては、『うつほ全』では「たはのこれうのゐかひたち」とあり未詳とされていたが、新編日本古典文学全集では「台盤所」と校訂されていたので、台盤所の用例に加えた。御達は女房のことを指す。女房が台盤所に伺候している様子が語られる。

『枕草子』

A忠隆聞きて、台盤所の方より、「さとにや侍らむ。かれ見はべらむ」と言ひたれば、「あなゆゆし。さらにさるものなし」と言はすれば、「さりとも、見つくるをりも侍らむ。さのみもえ隠させたまはじ」と言ふ。（第七段四二頁）
B「この雪の山いみじうまもりて、童べなどに踏み散らさせずこぼたせで、よくまもりて、十五日まで候へ。その日まであらば、めでたき禄給はせむとす。わたくしにも、いみじきよろこび言はむとす」など語らひて、常に台盤所の人、下衆（げす）など、にくまるるを、（後略）（八三段一六一頁）
C（主上ハ）「使に行きける鬼童は、台盤所の刀自（とじ）といふ者のもとなるけるを、小兵衛が語らひ出だして、した

るにやありけむ」など仰せらるれば、（後略）　（一二三段二五二頁）

D さて後ほど経て、心から思ひ乱るる事ありて、里にあるころ、めでたき紙、二十を包みて給はせたり。仰せ言には、「とくまゐれ」などのたまはせて、「これは聞こしめしおきたる事のありしかばなむ。わろかめれば、寿命経もえ書くまじげにこそ」と仰せられたる、いみじうをかし。思ひ忘れたりつる事をおぼしおかせたまへりけるは、なほただ人にてだにをかしかべし。まいて、おろかなるべき事にぞあらぬや。心も乱れて、啓すべきかたもなければ、ただ、「かけまくもかしこみかみのしるしには鶴の齢となりぬべきかなまりにやと啓せさせたまへ」とて、まいらせつ。台盤所の雑仕ぞ、御使には来たる。　（二五九段三九二頁）

Aに登場する忠隆は蔵人である。『枕草子』でも蔵人の使用が認められる。その他の用例では「台盤所の人、下衆」や「台盤所の刀自」「台盤所の雑仕」など、台盤所に常駐する下級の女官が登場している。

『源氏物語』

A またの日、上にさぶらへば、台盤所にさしのぞきたまひて、「くはや、昨日の返り事。あやしく心ばみ過ぐさるる」とて投げたまへり。女房たち、何事ならむとゆかしがる。　（末摘花①三〇一頁）

B 樋洗童（ひすましわらは）はしも、いと馴れてきよげなる、今参りなりけり。女御の御方の台盤所に寄りて、「これまゐらせたまへ」と言ふ。下仕（しもづかへ）見知りて、「北の対にさぶらふ童なりけり」とて、御文取り入る。大輔の君といふ、持て参りて、ひき解きて御覧ぜさす。　（常夏③二四九〜二五〇頁）

C （薫）「（前略）台盤所の方にてうけたまはりつれば、人知れず、わづらはしき宮仕のしるしに、あいなき御

辺りやはべらむと、顔の色違ひはべりつる」と申したまへば、（後略）　（総角⑤二七七頁）

D かの内記は政官なれば、おくれてぞ参れる。この御文奉るを、宮、台盤所におはしまして、戸口に召し寄せて取りたまふを、大将、御前より立ち出でたまふ側目に見通したまひて、切にも思すべかめる文のけしきかなと、をかしさに立ちとまりたまへり。　（浮舟⑥一七一～一七二頁）

『源氏物語』A では女房たちの使用が認められるが、B では下仕という身分の低い侍女がそこに居ることが窺える。C・D では薫や匂宮といった蔵人でもない男性が使用している。彼らの滞在理由は不明である。

『堤中納言物語』「このついで」

春のものとて、ながめさせたまへる昼つかた、台盤所なる人人、「宰相中将こそ、参りたまふなれ。例の御にほひ、いとしるく」など言ふほどに、つい居たまひて、「昨夜より、殿に候ひしほどに、やがて御使になむ。『東の対の紅梅の下に、埋ませたまひし薫物、今日のつれづれにこころみさせたまへ』とてなむ」とて、えならぬ枝に、白銀の壺二つ付けたまへり。　（三九七頁）

『堤中納言物語』「このついで」の例は女房たちの控え所としての使用例である。

『大鏡』

御膳まゐらする折は、（道長ガ）台盤所におはしまして、御台や盤などまで手づから拭はせたまふ。（一四〇頁）

『大鏡』の例は藤原道長が婿の小一条院のために、わざわざ台盤所にやってきて食事の用意を行うところである。主人が台盤所に入って食事の準備をする例は珍しいと思われる。珍しい出来事であったため、わざわざ記されているのだろう。婿を大切に扱っていることを強調する表現となっている。

『栄花物語』

A（女院ノ四十九日ノ法要デ）正月七日子の日に当りたれば、船岡もかひなき春のけしきなるに、左衛門督公任君、院の台盤所にとぞありし、

誰がためか松をも引かん鶯の初音かひなき今日にもあるかな

とあれど、人々これを御覧じて、詠みたまはずなりぬ。（巻第七とりべ野①三五五頁）

B 局してさぶらひつきたる人々は、局ながらよろづをいそぎたるに、里の残りの人々は参りて、台盤所にて、はかなく屏風、几帳ばかりをひきつぼねて、隙もなくゐたり。（巻第二十四わかばえ②四四三頁）

C 八月つごもりに、殿上の人々、嵯峨野に花見に行きたるに、中宮の台盤所に、女郎花の小さき枝を、扇のつまをひき破りて挿したるに書きつけはべる、東宮権大夫、

一枝の花ににほひもあるものを野辺の錦を思ひやらなん

返し、御前の撫子を折りて、源少将、

百敷の花やおとれる霧わけてたちまじるらん野辺の錦に（巻第三十二謌合③二四一頁）

D 大将殿の少将におはしまししし時、春日の臨時祭の舞人せさせたまふ日、殿の台盤所に頼綱が参らせける、

咲きそむる挿頭の花の千代を経て木高くならん蔭をこそ待て
殿いみじきことどもを尽させたまへり。
（巻第四十紫野③五二一頁）

B の例では里からの通いの女房が控え室として使用する様子が語られ、女房の使用方法の詳細が明らかにされる。A・C・D の例は男性が様々な台盤所に歌を届ける場面である。台盤所に居る女房たちに宛てたものと思われる。当時、よく見られた風景なのだろう。

『とりかへばや物語』

大人しき人は台盤所の方にてとかう掟て、大上の、禄どもなど見たまふことどもありてわが御方におはしなどして、子持ちの御方、なかなか今宵湯ゆでなどして人少なにて臥したまへり。
（巻第二・二六二頁）

『とりかへばや物語』の用例は女房の使用である。

『たまきはる』

A 上臈は、御前につゞきたる二間とて、七条殿の二棟につゞきたる寝殿の北の廂の西の端なり。人少なき時はこの二間、多かる折は西の一間を開け合わせて、うち解くる世なく、袖褄うち乱れず、つくろひゐたり。中臈より下、これにつゞきたる大ばん所に、おなじさまにてさぶらふ。近う候人は東の台盤所とて、向かひたる方を通る。入り立ちの人〳〵などは、それに入る。

（新日本古典文学大系二五五～二五六頁）

Ｂ　台盤所の女官、刀自など、悪しきことは、やがて言ひ教へ、憎み、よきは褒め、（後略）。

（新日本古典文学大系二七九頁）

『たまきはる』の用例では台盤所が二つ登場する。「大ばん所」は中﨟より下の女房が使用している。東の台盤所は「近く候人」ということなので、主人の側に仕えることができる身分の高い女房が使用したと考えられる。

『十訓抄』

後堀河院、御位の時、七月二十日ごろにや、花山院のたれとかや、蔵人頭にて候はれけり。閑院にて同じく中将なる人、それならぬ若殿上人多く、鬼の間のほどにてみだり居て、さまざまものがたりせらるるに、女房も台盤所に候ひて、内外居かはすついでに、台盤所の前なる楓を見て、「この木に秋のしるしとおぼえて、初紅葉一枝、侍りしこそ失せにけれ」と内侍の中にたれとかや、いひ出でたるを、頭中将、「いづかたの枝にか」と、梢を見上げたるに、「西枝にこそ侍らめ」と、ある雲客いひたりけり。

（四八頁）

『建礼門院右京大夫集』

九月十三夜、ことわりのままに晴れたりしに、親長の、物の沙汰など隙なくして、うち案じたるけしきもなくて、きと引きそばめ、はかなき物の端に書きて、若き人々、台盤所にありし中を、かき分けかき分け後ろの方に寄りて、ふところより取り出でて、賜びたりし、

（一五六頁）

『建礼門院右京大夫集』、『十訓抄』の用例も女房の候う所としての使用例である。『建礼門院右京大夫集』の例では、「かき分けかき分け」という表現があり、若い女房が台盤所に集まっている様子が読み取れる。

『弁内侍日記』

[A] 蔵人の佐経俊、内侍尋ぬと聞きて、「奏事にやあらむ」とて、台盤所の布障子のもとにて待つ程、（一五七頁）

[B] 常の御所の御障子の方は台盤所なり。女房たち、袖をつらねて居並みたり。（一五八頁）

[C] 夜更けて殿参らせ給ひたりしに、髪上の内侍にて、少納言と二人、台盤所に候ひしに、（一六四頁）

[D] 時継の弁参りて、台盤所にて神今食（じんこんじき）の御神事の事申し侍りしついでに、（一七七頁）

[E] 十六日、除目なり。殿参らせ給ふ。経俊、光国など参りて、台盤所に内侍候ひて奏待つべき由、経俊申し侍りしかば、（一七八頁）

[F] いと珍しくて、兵衛督殿、台盤所にてあひしらひ給ふ程に、（一九二頁）

『弁内侍日記』では、蔵人や弁官から内侍への仕事上の伝達が台盤所で行われている用例（[A]・[D]・[E]）と女房が台盤所に控える様子を記す用例（[B]・[C]・[F]）がある。

『とはずがたり』

今年の御薬には、花山院太政大臣参らる。去年、後院の別当とかやになりておはせしかば、何とやらむ、この御所ざまには快からぬ御事なりしかども、春宮に立たせおはしましぬれば、世の御恨みもをさ〳〵慰みたまひぬれば、又後までおぼしめし咎むべきにあらねば、御薬に参りたまふなるべし。ことさら、女房の袖口もひきつくろひなどして、台盤所ざまも人々心ことに、衣の色をも尽くしはべるやらむ。（巻二・二八三頁）

この用例も侍女たちが伺候している様子を語るものである。この部分にある「女房」と「台盤所ざま」とは身分の異なる侍女であると考えられているが、その詳細については後の節（五「台盤所の女房の身分」）で触れたい。

以上の確認から、「台盤所」が女房の控え所という従来の解釈は妥当だということが窺える。しかし、ここで注意したいのは女房以外の人物が台盤所に居るという事例が存在するということである。『うつほ物語』では蔵人の控所らしき様子で記されており、上臈女房（＝「おもと人」）と蔵人が同空間に居るように描写されている。これは『枕草子』でも見られる（『枕草子』A）。一条天皇の猫の話の段で、猫を驚かせた犬の翁丸を懲罰したのが蔵人で、後に、再び戻ってきた翁丸のことを女房たちが噂しているのを知った蔵人が言葉を加えているが、彼が居るのは清涼殿の台盤所であった。台盤所には蔵人たちが詰めることもあったのである。台盤所は女房の専有空間ではなかった。それでは、どうして台盤所に蔵人が入る必要があるのか。清涼殿の台盤所は女房の控えの場という機能の他に蔵人と女房が伝達を行う空間としての機能も備えていた。台盤所は単なる食事準備や女房の候所の空間ではなかった。公や屋敷に仕える者たちが事務を行う空間であり、家を支える場として重要な役割を担う空間であった。

そのことについて、次節では男性の残した日記などの用例を用いて台盤所の機能をもう少し詳しく見ていくことにする。

二、台盤所の機能

『小右記』『権記』には以下の用例がある。

『小右記』

A 長徳二年七月二十四日

左府今日可被参宮、忽無可志給之物、為之如何、自台盤所有仰事、横笛一管納袋、相加薄物奉入、

B 長保元年十月二十四日

宮御悩重発給由、自台盤所有告、冒雨参入、女房云、通夜重悩給、

『権記』

寛弘四年六月廿二日

参内、参中宮御方、罷出、自一宮大盤所有仰、仍召重親遣、道行朝臣妻令申下女為人被打損所、

台盤所の女房からの連絡には「仰(おおせ)」という言葉が付されている場合がある。台盤所は外部の人間にとっては連絡

機関であり、そこからの連絡は主人からの連絡という形で外部に伝えられたと考えられる。『小右記』の用例は宮（＝三条宮昌子内親王邸）の台盤所からの連絡を記す。[A]は左大臣道長が宮邸に参上した際、台盤所からの仰せで道長への手土産を用意したことが語られる。[B]は宮の病が重くなったことが台盤所から告げられ、記主の実資は雨の中参上している。『権記』の用例では一宮（敦康親王）の台盤所から知らせがあり、重親を遣ったところ、道行朝臣の妻に下女が乱暴されるという事件があったことを告げられたという。

『権記』の事例のように台盤所は「女房」と呼ばれる女性たちだけではなく、身分の低い女官とともに登場することも多い。その用例は『枕草子』[B]〜[D]や『たまきはる』などに見える。これらの用例に登場する「下衆」や「刀自」、「刀自」に仕える童、「雑仕」、「女官」は、台盤所で使役される下級の侍女たちである。彼女たちについて『たまきはる』の日本古典文学大系の脚注では「御膳宿（おものやどり）や御厨子所（みずしどころ）に仕える女官で、老女格の者」と説明されている。

ところで、台盤所の侍女たちはどのような仕事をしているのだろうか『枕草子』[C]では「刀自」に仕える童が手紙の使として使役されていた。[D]の雑仕は中宮定子からの手紙を作者である清少納言の家に持ってくる役割を担っていた。これらの用例から、台盤所には常に下級の女官が詰めていて、上役の女房からの指示により、外部に手紙を送ったり、実際に文使いとして出かけたりする役割を担っているようである。『とりかへばや物語』の用例では年配の女房が台盤所で指示をする様子が描かれるが、この描写も台盤所内に伺候する下級の侍女の存在を感じさせるものである。『枕草子』の用例から、台盤所という空間が手紙のやり取りを司る機能を担っていたことが窺えるが、前節で示した『栄花物語』[A]・[C]・[D]からも台盤所のこのような機能を垣間見ることができる。台盤所を手紙のやり取りを行う場と考えると、『源氏物語』の台盤所の用例をよりよく理解することができる。常夏巻では近江の君が樋洗童を使って姉の弘徽殿女御に手紙を送る場面がある(『源氏物語』B)。樋洗童は本来、便器掃除の仕事を担う下級の女童であると考えられる。しかし、『和泉式部日記』では、女が宮(敦道親王)への手紙を「樋洗童して、『右近の尉にさし取らせて来』とてやる」(三七頁)と樋洗童に託す場面が見られる。前に示した『源氏物語』常夏巻の引用箇所の新編日本古典文学全集の頭注には「女御方への使者としては下賤すぎる」と記されている。しかし、『和泉式部日記』の用例から、樋洗童が文使いをしていても不思議はなかったようである。『和泉式部日記』の樋洗童も宮の側近を務める右近の尉へ渡すことになっており、『源氏物語』でも近江の君の手紙は台盤所の下仕えから女御付きの大輔の君へと渡り、そこから女御へと手渡される。童は「今参り」であったが、もの馴れた童ですでに女御方の下仕と親交もあった。文はスムーズに女御の手に渡っており、文使いとしては要領よく仕事をこなしたと言えよう。この童は新しく近江の君に仕えることとなった者であり、近江の君に付き従ってきた侍女ではない。上流階級の家の文通の仕方を周知している童であった。この例からは台盤所が手紙の受け渡し場所として定着していたことが窺える。外の世界から文使いとしてやってくる者の多くは下級の者であり、その者の近寄ることのできる空間が台盤所であった。『源氏物語』の中では他にも、匂宮が六条院春の町の台盤所で浮舟からの手紙を受け取っている用例が確認できる(『源氏物語』D)。

以上の考察から台盤所の主な機能をまとめると、

(1)女房たちの控えの場。
(2)女房が食事の準備を行う場。
(3)女房が内外の連絡の取り次ぎなどの仕事を行う場。

という三点を挙げることができる。

三、台盤所を許された男性たち

さらに台盤所には控え室として使用する女房の姿だけではなく、職務上女房とやり取りをする男性の姿も確認できる。この役割を担うのが前述した蔵人であるが、蔵人以外の男性もこの場を使用することがあった。『弁内侍日記』では蔵人以外に弁官の男性も台盤所で内侍に仕事の事を伝えている（『弁内侍日記』D）。また、清涼殿では主人である天皇の座になることもあり、行事の際には公卿が控えの場として使う例もあった。[*3]

一方、台盤所を表す別の表現として「女方」という言葉も見られる。『伊勢物語』六十五段には「女方ゆるされたりければ」という表現があるが、この「女方」は台盤所のことであろう。

むかし、おほやけ思してつかうたまふ女の、色ゆるされたるありけり。大御息所とていますがりけるいとこなりけり。殿上にさぶらひける在原なりける男の、まだいと若かりけるを、この女あひしりたりけり。男、女がたゆるされたりければ、女のある所に来てむかひをりければ、女、「いとかたはなり。身も亡びなむ、かくなせそ」といひければ、

思ふにはしのぶることぞまけにけるあふにしかへばさもあればあれ

といひて、曹司におりたまへれば、例の、このみ曹司には、人の見るをも知らでのぼりゐければ、この女、

思ひわびて里へゆく。　（一六七頁）

『伊勢物語全注釈』では次のように説明される。

女房のいる所や女官の詰所などに出入りすることを許される、後宮の侍女たちのいる所へ出入りしてよいとされる。年少であるが、後宮の住人に親族関係、官職関係のある場合出入りできたようである。　（二三七～二三八頁）

「おほやけ思してつかうたまふ女」なので、この「女がた」は清涼殿の台盤所と考えられる。後宮ではないので、後宮の住人に近い立場というよりも天皇に近い立場の者が許されたのだろう。時代は下るが、「はじめに」で挙げた『十訓抄』の用例もそれに当てはまると想定される。業平と思しき男性が女方に立ち入ることができた理由として、多くの注釈では年少であったことを理由に挙げるが、台盤所は蔵人も許された空間であった。そして、史実の業平も蔵人に任ぜられた時期が存在する。ただ、女方に立ち入ることが許された理由が蔵人だった場合でも、史実の業平が蔵人であったのは三十代という「まだいと若かりける」とは言いがたい年齢であったので、この辺りは史実の業平と重ねるのは難しく、創作の部分が大きいと思われる。

さて、蔵人の用例について追加すると、『うつほ物語』や『枕草子』では蔵人の立ち入りが散見する。前に挙げた『うつほ物語』Bでは五の宮が台盤所の蔵人の中で寝るという内容になっており、Dでは、源涼の子誕生祝いの後、涼から返礼品が贈られるが、贈られた「すえもの」が仲忠邸の台盤所において「おもと人（＝上臈の女房）」

と「蔵人」に分け与えられたことが語られる。立ち入るという程度ではなく、すでに「蔵人の居所」と言ってもおかしくないような描写である。『枕草子』Ａでも清涼殿の台盤所は蔵人の居る空間となっている。

以上見てきたように、台盤所は基本的には女房の専有空間であったが、蔵人が職務の関係から頻繁に立ち入る、もしくは事務空間として滞在することもあったようである。清涼殿の台盤所はその他に公卿が使用することもあり、また天皇に近い立場の男性が訪れることもあった。一般貴族邸宅においても同様で、その屋敷の蔵人や主人に近い立場の男性なら立ち入りを許されたのだろう。「女房の侍」と言いながら、女性のみの空間とは言いがたい空間であったようだ。

四、男性と女房との交流空間として

ところで、邸宅において饗宴が実施される際には、台盤所は女房たちの饗所として機能したようである。『小右記』天元五年五月九日条に「台盤所饗後院侍所饗其人云々」とあるように、時折女房たちのための饗所として使用された。また、「後院侍所」も同じように侍所に控える男性たちの饗所となったようである。

饗所で饗応されるのは本来なら女房たちであったが、『落窪物語』ではこの場で比較的気軽な立場の客がもてなされる場面が確認できる。物語のヒロインである落窪の君は道頼の妻となり、彼の家で女主人として認められる。そして、その後に父中納言との対面を果たすが、一緒にやってきた異母兄の越前の守は別のところでもてなされることになる。道頼は衛門（昔のあこぎ）と少納言（父中納言邸から来た女房）に依頼し、越前の守を台盤所でもてなすように指示するのである。

男君「衛門、少納言、その越前の守呼び入れて、ものせよ」と宣へば、衛門、台盤所の方に呼び入るるにつけても、いと恥づかしけれども、わがしたることか、と思ひ入りぬ。三間ばかりあるに、畳清げに敷きて、整へたるやうに、劣らず見ゆる御達二十人ばかり居並みたり。御前にありけるが、「立て」と宣ひければ、来つどひたるが居たるなりけり。越前守、色なる人にて、いと興あり、うれし、と思ひて、目を配りて見渡す。これもしかにこそありけれとのみ見ゆ。衛門「殿の『酔はしたてまつれ』と宣ふに、青く出でたまはば便なし。若人たち、盃参りたまへ」とて、代り代り強ふるに、酔ひ惑ひぬ。「衛門の君、助けたまへ。しか人げなく懲じたまふな」と言ふに、逃げむとする、いと若く清げなる人のをかしう言ひて、囲みて、逃ぐべくもあらず。わびて、うつぶし倒れ臥したり。

（巻三・二一〇〜二一一頁）

道頼邸（落窪の君所有の三条邸）の正面では、落窪の君と父中納言の対面が実現していた。その際、女房たちは北面に下がるように命じられていた。台盤所には数多くの女房が控えていたのである。道頼はそれを利用して、女性好きの越前の守を台盤所でもてなすように指示するのである。台盤所に多くの女房が控えている時には、その空間は華やかさを備える空間であった。そのため、そこに好んで立ち入る男性に対しては好色なイメージが付与されることになる。

『源氏物語』においては真面目で恋愛下手な男性とされる薫が台盤所に足を踏み入れる場面がある。薫は宮中の台盤所で明石中宮が匂宮の宇治通いを諫めたという話を耳にする（『源氏物語』C）。薫が台盤所へ赴いたのはなぜだろうか。職務上で女房と連絡を取る必要があったのだろうか。しかし、仕事とは関係のない話を女房から聞いている時点で薫は女房との交流を密に行う人物であったと判断できる。薫は当初、恋愛に興味のない男性として語られるが、その実、女房との親交も頻繁であり、宇治の姫君との恋にのめり込んでいく点から考えると、作中では好色な男性の一人として位置づけられるだろう。また、匂宮は前述の通り、明石中宮の里下がり中に六条院春の町の台盤所で浮舟からの手紙を確認している（『源氏物語』D）。明石中宮付きの女房の控えの場である台盤所を自由に使用していることになる。この場面では女房との関わりは描かれないが、匂宮は明石中宮の台盤所を使い慣れている人物であったようだ。物語には描かれないが、匂宮もまた台盤所の女房と頻繁に関わる人物であったのだろう。薫に関しては、二条院の中の君の居所の「北面」への立ち入りを認めてほしいと訴える場面も見られる。「北面」も女房の空間として認識される空間である。

北面などやうの隠れぞかし、かかる古人などのさぶらはんにことわりなる休み所は。それも、また、ただ御心なれば、愁へきこゆべきにもあらず。（宿木⑤三九三頁）

南側の御簾の前に通された薫であるが、そこでは他人行儀だと難色を示す。自分は客ではなく身内同然の身であるというスタンスの薫であるが、その心中には中の君に近づきたいという下心を隠しているのである。そして、薫の実の父である柏木もまた「北面」への立ち入りを求めた人物である。本文には次のように記される。

北面だつ方に召し入れて、君達こそめざましくも思しめさめ、下仕などやうの人々とだにうち語らはばや。（藤袴③三四〇頁）

柏木は玉鬘の住まいの北面に立ち入り、下仕の人々と仲良くしたいと訴えていた。柏木の玉鬘に対する興味は血のつながりのある女性への興味であり、恋愛関係を欲するものではないとは思われるが、侍女たちと交流したいという時点で、柏木の好色性を垣間見ることができる。柏木のこの台詞から、柏木が女房たちとの接触を好む人物であることが窺われる。

五、台盤所の女房の身分

最後に台盤所を控え室として使用する女房の身分について考えたい。台盤所の用例を確認すると、台盤所を控えの場として利用する女房たちと取り次ぎを行う女房たちの間には身分上での差異が生じていることが窺える。まず『うつほ物語』の用例を確認したい。次に引用するのは、前に挙げた『うつほ物語』Ａを含む部分である。

『うつほ物語』蔵開上

南の方に寄りて、北向きに、宮たち、西面、母屋に向きて、おとどたち、母屋の御簾の外に、皆、東にうち側みて、中納言の君たちは。御帳の内には、やんごとなき上臈のおもと人など候ふ。御簾の外には、左大弁・宰相の中将を始め奉り、あるじの君達。このほどには、男は召し使ひ給はねば、童・大人召し出づれば、いと参りがたくす。中納言、「例より見奉らぬ人もおはしまさず」などのたまへば、台盤所より参る。大人四人、童四人。大人は、赤色の唐衣、綾の摺り裳、綾掻練の袿着たり。かたち清げにらうらうじき人、五位ばかりの娘どもなり。童も、赤色の五重襲の上の衣、綾の上の袴、綾掻練の袙・三重襲の袴着たり。髪丈にあまり、姿をかしげなり。（四九八頁）

引用文では御帳のうちに身分の高い上臈のおもと人が控えており、後に台盤所から参上したのは大人四人と童四人であったが、その大人の身分は「五位ばかりの娘ども」であった。つまり、台盤所に居たのは中臈以下の女房ということになる。

主人に伺候する際、台盤所を伺候所として使う女房の身分が端的に表されているのは、『たまきはる』の用例である。前にも引用したが、『たまきはる』では主人に伺候する際、上臈は主人の御座所に続いている二間を使用し、中臈より下は台盤所を使用したという。

そのことに関連して、二節で挙げた『とはずがたり』の用例では、「女房」とは異なる「台盤所ざま」と呼ばれる侍女の存在が確認できる。本文を再度引用する。

女房の袖口もひきつくろひなどして、台盤所ざまも人々心ことに、衣の色をも尽くしはべるやらむ。

上臈の女房が単なる「女房」として表現される。「台盤所ざま」については新日本古典文学大系の脚注にも「上臈を中心にして言う「女房」より格が低い」と説明される。従って、「台盤所ざま」と呼ばれる侍女は中臈以下の女房を指すと考えられる。

さて、この「台盤所の女房」が中臈以下の女房を指すということは『源氏物語』の時代にも当てはまるのであろうか。『うつほ物語』では台盤所に「おもと人」(=上臈女房)や蔵人が居る例がある。饗所となった場合や取り次ぎの仕事などでは上臈が台盤所を使用することもあったらしい。しかし、その場を控えの場とする場合には、そこに控えるのは中臈以下の女房で、上臈はもっと主人に近い空間を宛がわれたようである。台盤所も殿上間(=侍所)と同じように控える者の身分が決められた空間であったと考えられる。男性官人の日給を置く殿上間と同様に台盤所にも女房たちの日給も備えられていたという。*4 つまり、台盤所は殿上間と同じ役割を果たす空間であった。殿上間は公卿が利用することもあったが、控え所として利用するのは四位・五位が中心であったと考えられる。女房の台盤所も同じ立ち位置の空間であったのだろう。

おわりに

見てきたように、台盤所は基本的には女房の専有空間であったが、清涼殿の場合は天皇が使用することもあった(天徳四年内裏歌合の際には天皇の御座となっている)。そして同様に公卿が伺候することもあった。ただし、それは特別な場合に限られるのだろう。蔵人の利用の例も確認できるが、蔵人の場合は、女房との取り次ぎを業務とするので、台盤所に滞在することは日常的なことであったと思われる。

しかし、物語の中の台盤所は女房の集う空間というイメージで定着していった。そして、そこに集う女房たちは中臈以下の女房であった。取り次ぎや饗の際などは上臈の女房も使用していたと考えられるが、そこに長く滞在するのは主に中臈以下の女房で、『とはずがたり』では、「女房」と「台盤所ざま」とでは身分が異なると解釈される。

また、台盤所に所属する下級侍女の存在も『枕草子』などから知ることができる。上からの指示により、実際に用事をこなす者たちである。そして、古記録などに登場する台盤所は時に場所ではなく、女房からの連絡機関を示す言葉として使用されることもあった。

そのような重要な機能を備えた空間に、光源氏の息子である夕霧は立ち入ることが許されなかった。一方、薫や匂宮は明石中宮（薫には姉、匂宮には母）の台盤所を家族の空間として自由に使用している。台盤所の中を許されるということは、女房たちと交流するということである。台盤所にはこの場で出会う男女に恋愛関係を生じさせる契機を作る場となるのである。そして台盤所のこの性質は、作り物語の中では台盤所に出入りする男性に好色性を付与させることにもつながるのである。夕霧は後々に女性問題を起こし、光源氏を心配させるが、光源氏が最も危惧した密通事件は起こさずに過ごすことになる。逆に女房たちとの密な交流が盛んであった柏木は密通事件を起こし、自滅する結果になった。女房たちとの交流の有無により、二人の男性の運命は大きく異なっていくのであった。台盤所という場は男性にとっては魅惑的な空間であり、その分、身を滅ぼす行為にもつながる危険な空間でもあったと言えるだろう。

注

1　『源氏物語』絵合巻には、

女房のさぶらひに御座よそはせて、北南方々分かれてさぶらふ。（②三八五頁）

とある。この場面、『源氏物語』の諸注ではこの催しに登場する場所や人物が実際に行われた天徳内裏歌合の場合に酷似すると指摘される。天徳内裏歌合の内容を詳細に記録した『村上天皇御記』にも「女房侍」という言葉が登場する。『村上天皇御記』天徳四年三月三十日条には次のように記される。

女房又相分候清涼殿西庇簾中、第五間立椅子（便用女房侍椅子此間上簾）　（歴代残闕日記　第一冊〈臨川書店〉）

また、『古今和歌集』巻第十七雑歌上の九三〇の歌の詞書にも確認できる。

田村の御時に、女房の侍ひにて御屏風の絵御覧じけるに、「滝の落ちたりける所おもしろし。これを題にて歌よめ」と、侍ふ人におほせられければ　三条の町

思ひせく心のうちの滝なれや落つとは見れど音のきこえぬ　（三五二頁）

この時歌を詠んだのは、紀静子という女性であった。彼女は更衣の身分であった。静子は文徳天皇の皇子を産んだ女性でもあった。当時の更衣の立場としては、表向きは天皇の女房という位置づけであったのだろう。後に天皇のキサキの一人となる更衣も、この頃は女房として「女房の侍」に伺候していたようである。

2　秋山喜代子氏「台盤所と近臣、女房――中世前期における「奥」の空間――」（『お茶の水史学』三十七号・一九九三年）後に『山川　歴史モノグラム3　中世公家社会の空間と芸能』（山川出版社・二〇〇三年）に収録。

3　『小右記』で台盤所に上達部が伺候する例は以下の通り。

・長和元年七月二十二日

即僧名斉信卿下権左中弁経通、右大臣、大納言公任、中納言俊賢、行成、忠輔、参議兼隆、実成、頼定等候、殿上座、三位中将二人着直衣在台盤所、

・長和三年二月二十三日

参上内殿上、中納言俊賢、懐平、参議経房・道方・通任殿上、権大納言頼通着直衣参入、候台盤所歟、

・寛仁三年四月二日　旬儀

大納言道綱着宿衣参大盤所、□卿相□甚無由云々、

4　台盤所に女房の簡が置かれていたことについては、前掲注2論文ならびに満田さおり氏「清涼殿南廂「殿上の間」(「侍所」)に関する研究——平安宮内裏の空間構成と儀式に関する歴史的研究3——」(『日本建築学会計画系論文集』第七十八巻第六八三号・二〇一三年一月)の中で説明される。

第四部　子どもたちの居住空間

第一章　王朝物語の中の寝殿——子女たちとの関わりを中心に——

はじめに——主人と寝殿——

平安期を中心とした貴族住宅には寝殿と呼ばれる建物がある。そのことについて、近世期の有職故実家澤田名垂が著した『家屋雑考』には次のように記されている。

その寝殿造といふは、一家一構の内、中央に正殿あり。南面。其東西もしくは北に対ノ屋といふものあり。正殿は主人常住のところ、対ノ屋は家内眷属の居るところなり。（本文は故実叢書による）

寝殿という言葉はないが、『家屋雑考』がいう正殿が寝殿のことであったと考えられる。「正殿は主人常住のところ、対ノ屋は家内眷属の居るところ」という言説はそれ以降の寝殿・対の理解を決定付けたように思われる。現存の史料において、寝殿が主人の場であったことを確証づける史料は確認できない。ただ、券文を所持した者でなければ寝殿には居住できないと考えられていたようで、高陽院に移徙した藤原忠実も券文を所持していないことを理由に当日は寝殿ではなく東の対に入り、儀式は後日（寝殿に移る日）に行う予定にしたという（『中右記』康和四年〈一一〇二〉十月十三日条。詳しくは第二部第一章参照）。[*1]

虚構の物語『源氏物語』では、主人公光源氏の青年期の部屋は二条院の東の対であったが、[*2]その理由も、光源氏は実質的な主人でありながら、券を所有していなかったからだと考えられる。二条院は元来光源氏の母桐壺更衣の里邸であったが、一旦は父桐壺帝の管理下に入っていた。正式に光源氏が所有したのは父帝の死後であったと推察される。[*3]

しかし、同じく『源氏物語』の寝殿の用例を確認すると、寝殿に主人以外の人物が居住する場合もあった。この問題について木村佳織氏は「紫上の妻としての地位——呼称と寝殿居住の問題をめぐって——」の中で、『源氏物語』における用例を整理している。木村氏によると、主人以外で寝殿に住む人物には、姫君、親王・内親王、主人より身分の高い客が挙げられるとのことである。主人より身分の高い客には、入内した娘も含まれる。[*4]

寝殿は邸内で最も格の高い空間であるので、主人より身分の高い客（親王・内親王の居住もこれに含まれる）が居住するのは尤もなことであるが、時には、公的な身分を持たない姫君が寝殿に住むこともあった。両親との同居の場合もあるが、一方で、主人である両親が子どもに寝殿を譲り、自分たちは対に住むという例も見られる（第二節参照）。また、『源氏物語』以外の文学作品や古記録類には姫君だけではなく男子が寝殿に部屋を用意される例も確認できる（第四・五節参照）。格の高い寝殿に主人である親を差し置いて子どもの方が住むのはどうしてだろうか。そこで本章では、寝殿に住む娘や息子に焦点を当て、その用例から垣間見える寝殿の性格について考察してみたい。

一、寝殿と娘との関わり①――独身の娘の場合――

前述したように、寝殿は本来主人の居所であると考えられるが、その殿舎に主人以外の人物が住む場合、その居住は「将来の主人」という意味合いを含んだものだったと想定される。『栄花物語』には、それが明確に示される例が見られる。

A『栄花物語』巻第四みはてぬゆめ
女君たち今三所一つ御腹におはするを、三の御方をば寝殿の御方と聞えて、またなうかしづききこえたまふ。四、五の御方々もおはすれど、故女御と寝殿の御方とをのみぞ、いみじきものに思ひきこえたまひける。「女子はただ容貌を思ふなり」とのたまはせけるは、四、五の御方いかにとぞ推しはかられける。（①一九〇頁）

B『栄花物語』巻第十六もとのしづく
今日明日の大臣がねにておはするが、小野宮にえもいはず造り建てさせたまひて、寝殿の東面に、この姫君をかしづきたてて住ませたてまつりたまふ。その御前に、われも紐解き乱れても見えたてまつりたまはず、いみじき后がねとかしづききこえたまふほど、ことごとなくただ母北の方の、世にめでたきと見えたり。（②二一七頁）

Aは藤原為光の娘たちに関しての記述である。為光は娘たちの中でも亡くなった女御（藤原祇子）と三の御方のみを可愛がったという。三の御方は寝殿の御方と呼ばれ、一条殿の寝殿を伝領した。その後、三の御方は一条殿を売却したが、このことは『権記』長徳四年(九九八)十月二十九日条でも確認できる。[*5] Bは藤原実資の娘千古の話で、『大鏡』にも「この女君を、小野宮の寝殿の東面に帳たてて、いみじうかしづき据ゑたてまつりたまふめり」(一〇四頁)とある。「寝殿の東面」とはこの場合、寝殿の母屋の東側を指すと考えられる。この二つの例に共通することは寝殿に住まわされた姫君に父の家が伝領されている点である。そして、伝領されたものは家だけではなかった。三の御方の場合、父為光は「よろづの物ただこの御領に」と決定し、実資の娘千古の場合も実資は早い段階で財産の多くを千古に譲ることを決定している。[*6] 女子一人に相続させる父の心情については『落窪物語』にその一端を垣間見ることができる。危篤状態に陥った落窪の君の父大納言忠頼は息子の越前守に、少しでも良いものはすべて落窪の君に与えるように遺言する。その際に忠頼は、

「異子ども、これをうらやましとだに思ふべからず。同じやうに力入り、親に孝したるだに、少し人々しきになむ、よろしき物取らする。いはむや、ここらの年ごろ顧みるを、恩にやと思へ」(巻四・二四三頁)

と、子どもたちに些か厳しい言葉を投げかける。御曹司道頼と結婚した落窪の君の将来にはもはや不安はない。道頼の復讐のために結婚に失敗した三・四の君こそ将来が心配であるが、父は取り柄のある子にそれ相応の価値の財産を与えるべきだと考える。落窪の君は道頼と結婚することによって、忠頼家の評判を上げたことになる。もちろん現実社会の相続は各家の事情によって行われたと思われるが、『栄花物語』の記述を読む限りでは、為光の三の御方の場合はその容貌が、実資の千古の場合は娘であること自体が家の評判を上げると期待されたのだ

ろう。為光や実資の心にも『落窪物語』の忠頼の心情と似通った思いがあったにちがいない。[*7] 寝殿に居住させたのも、将来の主人と見なした結果だと考えられる。

娘を寝殿に住まわせることは『栄花物語』の前に成立した虚構の物語にも見られる。次に挙げる例も先行研究で触れられているものであるが、[*8] 再度確認してみたい。

かくて、父母も住み給ふ町には、寝殿には、あて宮より始め奉りて、こなたの御腹の若君たち、内裏の女御の御腹の女宮たちなど。皆、おもと人・乳母・うなゐ、下仕へなんど、かたち・心、ある中にまさりたるを選り候はせ給ふ。

(藤原の君七〇頁)

右の引用は『うつほ物語』源正頼の家に関する記述である。源正頼は四町の屋敷を所有する大貴族で、子どもたちに外住みを許さず、男子の家族までもが同じ敷地内に居住していた。そして、主人である正頼と妻の居所は、引用の直後の記述に「父母、北の御方になむ住みたまひける」(同頁)とあるように、寝殿ではなく「北の御方」(北の対のことを指すと考えられる)であった。寝殿には未婚の娘たちと正頼の孫に当たる未婚の皇女たちが集められて住まわされていた。また、『源氏物語』では、紅梅大納言が娘たちを寝殿に住まわせる例が確認できる。

君たち、同じほどに、すぎすぎおとなびたまひぬれば、御裳など着せたてまつりたまふ。七間の寝殿広くおほきに造りて、南面に、大納言、大君、西に中の君、東に宮の御方と住ませたてまつりたまへり

(紅梅⑤四〇頁)

引用は『源氏物語』紅梅巻の文章で、紅梅大納言家の寝殿使用方法が説明されるくだりである。本書の第一部第一章・第三部第二章でも引用した部分であるが、本章でも再度確認したい。南面の使用者については、「南面に大納言の大君」とする本もある。[*9] 前の引用では「南面に、大納言、大君」とあり、父「大納言」と娘「大君」が住んだという解釈になるが、「住ませたてまつりたまへり」という表現から、寝殿はやはり娘だけの空間であったと考えるのが自然であるため、本章では、「南面に大納言の大君」という文で解釈したい。寝殿を広く大きく造ったというのは、三人の娘に個別の部屋を与えるためであったのだろう。ここで注目すべきは、大納言が大君・中の君と同じ殿舎内に宮の御方の部屋を用意しているところである。宮の御方は大納言の後妻真木柱の連れ子であった。真木柱の前夫は光源氏の弟蛍兵部卿宮である。大納言が宮の御方を寝殿に住まわせたのは、彼女が親王の娘であったからだと考えられるが、宮の御方も実子と同じように可愛がっているとアピールする意図もあったにちがいない。

『今昔物語集』巻第三十一の「大蔵史生宗岡高助傅娘語第五」の例も表題に「傅(かしづ)く」という言葉があることからもわかるように、父が娘たちを異様なほど可愛がった話である。大蔵史生宗岡高助について、物語は次のように記述する。

> 家ハ西ノ京ニナム住ケル。堀河ヨリハ西、近衛ノ御門ヨリハ北ニ、八戸主(やへぬし)ノ家也。南ニ近衛ノ御門面ニ唐門屋ヲ立テタリ。其ノ門(かど)ノ東ノ脇ニ、七間ノ屋ヲ造テ、其レニナム住ケル。其ノ内ニ綾檜垣(あやひがき)ヲ差廻シテ、其ノ内ニ小ヤカナル五間四面(ごけんしめん)ノ寝殿ヲ造テ、其レニ高助ガ娘二人ヲ令住(すまし)ム。其ノ寝殿ヲ□タル事、帳(とばり)ヲ立

テ、冬ハ朽木形ノ几帳ノ帷ヲ懸ケ、夏ハ薄物ノ帷ヲ懸ク。前ニハ唐草ノ蒔絵ノ唐櫛笥ノ具ヲ立タリ。（中略）父高助ハ、行ク時ニハ極ジ気ナル様シタリケレドモ、我ガ娘ノ方ニ行ク時ニハ、綾ノ襴ニ葡萄染ノ織物ノ指貫ヲ着テ、紅ノ出シ袙ヲシテ薫ヲ焼シメテ行ケリ。妻ハ□ノ襖ト云フ物ヲ着タリケルヲ脱棄テ、色々ニ縫重タル衣ヲ着テゾ、娘ノ方ニハ行ケル。此様ニ、力ノ及ブ限リ、極ク傅ク事限ナシ。

（四八九～四九一頁）

ここでも娘たちは寝殿に住まわされている。しかし、彼女たちの場合、父の死後は薄情な兄の企みで財産を相続することはできず、困窮から病になり、ついには死んでしまう。悲劇的な最後の物語であるが、ここで注目したいのは、主人である親たちの居所である。娘たちを寝殿に住まわせる一方で、主人夫婦は門の東の脇の七間の屋で生活していた。寝殿はおろか対よりも簡素な空間であったと推察される。また、『うつほ物語』では「北の御方」が主人夫婦の居所であった。主人夫婦は自分たちの身よりも未婚の娘たちの方を尊重している。『今昔物語集』の高助とその妻は娘の居所には正装で訪れた。『栄花物語』によると藤原実資も娘の前では紐を解くことはなかったという。主人にとって、可能性のある未婚の娘たちはすでに自分たちよりも身分の高い存在となっていたのであろう。

二、寝殿と娘との関わり②――既婚の娘の場合――

前節では、独身の女子たちの居所について確認したが、彼女たちが結婚した場合、その住まいはどうなったのか。『うつほ物語』の源正頼邸では結婚した娘とその婿に殿舎を一つずつ提供していた。また、『落窪物語』では「大君、中の君には婿取りして、西の対、東の対に、はなばなとして住ませたてまつりたまふ」（巻一・九頁）とあるように、左右の対を娘夫婦の居所としている。これらの事例から、左右の対が娘夫婦の居所であるという考えが定説化しているように思われる。だが、同じ『落窪物語』において、忠頼の娘三の君・四の君は婿を迎える段になっても住まいを変える様子は見られない。三の君・四の君の居所に関する記述は見られないが、左右の対が姉夫婦の居所となっている点と三の君付きとなったあこき（落窪の君を後見する女童）の部屋が寝殿内にあることから、三の君・四の君は寝殿に住んでいると目される。両親の居所については、まず北の方（落窪の君継母）の場合、落窪の君と道頼が寝ている所に「例はさしものぞきたまはぬ北の方、中隔ての障子をあけたまふに」（巻一・五五頁）と北の方が障子を開けて落窪の君のいる部屋を覗いており、その点から、北の方と落窪の君の部屋は近接していて、北の方の部屋も落窪の君の部屋と同殿舎にあったと想定できる。落窪の君の部屋については、本文に「寝殿の放出の、また一間なる落窪なる所の二間なる」（巻一・九頁）と説明されており、寝殿内にあることが読み取れる。そして、北の方も寝殿に住んでいたと解釈できる。父忠頼に関しては「樋殿におはしけるを、落窪をさしのぞいて見たまへば」（巻一・一七頁）という記述から、落窪の君の部屋が樋殿（便所のこと。所在は不明）への途中に在ったと想定でき、父も寝殿居住だった可能性が高い。このことから、大君・中の君以外の家族は皆寝殿で生活していたと考えられ、三の君・四の君の婿も寝殿に迎えられたと思われる。

『落窪物語』において既婚三の君・四の君の居所が寝殿であったことを考えるに当たっては、『うつほ物語』の用例に一つの手がかりがある。それは源正頼の娘八の君の居所の例である。八の君の居所については、藤原の君巻では「これは、御子どもの住み給ふ町。（中略）東のおとど、左衛門督の殿の御方。年十五」（七九頁）と記述されているが、嵯峨の院巻では次のように説明されている。

この左衛門督の君の住み給ふ八の君は、まだ若ければ、異君たちの住みたまふやうにて、方々異にても住ませ奉り給はで、宮・おとどの住み給ふ北のおとどに住ませ奉り給ひけり。されば、中のおとどに、昼はおはしましつつ、夜なむわが御方にはおはしましける（後略）

（一六二頁）

右の引用によると、本来なら、他の既婚の姉妹と同様に、別殿舎で生活させるところを、八の君がまだ若いので、父母と同じ殿舎、すなわち「北のおとど」に八の君の部屋を設けたという。「中のおとど」（寝殿のことを指すと考えられる）は前節で確認したように、未婚の娘の居所であった。昼間はここで未婚の姉妹とともに過ごし、夫が通ってくる夜になると父母の殿舎内にある「わが御方」に戻るという生活である。この八の君の例を参考にすれば、結婚後しばらくは両親のいる殿舎に夫を通わし、その後、対など親の提供する殿舎に移ったと考えられる。親の提供する別の家に移る場合もあれば、夫が用意した家に移る場合もあったであろう。両親が寝殿に居る場合は、新婚のうちは同じく寝殿の部屋で夫を迎えていたと考えるのが妥当である。

『夜の寝覚』では主人公中の君に付く女房の曹司が対にあることが語られる。彼女は「対の君」とも呼ばれているが、このことから、中の君の家では対は女房たちの居所であったと考えられる。主人の娘が女房たちと同格の対に住んだとは考えにくいため、中の君の居所は寝殿であったと推測される。しかし、その殿舎には既婚の姉の部屋もあり、姉の夫の中納言の居所も同空間にあった。

（中納言ハ）静心なく、夜は、いとどつゆまどろまれぬままに、人の寝入りたる隙（ひま）には、やをら起きて、そなたの格子のつらに寄りて立ち聞きたまへば、人はみな寝たる気色なるに、帳のうちとても、廂一間を隔てたれば、程なきに、衾押し(ふすま)のけらるる音、忍びやかに鼻うちかみ、おのづから寝入らぬけはひのほのかに漏り聞こゆるを、(後略)。（七五〜七六頁）

本文では中納言の居所から中の君の部屋の物音が聞こえることが記される。未婚の娘と姉の夫が近接した空間にいるという状況であった。

また、『蜻蛉日記』にも「東面の朝日の気、いと苦しければ、南の廂に出でたるに、つゝましき人の気、近くおぼゆれば」（三〇二頁）という記述が見られる。新日本古典文学大系では「つゝましき人」を同母妹の夫と解する。その解釈で読むと、引用の部分は「南面」に住む同母妹に通う男性の気配を近くに感じて落ち着けない作者の様子を記したくだりということになる。『蜻蛉日記』の作者の家の場合、両親はいないが、姉妹が同じ殿舎に部屋を持ち、そこにお互いの夫を迎えていたと考えることができる。以上のような例から、寝殿と既婚女子との間にも深いつながりがあったことが窺える。

三、寝殿と男子との関わり①——婿となった男子の場合——

冒頭で確認したように、寝殿という建物は所有者の空間であって、それ以外の者は使用が憚られる空間であった。しかし、主人より身分の高い客や主人が目上の存在と見なす娘たちは例外であった。

そのような例外がある中で、主人の息子たちに寝殿居住が許された例は確認できない。主人以外の男性は寝殿に居住できなかったと考えられる。ただ、第一節でも触れたように、物語には婿となる男性が寝殿に居住した例が確認できる。『うつほ物語』の主人公藤原仲忠は源正頼の長女仁寿殿女御と朱雀帝の間に生まれた女一の宮（正頼家に居住）の婿になり、正頼邸に迎えられている。その様子は沖つ白波巻で詳しく語られる。

（正頼）「（前略）内裏より、日を取りて下し賜はせて、責めさせ給ふことをば、はかなき私事にて破るべきにてはあらず」とて、一の宮の住み給ひし中のおとどに、造り磨き、御座所をしつらはれたること、綾・緋どもして飾り、候ふべき人、皆髪長く、かたち・心は定められて、八月十三日に婿取り給ふ。

（四四七〜四四八頁）

「一の宮の住みたまひし中のおとど」とは前節でも引用したように主人正頼の住む東北の町の寝殿であった。仲忠は主人を差し置いて寝殿に居住することになったのである。婿を迎えるに当たっては殿舎が念入りに整えられたというから、仲忠がこの家の婿として格段に尊重される存在であったことが窺える。そもそもこの婚姻は女一の宮の父朱雀帝の宣旨によるものであった。仲忠を格別な存在とみる朱雀帝は、以前、正頼にあて宮と仲忠を結婚させることを勧めたが、あて宮は東宮妃となった。その埋め合わせのために、帝は自分の娘を仲忠に与えることとしたのである。帝自ら吉日を選んで結婚の宣旨を下された点からも、この婚姻が正頼家にとっても格別なものであったことが窺える。

『源氏物語』では、光源氏の孫（明石中宮の息子）匂宮が光源氏の息子夕霧に婿取られる場面がある。妻となる女性は夕霧と藤典侍との間に生まれた六の君で、彼女は夕霧の妻となった朱雀院女二の宮（落葉の宮）の養女となり、六条院東の町に住んでいた。この婚姻の三日夜の儀式については、「寝殿の南の廂、東によりて御座まゐれり」（宿木⑤四一四頁）とあり、婚礼の会場が寝殿であったことが読み取れる。ちなみに、薫（光源氏の妻女三の宮の子）が東の対に出て供の人々をもてなす一場面も見られ、寝殿の南廂から東側が婚礼の儀の会場となったようである。対が供人の場とされている点から、六の君の部屋は寝殿にあったと考えられる。匂宮も寝殿に通う婿になったと想定される。

見てきたように、物語では婿を寝殿に迎える例が確認できた。見所のある婿は寝殿に迎えたいというのが主人の願いであったようで、『住吉物語』において男主人公少将が女主人公の継母に騙されて中納言三の君（女主人公の妹で継母の実子）に婿取られた時も、

> 北の方、もてなしかしづき給ふ事、かぎりなし。寝殿の東面に住ませければ、少将、過ぎざまに西の対を見れば、よしある様なれば、「いかなる人の住にや」と、ゆかしくおぼして明し暮す程に、（後略）。
>
> （『新日本古典文学大系　住吉物語』三〇四頁）

とあり、継母が婿を丁重に扱い、寝殿の東面に住まわせたことが語られる。また、中世王朝物語の一つ『海人の刈藻』にも、

> 按察殿は、弁の乳母・新宰相・小中将、そのほか女房三十人・童六人整へ、いと住むかひある御家居をいと心殊に磨き立てて、寝殿に住ませ奉らんの御心設け、いといかめしくしつらひなし給へり。

（『中世王朝物語全集2　海人の刈藻』二六頁）

という記述が見られ、立派な婿を寝殿に住ませるという形が後々の物語に引き継がれていく様子が確認できる。

さて、実際の社会となると用例を確認するのが困難であるが、それでも『栄花物語』巻第十ひかげのかづら巻には、藤原公任が道長の息子教通を婿取る際、

あべいことどもしたてさせたまひて、四条の宮の西の対にて、婿取りたてまつらせたまふ。寝殿にてとおぼせど、宮の御前などおはしましつきたれば、今さらになど思しめすなるべし。（①五二六～五二七頁）

とあり、公任が婿取りを寝殿で行いたいと考えていたことが示されている。実際には、四条宮の主である円融院后遵子が寝殿にいたため、寝殿での婿取りは実現できなかった。もちろん『栄花物語』も物語の一つであり、公任の実際の思いは確認できないが、立派な婿は寝殿に迎えたいという物語の父親の思いは現実社会の父親の思いとそうかけ離れたものではなかっただろう。

以上のように、物語には婿を寝殿に住まわせる用例が数例見られる。しかし、古記録類には管見の限りでは見当たらなかった。婿を寝殿に住まわせる例は現実には存在しなかったのだろうか。『水左記』承暦五年（一〇八一）十二月二日条には、その問題を紐解く上での手がかりとなるであろう記述が見られる。

亥終渡土御門、（□□□□御前同車、）前駆衣冠布衣相交矣、入自東門、道言反閇、下家司二人着褐衣牽黄牛、寄車於廊北

面妻戸、相次尼上、弁大将上、姫君御方□北對給、中納言渡西小寝殿、

『水左記』の記主源俊房はこの日、父師房の邸宅であった土御門第に転居している。父の生前は中御門第に住み、土御門第に縁のなかった俊房であるが、父の死の二年後に土御門第が焼亡、俊房はその跡地に新たに家を新築して住むこととなった。[*11] 引用文にある「尼上」は俊房母尊子（道長娘）のことであり、「大将上」は頼通の息子通房（この時すでに故人）の妻であった師房の長女妧子のことであろう。そして、「姫君御方」は同じく師房の娘の一人（角田文衞氏によると源澄子）を指すと考えられる。[*12]『水左記』のそれ以前の記事には「寝殿御方」や「寝殿姫君」と呼ばれる女性がしばしば登場するが、[*13]「寝殿御方」は前の引用に登場する「大将上」、「寝殿姫君」は「姫君御方」と同一人物であると想定される。土御門第が師房の所有であった頃には、彼女たちは主人の娘として寝殿に居住していたのだろう。妧子が寝殿居住だったとすれば、通房も生前は師房邸の寝殿に通っていた可能性が高い。ところが、俊房にとっては姉に当たる彼女たちも、家が弟俊房の所有となった際には母とともに北の対に移ったと考えられる。ここで著者が注目するのは最後の「中納言」である。「中納言」とは俊房娘の婿藤原宗俊のことである。新築された俊房邸では婿の居所は「西小寝殿」であったという。[*14] 俊房所有となった土御門第移転の後、宗俊は本来の寝殿ではないが、それに準ずると考えられる小寝殿に住まわされることとなった。「給」という敬語を付して記される母や姉たちの居所が北の対で、婿の居所がそれよりも格が高いと思しき小寝殿であったことは、この家で宗俊が厚遇されていたことを示す好例であると言えよう。

四、寝殿と男子との関わり②——息子の場合——

高群逸枝氏の研究では、平安期の貴族の家において、結婚した息子が自身の親と同居することはなかったとされる。[*15]これまでの節でも確認したように、家は娘に伝領されるのが基本であったため、親と同居するのは娘であった。しかし、家父長制の浸透に伴い、親の財産を息子が相続するようになり、住まい方にも変化が見られるようになる。前節で宗俊の居所となっていた小寝殿は平安後期になって現れた殿舎であるが、その使用方法については未だに不明瞭な点が多い。藤田勝也氏の研究によると、小寝殿は内向きの居所であり、高陽院の小寝殿は北政所（源麗子）と太皇太后（藤原寛子）、そして太皇太后の養女である前斎院（禛子内親王）などの居所として用いられ、上皇御所では小寝殿が上皇の居所となっているという。[*16]一方、平井聖氏は小寝殿が、中世以降に確認される「小御所」につながる殿舎であると推測する。[*17]平井氏は小御所が鎌倉時代に二代将軍頼家の世子一幡君の居所とされた例[*18]や、内裏において春宮御所とされた例[*19]を挙げ、小御所が本来は跡取りの御所として造られた御殿であったとし、平安後期の小寝殿も小御所と同様、息子夫婦の住まいであったのではないかと想定している。そして小寝殿を「この建物が寝殿に準ずる機能を持っているか、この建物に生活する人物が寝殿に生活していた人物に準ずる性格をもっていた」建物であると指摘する。主人格の人間としての体面を保つためには寝殿形式の殿舎に居住する必要があったのだろう。小寝殿は主人以外の男性でも居住できる寝殿であり、寝殿に住むべき身でありながら寝殿に居住できない人物のために造られた殿舎であったと言える。

ところで、この小寝殿は虚構の物語である『狭衣物語』にも登場する。小寝殿の用例は主人公狭衣の大将が自邸に式部卿宮の姫君を引き取る場面に見られる。引用部分は姫君の乳母の目から見た狭衣の住まいの様子である。

大殿のおはしますかたよりは別に、五間四面の小寝殿、対、廊、渡殿など、みなこの御方の女房曹司、侍、蔵人所などにせさせたまへるなるべし。

（巻四・新潮日本古典集成・下二八六〜二八七頁）

大殿とは狭衣の父堀河の大臣のことである。堀河の大臣に関しては巻一に、

このころ、堀河の大臣と聞こえて関白したまふは、一条院、当帝などの一つ后腹の二の御子ぞかし。母后もうち続き帝の御筋にて、いづ方につけてもおしなべて同じ大臣と聞こえさするもいとかたじけなき御身の程なれど、何の罪にかただ人になりたまひにければ、故院の御遺言のままに、うち代り、帝ただこの御心に世をまかせきこえさせたまひて、いとあらまほしうめでたき御有様なり。（巻一・新潮日本古典集成・上一二頁）

と説明される。堀河の大臣は皇族の生まれであるが、臣籍降下した人物であった。そして前の引用の続きには、

二条堀河のわたりを四町築き籠めて、三つに隔てて造りみがきたまへる玉の台に、北の方三人をぞ住ませたてまつりたまへる。（同頁）

とある。三人の北の方の居所のうち、狭衣の母、すなわち前斎宮の居所については、「堀河二町には、やがて御ゆかり離れず故先帝の御妹、前の斎宮おはします」（同頁）とあり、四町のうちの二町分の敷地内に居住していた。息子狭衣の住まいもこの敷地内にあったと想定される。このことを踏まえて巻四の記述を解釈すると、父の住ま

いとは別に、狭衣用に五間四面の小寝殿、対、廊、渡殿が用意されたという。巻四の引用には「五間四面の小寝殿、対、廊、渡殿など、みなこの御方の女房曹司、侍、蔵人所などにせさせたまへる」とあるが、小寝殿までもが女房や侍の空間となったとは考えにくいので、この殿舎は狭衣の居所であったと想定される。

『狭衣物語』の作者は後朱雀天皇の第四皇女禖子内親王に仕えた宣旨と呼ばれる女性と言われる。宣旨は『尊卑分脈』や『勅撰作者部類』によると、源頼国女と伝えられている。[*20] 執筆時期についいては明確ではないが、宣旨の晩年近くの作品で、天喜三年（一〇五五）五月三日の『六条斎院禖子内親王物語歌合』からおよそ二十年後辺りに書かれたと考える説が多い。[*21] 禖子内親王の母は後朱雀天皇の中宮嫄子女王である。嫄子はもともと一条天皇皇子敦康親王と具平親王女との間に生まれた娘であった。その嫄子を養女とし入内させたのが藤原頼通であった。頼通の妻隆姫が嫄子の母の姉であった縁による。そのため、禖子内親王は母嫄子亡き後、姉の祐子内親王とともに頼通の庇護下で生活することになった。以上のような背景から、彼女に仕えた宣旨は頼通に非常に近しい存在であったと言える。

小寝殿の語が文献で初めて確認できるのは『栄花物語』巻第三十六根あはせ巻であると言われる。[*22]『栄花物語』には、

> 西の対を例の清涼殿にて、寝殿を南殿などにて、小寝殿とてまたいとをかしくてさし並び、山はまことの奥山と見え、滝木暗きなかより落ち、池の面はるかに澄みわたり、左右の釣殿などなべてならずをかし
>
> （③三七一頁）

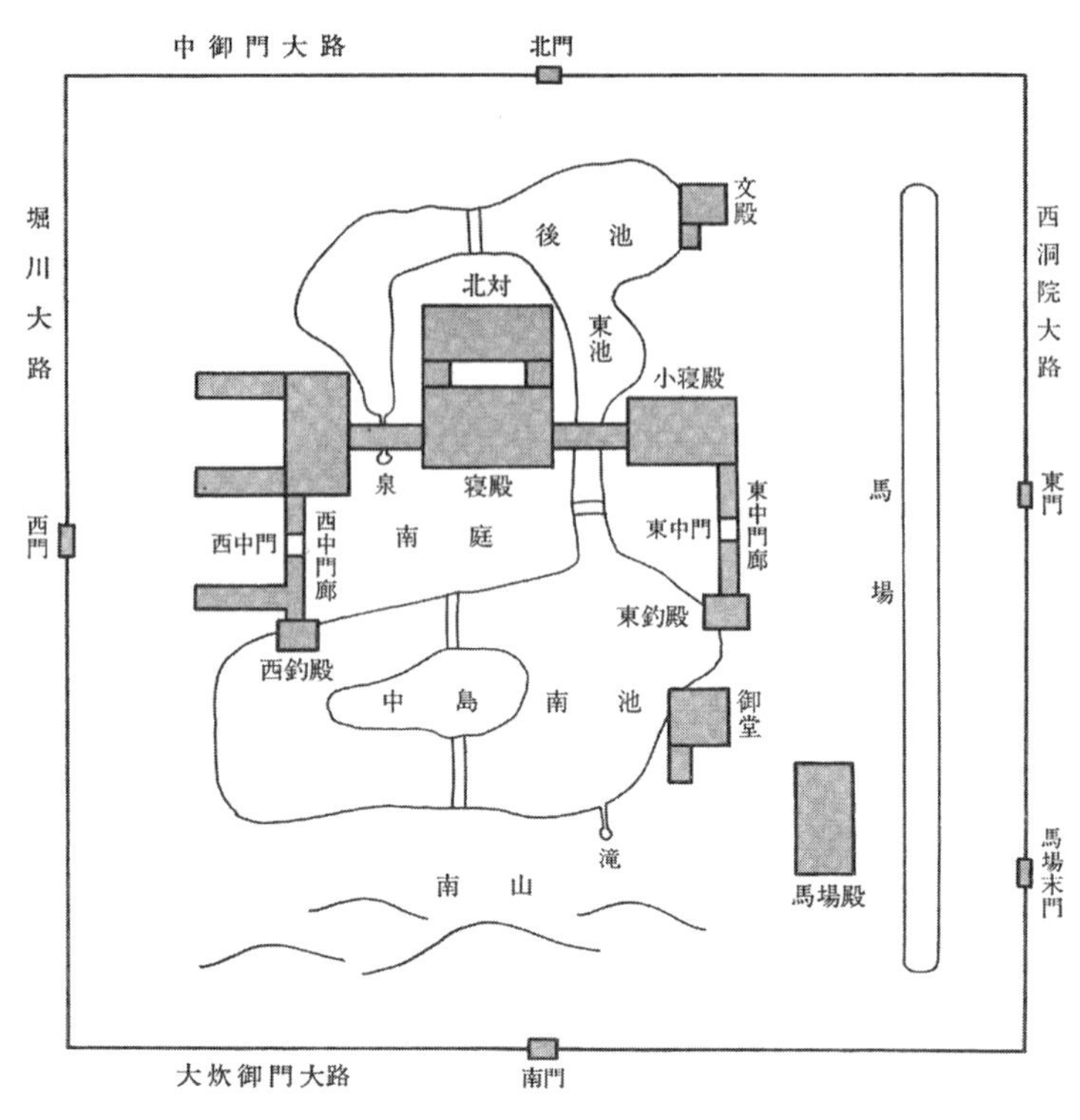

「関白藤原頼通の第二期高陽院推定復原図」
（太田静六氏『寝殿造の研究』より）

とある。天喜元年（一〇五三）八月二十日、瘧病に罹った後冷泉天皇は療養のために高陽院に移ることになった。引用部分は高陽院の素晴らしい佇まいを説明するくだりである。小寝殿は登場するが、その用途については触れられていない。小寝殿の風情が賞賛されているのみである。この小寝殿のある高陽院は長暦三年（一〇三九）に焼亡した後に再建が始まり、長久元年（一〇四〇）に完成した邸宅である【図版参照】。『栄花物語』巻第三十四暮まつほし巻で後朱雀天皇の里内裏となった際の高陽院には「東の対はこのたびはなくて」（③三一四頁）とある（里内裏の期間は長久四年〈一〇四三〉十二月一日から二十一日まで)。小寝殿はその後その位置に建てられたとする意見が見られる。[*23]

『栄花物語』に見える高陽院の小寝殿の使用方法は不明であり、『狭衣物語』の小寝殿の存在も不明瞭な点が多いが、小寝殿の初例が頼通の邸宅であり、小寝殿の用例が頼通に近しい女房によって創作された『狭衣物語』に見られるというのも偶然ではないように思われる。『狭衣物語』では小寝殿が主人公狭衣の居所の描写の中で語られるが、実際の社会でも息子の居所とされた可能性は大いにある。物語の冒頭の狭衣の官位は二位中将であったが、二位中将という呼称は執柄の子息に限られるという。[*24] 物語においては、優れた者は早世すると異様なまでに心配する両親の姿が描かれるが、その様子は若くして亡くなった関白頼通の息子通房を想起させる。また、狭衣の年齢も物語の始発で「御年二十にいま二つばかりや足りたまはざらむ」(巻一・新潮日本古典集成・上一四頁)と語られており、そこにも二十歳で亡くなった通房の影が見え隠れする。

前述のように、原則としては寝殿に男主人以外の男性が居住することはなく、息子が父親とともに寝殿に住むという例は見当たらなかった。『うつほ物語』の源正頼の場合は既婚の息子も自邸に住まわせていたが、[*25] 普通の家では既婚の息子の世話は息子の妻の家に任せられていたと思われる。しかし、夫を家長とする「家」制度が貴族層の間でも十一世紀から十二世紀中頃にかけて形成され、[*26] それに伴って男子、特に長男の存在が重要視されるようになった。その結果、両親、特に父親と息子の関係にも変化が生じる。『狭衣物語』では、父堀河大臣が狭衣のために三条に家を用意する場面も見られ、[*27] 実の父親が鍾愛の息子の居所について気を配る様子を知ることができる。そのような点を考慮すれば、『狭衣物語』に登場する狭衣の居所と思しき小寝殿という建物が小寝殿の始発であったと捉えることも充分可能であろう。

おわりに――寝殿が担った役割――

本章の考察では、主に貴族の子女と寝殿との関わりについて触れてきた。寝殿が娘の居所となるパターンが物語等に多く見られるが、それは傅かれている娘が将来、その家を伝領することと深くつながっているのだろう。一方、男子が寝殿に居住する例は確認できなかった。男子が寝殿と関わるのは寝殿に住む娘の婿となった場合で、実父の家の寝殿に居住することはなかったように思われる。

ところが、時代の流れとともに「家」に対する考え方も変化する。「家」制度が確立し、男子に家の力を継承させるようになる。そこで重要な存在となるのが、後継者となる男子である。平井聖氏は小寝殿がその男子のために造営された建物だと考える。

小寝殿の「小」については、小造りに建てられているからとする説[*28]や、古くからあるものに対する「新しい」といった意味であるとする説など[*29]諸説見られ、定説化されていない。ただ、その用例から主人格の人物の居住空間であったことが窺える。そして、その造営はかなり上流の貴族に限られたのではないかと推察される。というのも、正規の寝殿の造営にはかなりの財力が必要とされたと考えられるからである。そして、小寝殿がその家の二つ目の寝殿であるとすれば、その造営にはさらなる費用が必要とされる。よく知られるように、藤原基通が本所としていた時期の近衛殿には寝殿がなかったという。基通叔父九条兼実の日記『玉葉』治承三年（一一七九）十一月二十三日条には「当時居所無寝殿、於事無便宜」（本文は国書刊行会本による）とあり、また、基通の息子である家実の日記『猪隈関白記』建久八年（一一九七）十月十日条にも「今日殿下令渡高辻大宮入道前大弐範能（藤原）卿家給、可為御春日詣出立所之故也、当時御所近衛殿、無寝殿、仍借召也」とある。川上貢氏によると、『玉葉』には、近衛殿で行われた基通元服（嘉応二年〈一一七〇〉）時の記事もあり（嘉応二年〈一一七〇〉四月二十三日条）、その記事には寝殿の語が確認できるという。従って、近衛殿の寝殿は何らかの原因で失われた後、長く再建されなかったようである。その間、基通は寝殿が必要な際も他の家の寝殿を借りるなどして当座を凌いでいるが、川上氏は基通が寝殿のない邸宅に居住しなければならなかったことに対して「この時代の公卿の無力さがうかがわれる」と述べている。*30

また、近衛殿の例以前にも寝殿のない邸宅の例は確認できる。『左経記』長元四年（一〇三一）十二月十三日条に後一条天皇の斎院の御座所として丹波守源章任の三条宅が選ばれたことが記されるが、その宅は「抑件宅本自無寝殿、只所在東対代北対許也」とあり、寝殿がなかったことが明記される。また、『中右記』康和四年（一一〇二）正月二十日条には「内大臣殿有大饗事、土御門亭新造寝殿、初有此大饗也、（中略）此亭本西対許也、而去年作五間四面寝殿、有大饗也」と記され、内大臣源雅実が大饗をする段になって初めて寝殿を建てたという事実が認められる。

藤原頼通の政権時代から院政期にかけての時期に複数の寝殿を造営する家がある一方で、寝殿の存在しない家が見られるのは興味深いことである。近衛邸の寝殿が再建されなかった理由としては、前述の通り川上氏が公卿の力不足（財力不足か）を指摘されている。だが、その理由を丹波守章任宅や源雅実邸にも当てはめることができるだろうか。ここで想起するのは『源氏物語』に登場する光源氏の邸宅六条院の西北の町である。この町には光源氏の妻の一人明石の君が住む。この町は「ただ大きなる対二つ、廊どもなむ廻りてありける」（若菜上④一〇三頁）という状態であった。西北の町は造営当初からこの体裁であった。『中右記』の源雅実の土御門亭の例でも、雅実は必要になってから寝殿を造営している。つまり、居住のみを目的とする家には寝殿は不必要な殿舎であった。

雅実邸の場合、寝殿造営以前は「本西対許也」という状態の家であったが、『源氏物語』の用例を思えば、寝殿は元々造営されていなかったと解釈することも可能であろう。以上を踏まえれば、寝殿の造営の有無は経済的事情の場合も含めて、その家の所有者の意志によって決定されたと考えることができる。

寝殿は本来、儀式用に造営されたものであり、居住は対が中心であったと考えられる。その寝殿をわざわざ居住空間にしたのは、居住者の格を高めるためであったのだろう。そう考えると、寝殿に主人の子どもたちを住まわせることは、主人が彼らを鍾愛している証左となる。そして、小寝殿もその鍾愛の結果生まれた殿舎であるとすれば、寝殿は実用性よりもむしろ象徴性の方を重視する建物であったと言えるだろう。

注

1　『中右記』の本文は以下の通り。

今夕初渡給高陽院也、（中略）右大臣殿坐東対給、故大殿北政所御所寝殿西渡殿、（中略）殿下談給云、此高陽院券□［文］未渡我許、今夜移儀、只北政所渡給御共之儀也、（中略）後日追券文渡□移寝殿之日、如尋常移徙儀可有者、

2　光源氏が二条院東の対を自室としたという解釈は以下に挙げる記述を根拠とする。

・紫の上を二条院西の対に引き取った場面

こなたは住みたまはぬ対なれば、御帳などもなかりけり。御几帳の帷子引き下ろし、御座などただひきつくろふばかりにてあれば、東の対に御宿直物召しに遣はして大殿籠りぬ。（若紫①二五六頁）

・光源氏須磨退去の際に光源氏付きの女房たちが紫の上のもとに参上した場面

東の対にさぶらひし人々も、みな渡り参りしはじめは、などかさしもあらむと思ひしかど、見たてまつり馴るるままに、なつかしうをかしき御ありさま、まめやかなる御心ばへも思ひやり深うあはれなれば、まかで散るもなし。

（須磨②二〇七頁）

・光源氏が朝顔の姫君の女房・宣旨を呼び寄せる場面

東の対に離れおはして、宣旨を迎えつつ語らひたまふ。

（朝顔②四七七頁）

3 詳しくは拙稿（水田ひろみ）「『源氏物語』における邸宅使用方法について――光源氏と匂宮の二条院を中心に――」（『中古文学』八十五・二〇一〇年。加筆修正したものを本書第二部第一章に所収）で論じている。

4 木村佳織氏「紫の上の妻としての地位――呼称と寝殿居住の問題をめぐって――」（『中古文学』五十二・一九九三年）。寝殿が后の御座所とされたことに関しては、浅井ちひろ氏の「后の邸宅に於ける御座所――『源氏物語』を中心に――」（『鶴見日本文学』第五号・二〇〇一年）でも詳しく論じられている。

5 『権記』の本文には、「此夜遷御一条院依家主姫君沽却公行朝臣所買進也、直八千石云々、」とある。一条殿は公行朝臣が買い取り、公行から東三条院詮子に贈与された。一条院については杉崎重遠氏「一条院」（『平安京の邸第』望稜舎・一九八八年）を参考にした。

6 『小右記』寛仁三年（一〇一九）十二月九日条には、「小野宮並荘園・牧・厩及男女・財物・惣家中雑物繊芥不遺充給女子千古了」とある。

7 服藤早苗氏の「女の経済生活」（『「源氏物語」の時代を生きた女性たち』第五章・日本放送出版協会・二〇〇〇年）においても詳しく説明されている。

8 胡潔氏「紫の上の呼称に関する研究／寝殿について」（『平安貴族の婚姻慣習と源氏物語』第三部第一章・風間書房・二〇〇〇年）。

9　池田亀鑑氏『源氏物語大成・巻五冊』（中央公論社・一九八六年）によると、「大納言の」とするのは、陽明本・肖柏本・河内本・別本である。

10　『落窪物語』の本文には、「この御方のつづきなる廂二間、曹司には得たりければ」（新潮日本古典集成巻一・一四頁）とある。

11　高群逸枝氏「純婿取期の離婚」（『高群逸枝全集第二巻　招婿婚の研究一』第七章第七節・理論社・一九六六年）および「純婿取期の族制」『高群逸枝全集第三巻　招婿婚の研究二』第七章第九節（理論社・一九六六年）を参照。源俊房の邸宅については、土岐陽美氏が「源俊房とその第宅――「土御門」と「堀河」」（『東京大学史料編纂所研究紀要』十五・二〇〇五年）の中で詳細に調査している。

12　角田文衛氏「源澄子――土御門右大臣師房の娘たち――」（『王朝の映像』東京堂出版・一九七〇年）を参照。

13　『水左記』承暦四年（一〇八〇）十月十四日条「今夜寝殿御方渡東北院給、自明日可有御念佛之故也」、承暦五年（一〇八一）八月十八日条「此日予出河原〈近衛末、〉除服、寝殿姫君南御方同除服給」、承暦五年八月二十八日条「今日寝殿御方於蚊松被供養佛経」など。

14　藤原宗俊が土御門殿の西小寝殿を居所としたことに関しては、高群逸枝氏「純婿取期の離婚」（前掲注11書）や藤田勝也氏「小寝殿の登場と展開」（『日本古代中世住宅史論』第四章・中央公論美術出版・二〇〇二年）の中でも触れられる。

15　高群逸枝氏「純婿取期の族制」（前掲注11書）参照。

16　藤田勝也氏「小寝殿の登場と展開」（前掲注14書）。

17　平井聖氏「小御所の成立（小寝殿――小御所と男子相続）」（ＮＨＫブックス二〇九『日本住宅の歴史』Ⅲ中世１・ＮＨＫ出版・一九七四年）。

18　『吾妻鏡』第十七・建仁三年（一二〇三）九月二日条の比企能員誅殺の場面に「仍彼一族郎従等引籠一幡君御館。号二小御所一」とある。

19　藤原公忠の日記『後愚昧記』応安三年（一三七〇）七月二日条に「東宮御坐東小御所之時、予拝賀」とある。

20　鈴木一雄氏校注『新潮日本古典集成　狭衣物語』（一九八六年）の解説を参照。

21　小町谷照彦氏・後藤祥子氏校注訳『新編日本古典文学全集29狭衣物語』解説参照。

22　前掲注16・17を参照。

23　太田静六氏「宇治関白藤原頼通の邸宅・高陽院の考察」（『寝殿造の研究』第三章第七節・吉川弘文館・一九八八年）。

24　前掲注20書の「二位中将」の注には「中将は近衛府の次将、四位相当の武官。三位、二位で中将に任ずる者を三位中将、二位中将と呼ぶ。特に二位中将の例は稀で、執柄の子息に限られていたようである」（一四頁）と説明されている。

25　『うつほ物語』本文には「(源正頼ノ子ドモタチハ)男も、妻具し給へる、さらにほか住みせさせ奉り給はず」(藤原の君六九頁)とある。

26　服藤早苗氏「北政所の成立と家」（平凡社選書一六九『平安朝の家と女性——北政所の成立』第二章・平凡社・一九九七年）を参照。

27　『狭衣物語』巻四に「三条わたりに、いと広くおもしろき所、この御料とて大殿心ことに作り磨かせたまふを」（新潮日本古典集成・下二六五頁）とある。「この御料」は「狭衣大将のお住まい」の意である。

28　前掲注20書の「小寝殿」の箇所の注には、「五間（「間」は柱と柱との間）四面の小造りに建てられている寝殿」（二八六頁）とあるが、続きに「寝殿は一般に七間四面に造るから「小寝殿」と言うのか、五間四面が普通だが、柱と柱の間隔を短めにしてあることを言うのか、よくわからない。『源氏物語』（紅梅）の「七間の寝殿広く大きに造りて」も、七間四面だから「広く大き」いとも、七間四面は定法だが、柱間の間隔が「広く大き」いとも解釈できる」（二八六〜二八七頁）という説明がある。

29 増田繁夫氏は「源氏物語の建築」（『源氏物語と貴族社会』吉川弘文館・二〇〇二年）の中で、「この「小」は、小さなということではなくて、「小一条」などの「小」と同じく、もとのもの、古くからのものに対する「新しい」といった意と考えられる」（二〇五頁）と述べている。

30 川上貢氏「近衛殿の考察」（『日本中世住宅の研究』第三編第一章・墨水書房・一九六七年。〈新訂版〉中央公論美術出版・二〇〇二年）を参照。

第二章　王朝物語における皇子女たちの居住空間

はじめに

『源氏物語』の主人公光源氏が誕生した時のことを物語では次のように記す。

前の世にも御契りや深かりけん、世になくきよらなる玉の男御子さへ生まれたまひぬ。いつしかと心もとながらせたまひて、急ぎ参らせて御覧ずるに、めづらかなる児の御容貌なり。（桐壺①一八頁）

桐壺更衣を母とする光源氏は生後すぐに参内し、父桐壺帝から寵愛される。彼は三歳の袴着も内裏で行い、その後病の重くなった母が内裏を退出する際も「皇子をばとどめたてまつりて」（①二二頁）と内裏に留め置かれた。これらの記述から、光源氏は母の死まで両親に囲まれ、幸せな時を過ごしたかのように読み取れる。しかし、山本一也氏によると、史上の天皇に関しては、更衣の子が内裏に住む例は歴史史料からは確認できないという。[*1] また岡村幸子氏は、内裏で生活できる皇子女が原則天皇の妻たちの中でも最高位の女性（以下、后）の子どもに限られていたことを指摘する。[*2] 后とそれ以外の天皇の妻（以下、キサキ）たちとで子どもを育てる空間が異なる理由についてはキサキたちの居住形態に関係するのではないかと考えられる。キサキたちの居住形態については橋本義則氏の研究がある。橋本氏は、奈良時代には内裏内に後宮や后の殿舎はなく、キサキたちは内裏外に居宅を持っていたと説明する。[*3] その後、平城宮末に至って内裏内に后が同居し、平城宮最末期以降に内裏内に後宮殿舎が備わるようになった。その事に関して、伴瀬明美氏はこの時期のキサキたちが内裏内に居所を与えられていたとしても、自身の居宅は内裏外にあり、家政機関もそこに置かれていたと考える。[*4] 伴瀬氏はさらに「このようなキサキの居住形態を考えると、キサキたちが内裏外に生活基盤をおいていながら、皇子女のみが内裏に居住していたとは考えがたい。とするならば、皇子女は内裏外の邸（光明子所生皇子のようにそれが外祖父の邸でもある場合もあるだろう）に居住していたのではないだろうか」と述べる。つまり、奈良時代においてはキサキたちの本邸は内裏外にあり、後宮は一時的な居住空間に過ぎなかったようである。また、子育ては一時的空間の内裏ではなくキサキの本邸である里邸で行うというのが一般的であったようだ。そして后のみが天皇と同居という形で内裏を本拠としたのだろう。この傾向は平安宮の内裏においても同様であったと考えられる。奈良時代からの流れで考えると、キサキの産んだ皇子女たちはその里邸で外祖父たちに養育されることが通例であったと見なされる。

ところが、冒頭で確認したように、『源氏物語』では光源氏が誕生当初からさも当然のように父母のもとで生活している。山本氏はこの理由を桐壺更衣が破格の待遇を受けていたことに起因するものと考える。桐壺更衣の待遇問題については、増田繁夫氏が更衣の身分では一つの殿舎を曹司に賜ることはなかったと指摘する。[*5] その論を受けて、山本氏も「〇壺の更衣」「〇殿の更衣」という呼称は史料上でも確認できないとし、『源氏物語』の場合も、本来の更衣なら殿舎一つを賜ることはなく、所生の子の養育空間もなかったが、桐壺更衣の場合はその場所があったために光源氏を育てることができたとする。一方、物語の中では、例えば『うつほ物語』には「梅壺の更衣」と呼ばれる女性が登場する。栗本賀世子氏はこの事例について言及し、この更衣もまた桐壺更衣同様、帝から破格の待遇を受ける女性であったと結論付ける。*6 しかし、後にも触れるように『源氏物語』では皇太子と同母の姉妹たちがキサキの実家で育つ例も見られる。具体的に言うとそれは右大臣の娘で桐壺帝のキサキである弘徽殿女御の娘たち（女一の宮・女三の宮）の例で、彼女たちは裳着の式を終えた後も右大臣邸に居ることが物語では明らかにされる。『源氏物語』では、皇太子の母であり、右大臣という一大勢力を後見に持つ弘徽殿女御でも内裏で娘たちを育てる姿は描かれていない。養育場所の有無も大きな要因である可能性は高いが、弘徽殿女御が内裏で内親王たちを育てていない以上、光源氏が内裏で育つことに関しては、養育場所以外の理由も存在するように思われる。そこで本章では、史上の事例や『源氏物語』を中心とした平安期の物語の事例を確認し、改めて光源氏の内裏居住の問題について検討したいと思う。

一、史上の皇子女の居住空間

『源氏物語』の皇子女の居所を見る前に、まずは史上の皇子女の居所について確認したい。『源氏物語』の作者紫式部の著した『紫式部日記』の冒頭は一条天皇の中宮である藤原彰子の里邸滞在時から書き出される。彰子は出産を控え、里邸である土御門殿に退出していた。当時の貴族社会では子どもの出産と養育は母の実家で行われることが慣習であり、これが皇子女の場合も同じであることは高群逸枝氏が『日本婚姻史』で示す通りである。*7

しかし、岡村幸子氏はこの慣習は后には当てはまらないという見解を示す。岡村氏によると、后の出産と后所生の子どもの養育は内裏内でなされるのが通例であったという。以下、岡村氏の論考を参考に史上の皇子女の養育場所について確認したい。

皇子の誕生・養育場所については、古くは桓武天皇皇后藤原乙牟漏が産んだ嵯峨天皇の誕生場所を『日本紀略』が「延暦五年生於長岡宮」（嵯峨天皇即位前記）と記し、淳和天皇皇后正子内親王が出産した恒貞親王の出産場所についても「皇后、移御后宮職東院。当誕月也」（天長九年〈八三二〉十二月六日）と記している。また養育場所に関しては『恒貞親王伝』が「初天長九年、親王年始八歳。猶保育在於内裏」（本文は続群書類従 第八輯より）と記している。以上の例は岡村氏が史料として示すものであるが、この事例は皇后の皇子が内裏で生まれ、内裏で養育されたことを物語っている。淳和天皇以後は長く皇后が置かれず、醍醐天皇の代に至り藤原穏子が立后した。穏子は立后後に成明親王（村上天皇）を出産するが、その出産は内裏中重の桂芳坊で行われた。『貞信公記』延長四年（九二六）七月十日条には「亥剋中宮・東宮遷御弘徽殿、公主・新君等又参入」とあり、この記事により、穏子が立后後に東宮である寛明親王とともに弘徽殿に遷り住んだことがわかる。また、公主康子内親王や新君成明親王も弘徽殿に住んだ。さらに、岡村氏によると村上天皇の中宮藤原安子は立后（天徳二年〈九五八〉十月二十七日）以前の皇子女は宮外で、それ以降の皇子女は宮内で出産したとされる。守平親王（円融天皇）の出産場所を正確に示す記載はないが、『日本紀略』には天徳三年（九五九）正月二十五日に「中宮（安子）自二朱雀院一遷二御于小一条伊尹朝臣宅東一条一」とあり、同年六月十六日に「今夜中宮自二小一（伊尹）条第一入二御藤壺一」とあることから、岡村氏は円融天皇誕生の場所を小一条邸だと推測する。そしてその理由を立后と出産が近接していたためとする。その後、一条天皇の御代に中宮定子が出産するが、彼女は親族の不祥事と自身の出家により長期間職御曹司に滞在していた。岡村氏は定子が職御曹司に長く滞在したため、出産場所はさらに外に求められたとする。また、前に述べた中宮彰子の出産場所についても、天皇の居所が本内裏ではなく里内裏にあったことが最大の原因であると主張する。中宮である彰子の出産が里邸で行われたのは里内裏という非常時であったためであり、特別な場合として処理される事例であったというのである。

后腹の皇子女とそれ以外の皇子女の養育場所の相違については『九暦』の天暦四年（九五〇）七月十一日条が参考になる。

延長・天慶之例、以凝華舎為皇太子宿廬。至于此両太子者、已后腹親王也。非可敢准因。先例貞観之代、右大臣良相卿給曹司於中重。臣下已候陣中。然則此度太子以桂芳坊欲為宿廬。宜量便宜。

安子の産んだ憲平親王（後の冷泉天皇）は生後約二ヶ月で立太子することになるが、彼の宿廬決定に関しては困難を極めた。『九暦』によると、本来の東宮の居所は醍醐天皇の御代にその場所で皇太子保明親王が死去したため、使用されず荒れ果てていたという。[*9] その前の朱雀・村上天皇の東宮時代は内裏内の凝華舎が宿廬とされたが、彼らは后腹の親王であった。憲平親王はまだ女御であった安子を母としていたため、前の二人の皇太子の例に準ずるのは憚られたという。[*10] 話し合いの末、臣下の右大臣良相がすでに中重（内裏の外郭地区）に曹司を持ったという事例があったため、中重の桂芳坊を宿廬とすることに決定した（天暦八年〈九五四〉には凝華舎に移る）。この事例は后腹以外の皇子の養育場所が内裏外にあったことを示す好例と言えよう。

ところで、養育場所が母キサキの実家であった皇子女はどのようにして父である天皇と関わるのか。父天皇の認知の問題については服藤早苗氏が詳細に調査している。山本一也氏の論考でも触れられているが、村上天皇から一条天皇の御代の史料に登場する儀式の一つに対面の儀と呼ばれるものがある。この対面の儀については、村上天皇の御代の応和三年（九六三）以降に成立したとされる『新儀式』に説明がある。親王については、『新儀式』第五に「親王初謁見事。童親王初謁見。一同正月朝覲之儀」とあり、内親王については「内親王初謁見事。内親王年七八歳。有初謁見事」と記されている。親王の項に年齢の記述はないが、服藤早苗氏の論考では『新儀式』の内親王の規定と同じという前提の上で話が進められる。[*11] 親王・内親王は七〜八歳頃に天皇との初対面の儀式を行うという。この対面の儀は内裏に住む后腹の親王・内親王の場合も行われる。また、里邸で育つキサキ腹の子が袴着の儀（三歳で行われる）を内裏で行う事例もある。服藤氏はこの袴着の儀の時点で天皇と会っていた可能性も高いので、対面の儀は徐々に形骸化していったと指摘する。しかし、里邸で育つ女御・更衣腹の皇子女の多くはこの対面の儀を経て天皇の子として認められていったのであろう。山本氏の指摘によれば、醍醐天皇の第一皇子である克明親王（母は源封子）は更衣腹の親王であるが、対面の儀の後は梨壺に曹司を与えられ、また、第五皇子である常明親王（母は女御源和子）にも曹司が与えられたという。[*12] ただ、すべての皇子女が内裏に曹司を与えられたとは考えにくい。『源氏物語』において桐壺帝は自身の子どもを平等に教育したというが、それぞれの天皇によって子どもの数も異なる。醍醐・村上天皇の皇子女ともなると数も多いので、すべての皇子女に気を懸けることは難しかったのではないかと推測される。

以上、見てきたように、史上の皇子女の育つ空間は后腹か否かによって区別される。后の子は内裏で育つことが可能であるが、それ以外のキサキの子はキサキの実家で育つのが常であった。そして后の子も含め、七〜八歳で行う対面の儀を経ることによって初めて父天皇から自分の子であると認知されたという。しかし、それ以前に儀式などですでに対面しているケースも多く、対面の儀は形だけの儀式という場合も多かったようである。山本氏も言及するように、[*13]村上天皇の御代には村上天皇皇子の具平親王（母は女御荘子女王）の着袴の儀が内裏（承香殿）で行われ（『西宮記』）、円融朝には『日本紀略』天元三年（九八〇）七月二十日条に「於清涼殿新誕皇子五十日」とあるように、懐仁親王（一条天皇。母は女御藤原詮子）の五十日の儀が清涼殿で行われた。懐仁親王の場合は内裏居住ではないようだが、村上天皇の頃より、皇子女の扱われ方に変化が生じてきたものと考えることができる。

二、物語の皇子女の居住空間①――『うつほ物語』の場合――

史上では村上天皇や円融天皇の頃より后腹以外の子も内裏に参入することが確認できるが、一方で作り物語の状況はどのようになっていたのだろうか。

『源氏物語』より先に成立した『うつほ物語』は円融朝の頃に作られたというが、この物語では一貫して、皇子女はキサキの里邸で育てられる。『うつほ物語』ではまず朱雀帝と仁寿殿女御との間に生まれた皇子女たちの居所が藤原の君巻で紹介される。本文には、

父母も住み給ふ町には、寝殿には、あて宮より始め奉りて、こなたの御腹の若君たち、内裏の女御の御腹の女宮たちなど。（中略）東のおとどは、宮たち住み給ふ。（七〇頁）

とあり、仁寿殿女御の子どもたちは女御の実家である源正頼邸に居住していることが読み取れる。女御の皇女た

ちは正頼と妻大宮が住む東北の町の寝殿に正頼の未婚の娘たちと同空間に住んでいた。そして皇子たちは東のおとど（東の対のことか）に住むと説明される。

また、沖つ白波巻では、春宮（朱雀帝の子で後の今上帝）に入内した正頼の娘あて宮の子どもたちの居所に関する説明がある。

東のおとど、春宮の御方。皇子たち二所。男皇子一所は、立ちて歩き給ふ。乳母三人。今一所は、這ひ給ふ。御歳二つ。乳母、同じ数なり。這ひ給ふ。大人・童、多かり。（四六一頁）

正頼邸の東のおとどはあて宮の里下がりの際の居所で、そこにあて宮の産んだ二人の皇子たちが生活している。国譲上巻であて宮が三人目の出産を控えて里下がりした時には「いづら、この幼き人々は。まづ、それをこそ。『いつしか』とこそは」（六三四頁）とあり、あて宮は二人の皇子に早く会いたいと発言している。この発言によってあて宮と二人の皇子は普段は宮中と里邸で離れて生活していることがわかる。

春宮は後に今上帝として即位するが、彼のその他の皇子女について確認すると、梨壺（藤原兼雅と嵯峨院の女三の宮の間の娘）が産んだ皇子については国譲中巻に

梨壺、御車二十ばかりして、御前いと多くて参り給ひぬ。生まれ給へる宮は、母宮のもとにおはす。（七〇八頁）

とあり、この皇子もまた実家で育てられている。

　このように『うつほ物語』の帝たちは生まれたばかりの皇子女に会うことを許されていない。そのような状況の中、小宮（嵯峨院の皇女）の産んだ皇子にだけは五十日未満の日数の時に会う機会に恵まれた。しかし、その行幸は産んだ皇子に会うという目的ではなく、嵯峨院で行われた宴に参加するための行幸であり、生まれたばかりの皇子に会えたのは偶然の機会であったようだ。その際、小宮は生まれたばかりで見苦しいと皇子を見せることを憚るが、帝の方は初めて見る新生児を新鮮に思う。史上では后が内裏で出産する事例（淳和天皇后正子内親王、醍醐天皇后藤原穏子、村上天皇中宮藤原安子）も確認できるが、物語ではそのような事例は描かれない。『うつほ物語』の帝たちは、皇子女に恵まれながらも、子どもたちとは思うようには対面できない存在として描かれているようである。

（表1）『うつほ物語』皇子女の居住空間

帝	母キサキと皇子女	育つ場所	備考（対面の時期など）
朱雀帝	仁寿殿女御 〈皇子〉三・四・六・八の宮 〈皇女〉女一・女二・女四の宮	源正頼邸 皇子 東北の町東のおとど 皇女 東北の町寝殿	対面の時期は不明。朱雀帝は女一の宮の話題の時、仁寿殿女御に皇女たちと久しく会っていないと語る。また、退位の際、朱雀院に仁寿殿女御とその皇子たちを伴うことを希望する。

今上帝	藤壺女御（あて宮）〈皇子〉一・二・四の宮	源正頼邸東北の町東のおとど	一の宮東宮決定時に一の宮は参内。二の宮と四の宮も付き添って参内する（二の宮と四の宮はすぐに退出）。
今上帝	梨壺（藤原兼雅女）〈皇子〉三の宮	三条殿南のおとど（梨壺母女三の宮居所）	対面の時期は不明。
今上帝	小宮（嵯峨院皇女）〈皇子〉五の宮	嵯峨院	嵯峨院行幸時。（五の宮は五十日足らず）

三、物語の皇子女の居住空間②――『源氏物語』桐壺帝の皇子女の場合――

前節で確認した通り、『うつほ物語』では、皇子女たちが内裏で生活する様子は描かれることがなかった。一方、その後に成立した『源氏物語』では、更衣腹の光源氏が誕生直後から内裏に参内していたことが語られる。冒頭で示したように、更衣腹の皇子女が対面の儀以前に内裏で生活した事例は史上では確認できない。物語が更衣腹の光源氏を内裏住みさせたのはなぜだろうか。その理由を考えるために、まずは桐壺帝の皇子女の居住空間について見ていきたい。

母の死の際には内裏に留め置かれた光源氏であるが、幼児といえども、天皇の御前に伺候する者が喪中に内裏に留まった例はないということから[*14]、一旦退出する。その後、光源氏の居所はどうなっているのか。桐壺巻の本文は次のように説明する。

母の喪の後

月日経て若宮参りたまひぬ。いとどこの世のものならずきよらにおよすけたまへれば、いとゆゆしう思したり。
（①三七頁）

祖母の死後

今は内裏にのみさぶらひたまふ。七つになりたまへば読書始などせさせたまひて、世に知らず聡うかしこくおはすれば、あまり恐ろしきまで御覧ず。
（①三八頁）

山本一也氏は母の死後の光源氏の内裏居住を対面の儀の年齢と重なることを指摘する。しかし、母の死後の参内は四十九日以降に桐壺帝が催促した結果と考えられ、年齢もまだ三歳である。対面の儀があったとすれば、祖母の死後（光源氏六歳）ではないだろうか。おそらく光源氏は生後すぐ（桐壺更衣が産褥から回復した後の参内と同時か）に参内した。それは後に藤壺が生後二ヶ月頃の十の宮（後の冷泉帝）を連れて参内したが、その時期と同じ頃であったと思われる。後に光源氏は母の喪で一旦内裏を退出、喪が明けた後に再び内裏に参内したと想定される（「月日経て若宮参りたまふ」なので、光源氏が里邸に居た期間は喪の間のみと考えられる）。しかし、その頃はまだ光源氏の本拠地は祖母の居る桐壺更衣の実家（のちの二条院）であったのだろう。祖母の死後、養育者がいなくなったこともあり、正式に内裏を本拠地にするようになったと考えられる。

次に桐壺帝の他の皇子女について確認したい。一の宮に関しては、桐壺巻の光源氏内裏退出の際に「一の宮を見たてまつらせたまふにも、若宮の御恋しさのみ思ほし出でつつ」（①二六頁）とあり、この時は内裏居住が確認

できる。ただし、十の宮である冷泉帝（母は藤壺）が生後二ヶ月ほどで参内した際[*15]には、

「皇子たちあまたあれど、そこをのみなむかかるほどより明け暮れ見し。されば思ひわたさるるにやあらむ、いとよくこそおぼえたれ。いと小さきほどは、みなかくのみあるわざにやあらむ」（紅葉賀①三二九頁）

とある。桐壺帝は自分の皇子たちは大勢いるが、光源氏だけをこのぐらいの月齢の頃から朝晩に見てきたと語る。この台詞からすると、帝が生まれた赤ん坊を早く見たいと急ぎ参内させたのは二の宮の光源氏と十の宮の冷泉帝のみということになり、一の宮は乳幼児時代には帝と対面していなかったことになる。対面の儀以後の皇子女の居住空間については、桐壺帝の皇女たちの事例が花宴巻に見られる。本文には、

新しう造りたまへる殿を、宮たちの御裳着の日、磨きしつらはれたり、はなばなとものしたまふ殿のやうにて、何ごともいかしうもてなしたまへり。（①三六三頁）

とあり、その後に「寝殿に女一の宮、女三の宮おはします」（三六四頁）とある。そして、桐壺帝の言葉で「女御子たちなども生ひ出づる所なれば、なべてのさまには思ふまじきを」（三六四頁）とあることから、弘徽殿女御所生の皇女たちは女御の実家の右大臣邸で育ち、裳着の儀以降もその家で生活したことが窺える。

また、明石女御が生まれたばかりの一の宮を内裏に参入させる際には「（紫の上ハ）若宮忍びて参らせたてまつらん御心づかひしたまふ」（若菜上④一二一頁）と語られる。「忍びて」とあるので、若宮の内裏参入はあくまでも

非公式な形であったことが読み取れる（一の宮が「忍びて」の状態のまま内裏で生活したとも考えられないので、一の宮も立坊までは六条院を常の住まいとしていたと思われる）。従って、光源氏や冷泉帝も対面の儀までは非公式の形での参内であったと考えられる。

確認したように、『うつほ物語』では内裏で生活する皇子女は登場せず、乳幼児期の皇子女が内裏で生活する様子は『源氏物語』で初めて語られることであった。だが、すべての皇子女というわけではなかった。『源氏物語』全体を通して、内裏で生活できる皇子女の条件として考えられるのは、キサキに対する寵愛に加えて、そのキサキと所生の皇子女の後見の少なさが挙げられる。例えば、宿木巻では今上帝が女二の宮の裳着の儀を単独で行う場面がある。そのくだりは次のように語られる。

よろづのこと、帝の御心ひとつなるやうに思しいそげば、御後見なきしもぞ、なかなかめでたげに見えける。

（⑤四〇一頁）

この時の儀式は亡き母藤壺女御の準備していたものの他に、帝の力で用意されたものも加わり、後見がいるよりもむしろ立派な式になったという。『栄花物語』には東宮居貞親王（後の三条天皇）が東宮妃である藤原娍子の皇子を参内させようとする場面があるが、その際にそれを憚ったのは娍子の父済時であった。[*16] 後見は帝の治世を支える大きな力であるが、その一方で帝はその後見に遠慮しつつ生活している。母キサキの実家にとっては自身の家で皇子女を擁することも重要なことであっただろう。その後見がない場合、帝はその皇子女の将来を憂慮することになるが、他方では気兼ねすることなく皇子女を手もとで可愛がることができたのである。

見てきたように、桐壺帝が光源氏を乳幼児期から内裏で生活させたのは、光源氏が桐壺帝の寵愛する桐壺更衣の子であったからで、後見がないことによって逆に帝が気兼ねなく扱えるという状況も光源氏の内裏居住を後押したと考えられる。しかし、桐壺帝が当時の慣習を破ってまで更衣の子を内裏に住まわせたのは、単に可愛がるためだけであったのだろうか。桐壺帝は女御腹の第一皇子よりも第二皇子で更衣腹の光源氏の立坊を望んでおり、そのことは物語上の随所から判断できる。桐壺帝が光源氏の立坊を望んでいたことを窺わせるものの一つに桐壺帝が桐壺更衣の昇格を図っていたことが挙げられる。[*17] 桐壺帝は、光源氏誕生後、「この皇子生まれたまひて後は、いと心ことに思ほしおきてたれば」（桐壺①一九頁）と桐壺更衣に対し特別な配慮をしたり、桐壺更衣の死後、「女御とだに言はせずなりぬるがあかず口惜しう思さるれば」（桐壺①二五頁）と、「女御」とさえ呼ばせずに死なせてしまったことを心残りに思ったりしている。史上では内裏住みするのは原則的には后腹の皇子女のみであった。更衣の子を乳幼児期から内裏で生活させる桐壺帝の行為は、一見、史上の事例から大きく逸れた行為であるかのように見えるが、光源氏の即位によって桐壺更衣が皇太后になる未来を想定すれば、この行為は史上の事例からはそれほど大きく逸れたものではないようにも思われる。高橋麻織氏は桐壺帝の桐壺更衣や藤壺の宮の寵愛には私的な感情だけでなく、政治的意図が含まれていたとする。[*18] 後見のない第二皇子の立坊は、ほぼ実現不可能なことであったと思われるが、光源氏の内裏居住は、光源氏を立坊させ、桐壺更衣を后に据えようとする桐壺帝の政治的意図の表れであったと捉えることも可能ではないだろうか。

四、物語の皇子女の居住空間③――『源氏物語』今上帝の皇子女の場合――

次いで内裏で生活する皇子女の様子が描かれるのは今上帝（朱雀帝の子）の御代である。今上帝の御代に明石中宮の子どもたちが内裏に住んだことは匂兵部卿巻以降で語られるところである。彼らに関しては、内裏住みが明確にされるのが明石中宮の立后以降のことなので、史実との乖離はない。彼らの居所について、物語では語られないが、一の宮は東宮として後宮の殿舎に住んだと思われる。そして二の宮は匂兵部卿巻に「梅壺を御曹司にしたまひて」（⑤一八頁）とある。また、三の宮である匂宮は父母の要請にもかかわらず、古里である二条院にばかり住んでいたようであるが、総角巻においては日頃の軽々しい振る舞いを帝・后に咎められ、しばらく内裏住みを強いられている。*19

（表2）『源氏物語』皇子女の居住空間

父帝	母キサキと皇子女	育つ場所	備考（対面時期など）
桐壺帝	桐壺更衣〈皇子〉光源氏	内裏	生後すぐに参内か。
桐壺帝	弘徽殿女御〈皇女〉女一の宮・女三の宮	右大臣邸	対面時期は不明。史上の事例から裳着は内裏で行われたと想定される。しかし、右大臣邸も裳着に合わせて新造される。
桐壺帝	藤壺中宮〈皇子〉十の宮	内裏	二ヶ月頃に参内。

今上帝	明石女御 〈皇子〉一・二・三の宮 〈皇女〉女一の宮	一の宮と二の宮 六条院南の町寝殿（一の宮は、立坊後は内裏住みか。二の宮も後に梅壺を曹司にする） 三の宮と女一の宮（紫の上在世中）六条院南の町東の対（後には、三の宮は二条院に住み、女一の宮は六条院南の町東の対、寝殿もしくは内裏に住んでいる）	一の宮は誕生から三週間後、母参入と同時に内密に参内。その他の宮たちの対面時期は不明。
今上帝	藤壺女御 〈皇女〉女二の宮	母の死後、藤壺に住む	対面時期は不明。

ところで、匂宮の姉である明石中宮腹の女一の宮の居所については不明瞭な点がある。物語の説明と実際に語られる状況とに食い違いが見られる。匂兵部卿巻では「女一の宮は、六条院南の町の東の対を、その世の御しつらひあらためずおはしまして、朝夕に恋ひしのびきこえたまふ」（⑤一八頁）とある。この一文によって、女一の宮は常に六条院に住み、祖母紫の上を恋い偲んで日々過ごす生活を送っているかのように思われる。だが、総角巻では内裏住みする匂宮が退屈しのぎに女一の宮の部屋を訪れる場面がある（⑤三〇三頁）。この描写によって、女一の宮もまた普段は内裏に住み、六条院は彼女が常に住む邸宅ではないことが明らかにされる。そして、時折は里邸六条院に退出するようであるが、当初述べられていた東の対での生活が匂兵部卿巻以降の巻で語られることはない。蜻蛉巻では明石中宮による法華八講が行われるが、その折の居所として確認できるのは寝殿と西の渡殿である。寝殿が法華八講の会場となっており、その場を片付ける間だけ西の渡殿に移ったというから、彼女の

この時の居所は寝殿だったことがわかる。また、蜻蛉巻の薫の台詞に「例の、あなたにおはしますべかめりな。何わざをかこの御里住みのほどにせさせたまふ」（⑥二七二頁）とあるが、薫のこの言葉からも女一の宮が六条院では常に母后と過ごしていたことや、六条院が女一の宮にとって「里住み」の場であり、日常の住まいではなかったことがわかる。このように、女一の宮の居所は当初は六条院東の対と説明されながらも、主たる居住空間は内裏であり、六条院は里邸として時折利用された空間に過ぎないことが物語本文から浮き彫りにされる。

そして、もう一人今上帝の皇女として登場するのが女二の宮である。母の死まで彼女がどこに居住していたかは明らかにされないが、母の死後には、

宮は、まして、若き御心地に心細く悲しく思し入れたるを、聞こしめして、心苦しくあはれに思しめさるれば、御四十九日過ぐるままに忍びて参らせたてまつらせたまへり。（⑤三七五頁）

とあるように、帝が宮中に参内させている様子が語られる。薫との結婚のくだりから、彼女は母の住まいであった藤壺に住んだことが窺える。

おわりに

確認したように、『源氏物語』で描かれる光源氏の幼少時の内裏住みは物語ではごく自然なこととして語られるが、史上の事例で考えると更衣の子が内裏に来ること自体異例のことであった。当時の後宮では、天皇の正式

な妻は后のみであり、後宮を本拠とできるのも后のみであった。そして、皇子女たちも対面の儀以前はまだ天皇の子としては認められていなかった。『うつほ物語』に見えるように、出産を終えたキサキが内裏に帰参しても、生まれた皇子女は母の実家に残されるというのが通例であった（内裏を本拠とする后の子だけは内裏で育つことができたようである）。しかし皇子女が母の実家で育つという慣習も徐々に薄れていったようで、そのことは『栄花物語』でも繰り返し語られる。[*20] そのような歴史背景の中で、『源氏物語』では幼い光源氏が内裏で生活するという状況が語られるが、物語を俯瞰すると、すべての皇子女が内裏で生活していたわけではなく、桐壺帝が誕生後すぐに呼び寄せていたのは光源氏と冷泉帝のみであったことが語られる。また、桐壺帝に限って言えば、帝の意志によって内裏に呼ぶか否かが選択されていたことが読み取れる。[*21]

しかし、光源氏に対する帝の処置は史上には確認できない選択であった。光源氏は更衣腹の子であり、史上では更衣腹の皇子女が対面の儀以前に内裏に呼ばれることはなかった。これをどう判断すればよいのか。それは前述の通り、桐壺帝の密かな計画が関係していると考えられる。桐壺帝が桐壺更衣の昇格を望んでいたことは物語から判断できるが、それはすなわち桐壺帝が光源氏の立坊を希望していたということになる。平安前期から中期の歴史上の慣習に従えば、対面の儀以前に内裏に参入できるのは后の子のみであった。『源氏物語』では桐壺更衣の子光源氏と藤壺中宮の子冷泉帝と東宮妃明石女御の産んだ第一皇子の事例が挙げられるが、光源氏以外は将来東宮となることが決定的である男子たちである。光源氏のみが特例であるが、彼の場合も、父帝が密かに立坊を期待した結果と考えることもできる。

一方、弘徽殿女御の産んだ一の宮はどうであったか。光源氏が母の喪で内裏に居ない時には桐壺帝は一の宮の姿を目にしている。一の宮はこの頃六歳。三歳の頃には袴着の儀が内裏で行われているので、その頃から内裏には参入していたのだろう。しかし、光源氏のように生まれてすぐには参入していない。その状況は弘徽殿女御に強い不安を抱かせることにもつながったのではないだろうか。弘徽殿女御は実家の権力が揺るぎないとはいえ、一の宮の扱いとは格段に違う光源氏の扱いを後宮で日々目の当たりにしていたのである。桐壺帝の「急ぎ参らせて御覧ずるに」という行為は単なる親心だけではなく、光源氏を帝位に就けようと画策する桐壺帝の政治的意志を内包したものであったと考えられるのである。

注

1 山本一也氏「通過儀礼から見た親王・内親王の居住」(『平安京の住まい』京都大学学術出版会・二〇〇七年)。以下、山本氏の指摘はこの論文による。
2 岡村幸子氏「職御曹司について」(『日本歴史』五八二・一九九六年十一月)。以下、岡村氏の指摘はすべてこの論文による。
3 橋本義則氏『平安宮成立史の研究』第一章四節「平安宮内裏成立の歴史的背景」(塙書房・一九九五年)。
4 伴瀬明美氏「八〜九世紀における皇子女扶養体制について——令制扶養体制とその転換——」(『続日本紀研究』三〇六・一九九七年)。
5 増田繁夫氏「女御・更衣・御息所の呼称——源氏物語の後宮——」(『源氏物語と貴族社会』吉川弘文館・二〇〇二年)。
6 栗本賀世子氏「殿舎名で呼ばれる更衣たち——梅壺更衣から桐壺更衣へ——」(『平安朝物語の後宮空間——宇津保物語から源氏物語へ——』武蔵野書院・二〇一四年)。
7 高群逸枝氏『日本婚姻史』「第三章・三・前婿取婚の諸問題」(至文堂・一九六三年)。

8　角田文衞氏「太皇太后穏子」（『紫式部とその時代』角川書店・一九六六年五月）参照。

9　『九暦』には「延喜初太子成人之後、於彼宮俄夭、其後破壊尤盛、殆如曠野」とある。

10　注2論文や山下克明氏の論文（「平安時代初期のおける『東宮』とその所在地について」『古代文化』三十三・一九八一年十二月）参照。

11　服藤早苗氏「平安朝の父子対面儀と子どもの認知」（『平安王朝の子どもたち――王権と家・童――』吉川弘文館・二〇〇四年）。

12　山本一也氏の指摘（前掲注1論文）の根拠となる史料は以下の通り。

［克明親王］『醍醐天皇御記』延喜十三年（九一三）正月十四日条

有踏歌事、（中略）自滝口至東宮息所曹司踏舞。弘徽殿次尚侍曹司。飛香舎次承香殿息所。麗景殿次克明親王直廬。昭陽舎次参入東宮。

［常明親王］『西宮記』巻十一（裏書）の延喜十八年（九一八）八月二十三日条

第五皇子始参入、於中庭拝舞、召御前賜白掛一重、下殿拝舞出、右大将、右衛門督、左兵衛督、左近中将恒佐朝臣、并殿上侍臣等、扈従皇子直廬

13　前掲注1論文。

14　徳満澄雄氏の「一条兼良の『河海抄』注記批判（一）――光源氏三歳時遭母死、而退出宮中――」（『語文研究』八十・一九九五年十二月）には、光源氏が母の死に際し宮中を退出したことについて、「光源氏は母の「死穢」に触れたため、「触穢」を極度に忌む内裏に留まれなくなった」と解する。なお、この問題に関しては今井上氏の指摘もある（「三歳源氏の内裏退出――桐壺巻の時間と準拠――」『東京大学国文学論集』一・二〇〇六年五月）。

15　『源氏物語』本文には「四月に内裏へ参りたまふ。ほどよりは大きにおよすけたまひて、やうやう起きかへりなどしたまふ」

（紅葉賀①三二八頁）とあり、二月一余日に誕生した皇子が四月には内裏に参内していることが示される。

16　『栄花物語』巻第四みはてぬゆめ巻には「昔の宮たちは五つ七つにてこそ御対面はありけれなど、祖父殿いとこたいに思しのどめたまへど」（①二〇四頁）とある。

17　桐壺更衣の女御昇格の可能性については、島田とよ子氏「桐壺更衣――女御昇格を中心に――」（『園田國文』二十二・二〇〇一年三月）、高橋麻織氏『源氏物語の政治学――史実・准拠・歴史物語』「第Ⅱ部　桐壺院の政治　第五章　光源氏立太子の可能性――桐壺更衣の女御昇格――」（笠間書院・二〇一六年）に詳しく説明されている。

18　高橋麻織氏「『源氏物語』桐壺院の〈院政〉確立――後三条朝における後宮と皇位継承の問題から――」（『日本文学』二〇〇九年九月）。↓注17高橋氏著書に所収。

19　『源氏物語』本文には次のように記されている。

　中宮も聞こしめし嘆き、上もいとどゆるさぬ御気色にて、「おほかた心にまかせたまへる御里住みのあしきなり」と、きびしきことども出で来て、内裏につとさぶらはせたてまつりたまふ。（総角⑤三〇一～三〇二頁）

20　『栄花物語』では一条天皇の言葉によって皇子女との対面が昔と今（一条朝御代）で異なることが示される。

　御子たちは御対面とて五つや七つなどにてぞ昔はありける。また内裏に児など入るることなかりけり。されど今の世はさもあらざめり。東宮の、宣耀殿の宮などはつと抱きてこそありきたまふなれ。（巻第五浦々の別①二七一頁）

　「なほ思へど、昔内裏に幼き子どもあらせずして、宮たちのかくうつくしうなどあらんことを、五つ七つなどにて御対面とてののしりけんこそ、今の世によろづのことのなかにいと堪へがたかりけることはありけれ。かう見ても飽かぬものを、思ひやりつつあらせんは侘しかべいことなりや。（後略）」（巻第八はつはな①四三〇～四三一頁）

21　光源氏の内裏住みについてはすでに宮武寿江氏の論考がある（「光源氏「内裏住み」攷――特に幼少時をめぐって――」『古

代文学研究　第二次』六・一九九七年十月）。宮武氏は光源氏の「内裏住み」を「光源氏という超越的な人物の一つの重要な要素として機能していることは間違い」ないとし、それは「桐壺帝によって開かれている」と解釈する。

初出一覧

※いずれの論文も初出時のものに加筆修正を施してある。

第一部　女君たちの居住空間

第一章　『源氏物語』を中心とした王朝物語における西の空間
原題　「『源氏物語』における居住空間――西の空間を中心として――」
（『国文学研究ノート』第三十七号、二〇〇三年一月）

第二章　王朝物語における「対」の居住者たち
原題　「王朝物語における「対」の居住者たち――「対」を冠する呼称に着目して――」
（『古代文学研究第二次』第二十号、二〇一一年十月）

第二部　男君たちの居住空間

第一章　『源氏物語』の邸宅使用方法について――光源氏と匂宮の事例を中心に――
（『中古文学』第八十五号、二〇一〇年六月）

第二章　王朝物語における男性の住まい
（『国語と国文学』第八十七巻・第七号、二〇一〇年七月）

第三部　女房たちの居住空間

第一章　王朝物語における渡殿の役割――恋愛発生の場として――
原題　「平安文学における渡殿の役割――恋愛発生の場として――」
（『國文論叢』第四十号、二〇〇八年三月）

第二章　『源氏物語』を中心とした王朝物語における北の空間
原題　「『源氏物語』を中心とした平安朝物語における北の空間――女房たちの空間としての北面と北の対――」
（『国語と国文学』八十五巻・第六号、二〇〇八年六月）

第三章　後宮の細殿――その特質と役割をめぐって――
（『國文論叢』第五十号、二〇一六年三月）

第四章　王朝物語における台盤所――使用者と役割について――
原題　「王朝物語における台盤所の使用者と機能――『源氏物語』蛍巻の記述を端緒として――」
（『國文論叢』第五十七号、二〇二一年十一月）

第四部　子どもたちの居住空間

第一章　王朝物語の中の寝殿――子女たちとの関わりを中心に――
原題　「王朝文学の中の寝殿――子女たちとの関わりを中心に――」
（『平安京の地域形成』京都大学学術出版会、二〇一六年十月）

第二章　王朝物語における皇子女たちの居住空間
原題　「平安朝物語における皇子女の居住空間――『源氏物語』を中心に――」
（『國文論叢』第五十四号、二〇一九年三月）

あとがき

〝空間〟は物語を引き寄せる磁場である、と考える。

中学生の頃から日本の古典文学に興味があった。その頃の私は古典文学にしか興味がなかったため、大学に入るのも苦労したが、何とかして大学に入り、四年生では平安文学で卒業論文を書くことになった。卒業論文は『源氏物語』の結婚について取り上げた。その後、神戸大学の大学院に入学し、登場人物の住まいなどに注目するようになった。物語の舞台となっている〝空間〟が登場人物の呼称となったり、そこに住まう登場人物の特性をイメージ付けたりしていることに深い興味を覚えるようになったのである。博士課程に進学してからは、修士課程時代に調査した事項を論文にまとめるようになった。

平安時代の大貴族の住む邸宅は広大な敷地を持つ。物語はフィクションであるが、そこに登場する上級貴族の邸宅は、やはり実際の貴族の邸宅と同様の仕様・規模を持つものであったと思われる。しかし、そこに住まう物語のヒロインたちは自邸の広さを俯瞰したり、邸宅の隅々まで探索したりすることはできない。彼女たちの視界は狭く限定されたものだっただろう。広い邸宅に比して、ヒロインたちの行動範囲は限られている。その限られた中で女性たちは生き、その中で生活の楽しさを見出していたと思われる。そして、彼女たちの生きるその狭い空間はそのまま彼女たちの呼称となった。居住空間と呼称の深い関係に気付いてから、私は空間についてもっと深く理解したいと思うようになっていった。最初は正殿である寝殿について考察した。そして興味はその寝殿を取り巻く附属舎へと広がっていった。

本書は二〇〇九年十二月に神戸大学大学院人文学研究科に提出した博士学位論文（題目は「『源氏物語』を中心とした王朝物語における居住空間―人物との関連性に着目して―」）に、博士論文提出後に発表した論文を加えて全体的にまとめ直したものである。本書では女君（第一部）・男君（第二部）・女房（第三部）・子ども（第四部）に分けて、章を立てた。この一冊を読むことで、物語の貴族邸宅の全体を俯瞰できるようにと考えた結果である。

博士論文を提出することができたのは指導教授であった福長進先生に依るところが大きい。福長先生には神戸大学に在籍している間、本当に長い間お世話になった。福長先生の演習では修士課程の頃から藤原資房の記した『春記』を読んだ。この演習での経験は私の研究の方向性に多大な影響を与えた。漢文日記を読むのは私にとっては難しく、今でも苦手意識が強いが、テキストの漢字のみを眺めるのはなぜか嫌ではなかった。その中から空間に関する語句を見つけるのが当時の私の日課であった。福長先生の研究は大変魅力的なものであったし、私の論文に対しても色々とご教授していただいた。心より感謝したい。また、神戸大学時代の国文学専修の先生方や諸先輩方や同期の仲間たち、そして後輩たちにも大変お世話になった。もう長らくお会いできていないので、そのことが心苦しいが、この場でお礼申し上げたい。

さらに、大学院時代に参加させてもらった研究会のメンバーの方々にも色々とご教授いただいた。特に、福長先生のご紹介でご指導いただくことになった日本史学の野口孝子先生には論文についてご指導いただき、また京都大学の西山良平先生主催の「居住と邸宅研究会」を紹介していただいた。さらに、この研究会の成果をまとめた『平安京の地域形成』（京都大学出版会）に執筆者として参加する機会もいただいた。それ以前から日本史や建築史学の分野との領域横断的な研究を目指していたこともあり、私にとっては非常にありがたい経験であった。その際にお世話になった先生方にもこの場を借りてお礼申し上げたい。

博士論文を提出してから十五年の歳月が経ってしまった。その間、『源氏物語』を中心とする王朝物語の研究も進展しただろう。博士論文をまとめて著作にするという仕事をなかなか進めることができず、その間は忸怩たるものがあった。博士論文提出後、神戸大学で二年間は非常勤講師として勤務する機会をいただいたが、その後は夫（近世文学を専門に研究する天野聡一）が福岡県の大学（九州産業大学）に赴任することになったので、夫に同行し、私も福岡に転居することとなった。

福岡では、夫の同僚であった宮﨑裕子先生にお誘いいただき、九州大学の辛島正雄先生の主催されている中世王朝物語の輪読会に参加することになった。誰一人知り合いのいない福岡での生活の中でその輪読会は私が家族以外の人と出会う唯一の場となり、それはとても励みになった。その後、私も九州産業大学で非常勤講師をすることになった。本書に収めた論文の多くは九州産業大学での授業の中で学生たちに聞いてもらい、補強されたり、修正されたりして今の形になっていった。九州産業大学では非常勤講師を十年以上続けることができた。子育て中心の生活で、多くのコマ数を持つことは出来なかったが、大変貴重な体験となった。九州産業大学でお世話になった先生方にも感謝申し上げる。

二〇二四年四月より夫が勤務地を東京に移すことになった。そのため、私も子どもたちを連れて東京に転居した。私が二人の子を連れて東京の地に足を踏み入れたその日、長年の課題であった自身の著書（本書）の刊行が決定した。本書の刊行を快くお引き受けくださった文学通信の岡田圭介社長と西内友美氏には厚くお礼申し上げたい。二十年以上前に執筆した論文も含まれているので、これらの論文の校正は大変な作業であったと思う。文学通信の編集の方々には本当にお手数をおかけした。

最後に、私に研究の機会を与えてくれ、いつも見守っていてくれる両親や色々な面で支えてくれる夫と（いつも私を振り回し、困らせながらも）私に子育ての楽しみを与えてくれる子どもたちに感謝したいと思う。

なお、本書は日本学術振興会より科学研究費補助金（研究成果公開促進費・課題番号 24HP5035）の交付を受けたものである。

天野（旧姓　水田）ひろみ

二〇二五年二月

は

ま

ら

邸宅名索引

さ

書名索引

や

ら

ま

さ

た

索引凡例

人名索引

一、本書本文中に登場する歴史的人物および物語の主要な登場人物、そして近現代の研究者等の人物を現代仮名遣で五十音順に配列し、出現する頁数を示した。

一、公的な姓名を持つ人物の場合は、本文で名だけのものも姓名の項に示した。
また、名・姓名の双方がある場合は、該当箇所に名だけある場合も姓名に統合した。

一、同一人物名が複数の作品に存在する場合は（　　）に作品名とその人物の身分などを明記した。
また、同じ作品内における同一人物名の場合も同様に処理した。

一、公的な姓名を持たない人物の場合（官職のみなど）は（　）にその人物の出自などを明記した。

一、同じ人物で複数の呼称を持つ場合でも、代表的な呼称の方に統合して示した。

一、人名の配列については、基本的には男性は訓読み、女性は音読みで五十音順に示した。

書名索引

一、本書本文中に登場する書名・作品名を現代仮名遣いで五十音順に配列し、出現する頁数を示した。

一、表題や見出し中の書名は挙げていない。また、近世以前のものに限定し、近代以降の研究書等は省略した。

一、物語の中で巻名を持つものについては、その巻名も立項した。

邸宅名索引

一、本書本文中に登場する歴史上の邸宅および物語上に登場する邸宅を現代仮名遣いで五十音順に配列した。

一、歴史上の邸宅で、同一名称の邸宅が複数ある場合は、（　　）内に居住者名を示した。

一、物語に登場する邸宅名に関しては、（　　）内に作品名（居住者名）を示した。

一、物語上の邸宅について、本文に「官職名＋邸」という形で示している場合は、（　）内に作品名ならびに別称（判明している場合のみ）を示した。

人名索引

あ

著者

天野ひろみ（あまの・ひろみ〈旧姓　水田〉）

1978年　兵庫県姫路市生まれ。
1999年　同志社女子大学短期大学部日本語日本文学科卒業。
2001年　立命館大学文学部文学科卒業。
2005年　神戸大学大学院文学研究科修士課程修了。
2010年　神戸大学大学院人文学研究科博士後期課程修了。博士（学術）。
2010～2012年　神戸大学大学院人文学研究科非常勤講師。
2013～2024年　九州産業大学国際文化学部非常勤講師。

王朝物語における居住空間
——物語の登場人物と住まい——

2025（令和7）年2月28日　第1版第1刷発行

ISBN978-4-86766-075-1　C0095　

発行所　株式会社 **文学通信**
〒113-0022 東京都文京区千駄木2-31-3 サンウッド文京千駄木フラッツ1階101
電話 03-5939-9027 Fax 03-5939-9094
メール info@bungaku-report.com ウェブ https://bungaku-report.com

発行人　岡田圭介
印刷・製本　モリモト印刷

ご意見・ご感想はこちらからも送れます。上記のQRコードを読み取ってください。